10
18
12, AVENUE D'ITALIE. PARIS XIIIe

Sur l'auteur

Robert Goolrick vit dans une petite ville de Virginie. Son premier roman, *Une femme simple et honnête* (2009), a été n° 1 sur la liste des best-sellers du *New York Times*. Ont ensuite paru : *Féroces* en 2010, dans lequel il raconte son histoire familiale, *Arrive un vagabond* en 2012, pour lequel il a reçu le Grand Prix des Lectrices de *ELLE* et le prix Virgin Megastore, et *La Chute des princes*. Tous ses romans ont été publiés aux Éditions Anne Carrière et sont aujourd'hui disponibles en 10/18.

ROBERT GOOLRICK

UNE FEMME SIMPLE ET HONNÊTE

Traduit de l'anglais (États-Unis)
par Marie de Prémonville

10
18

ÉDITIONS ANNE CARRIÈRE

Du même auteur
aux Éditions 10/18

Titre original :
A Reliable Wife
publié avec l'accord de Algonquin Books of Chapel Hill,
une division de Workman Publishing Company, Inc.,
New York, USA

ISBN 978-2-264-06827-9

À Jeanne Voltz,
qui fit preuve à mon égard d'une bonté
que je ne m'accordais pas à moi-même,
avec mon amour et ma gratitude éternels,
et à mon frère et à ma sœur bien-aimés,
B. et Lindlay.

« Ne vous laissez point abattre
– L'affection encore viendra résoudre les problèmes de la liberté ;
Ceux qui s'aiment deviendront invincibles. »

Walt Whitman,
« Au-dessus du carnage »

I

Wisconsin, automne 1907.

1

Le froid était glacial, l'air électrique, chargé de tout ce qui allait advenir. Le monde se tint en arrêt, à quatre heures pile. Rien ne bougeait, nulle part, pas un corps, pas un oiseau ; une seconde durant, il n'y eut que le silence et l'immobilité. Des silhouettes gelées sur la terre gelée, hommes, femmes et enfants.

Si vous aviez été là, vous n'auriez rien remarqué. Pas même votre propre immobilité dans ce maigre espace-temps. Mais si, présent, vous aviez par quelque moyen occulte enregistré cette immobilité, si vous en aviez imprimé le négatif comme la plaque de verre imprime la lumière, pour le développer plus tard, vous auriez su, une fois cette pensée, ce souvenir finalement révélé, que c'est à cet instant précis que tout commença. Le tic-tac de l'horloge. L'heure frappa ses coups. Tout se remit en marche. Le train était en retard.

Il ne neigeait pas encore, ce serait pour bientôt : le blizzard, on le sentait dans l'air. Une couche de neige piétinée recouvrait déjà le sol. Ici la terre se dérobait au regard, disparaissait dans l'horizon noir sans que l'œil pût en retenir le moindre détail. Le chaume transperçant la neige, affûté comme un rasoir. Les corbeaux picorant la terre stérile. Le fleuve noir, coulée d'huile figée.

« Rien ne dit que l'enfer flambe, pensa Ralph Truitt, planté dans son costume sobre sur le quai de cette gare minuscule, à la gerçure de nulle part. L'enfer peut bien ressembler à cela. Plus sombre de minute en minute. Si froid que la peau se rétracte sur les os. »

Il se tenait debout au milieu de la foule, dans une immense solitude. Il lui semblait que, dans ce vaste espace gelé où se déployait toute sa vie – où chaque main mendiait, où chaque cœur réclamait quelque chose de lui –, tous avaient une raison d'être et un endroit où s'ancrer. Tous sauf lui. Pour lui il n'y avait rien. Sur toute cette terre froide et amère, pas même un endroit où s'asseoir.

Ralph Truitt consulta sa montre en argent. Le train était bien en retard. Tous autour de lui le dévisageaient ; ils savaient. Il avait compté sur ce train, il serait à l'heure, aujourd'hui. À la minute près, leur avait-il annoncé. Il avait exigé la ponctualité comme d'autres auraient passé commande d'un steak saignant ou à point. Et voilà qu'il se retrouvait là comme un imbécile, livré à leurs regards. Et quel imbécile. Il avait échoué jusque dans ce petit détail. Cette ultime étincelle d'espoir ferait long feu.

Il était homme à obtenir ce qu'il voulait. Vingt ans auparavant, ses premiers deuils – la perte de sa femme, de ses enfants, des plus beaux espoirs de son cœur et de ses derniers rêves de grandeur – l'avaient plongé dans la stupeur. Depuis, sa seule défense contre l'effroi avait été de se montrer effroyable dans ses attentes. La plupart du temps, la posture était efficace. Il se révélait impitoyable, et en ville on le respectait pour cela, on le craignait même. Et voilà que le train était en retard.

Sur le quai autour de lui, les habitants de sa ville l'épiaient en faisant les cent pas, l'impatience désinvolte, comme si leur manège avait un autre sens que celui d'observer Ralph Truitt guettant un train en retard. Ils plaisantaient. Ils riaient. Mais ils parlaient à voix basse, pour ne pas ajouter l'irrespect à l'échec de Ralph Truitt. Le train était en retard. Ils sentaient la neige dans l'air. Ils savaient que la tempête serait bientôt là. De même qu'il y avait au printemps un jour particulier où toutes les femmes de la ville, comme répondant à quelque signal secret, apparaissaient brusquement en robes d'été avant les premiers signes de redoux, il y avait aussi un jour où l'hiver dénudait la lame du couteau, avant la première lacération. Ce jour-là était venu – le 17 octobre 1907. Quatre heures et déjà presque la nuit.

Tous, jusqu'au dernier, gardaient un œil sur le ciel et l'autre sur Ralph. Ils attendaient, observant l'attente de Ralph, échangeant des regards chaque fois qu'il consultait sa montre en argent. Le train était en retard.

« Ça lui apprendra », pensaient certains, surtout les hommes. D'autres, surtout les femmes, nourrissaient des pensées plus clémentes à son égard : peut-être qu'enfin, après toutes ces années… ?

Ralph savait qu'ils parlaient de lui, et que leurs sentiments, si complexes fussent-ils, s'exprimaient à voix haute dès qu'il avait le dos tourné, après qu'il les avait salués en effleurant le bord de son chapeau, avec cette civilité qu'il montrait à la face du monde au prix d'une âpre lutte quotidienne. Il le lisait dans leurs yeux. Chaque jour de sa vie, il l'avait lu dans leurs yeux. Leur déférence volubile, l'inévitable ricanement que leur inspirait son passé. S'y glissait parfois une gentillesse dans un murmure, parce qu'il subsistait chez Ralph, encore aujourd'hui, de quoi émouvoir un cœur compatissant.

Ralph savait que la ruse, c'était de ne pas céder. De ne pas courber les épaules contre le froid, de ne pas taper des pieds, de ne pas souffler dans ses paumes frigorifiées. La ruse, c'était d'accueillir le froid, d'accepter qu'il serait là pour longtemps. De se reposer sur son souffle, comme s'il était un vent tiède et printanier. La ruse, c'était de se fondre à lui, pour ne pas se retrouver, au soir d'une journée éreintante, les épaules raides et douloureuses et les mains écarlates.

« Il est des choses auxquelles on échappe, pensa-t-il. Mais contre la plupart d'entre elles on ne peut rien, et le froid en fait partie. On n'échappe pas à ce qui est écrit pour nous, surtout au pire. La perte de l'amour. La déception. Le fouet aveugle de la tragédie. »

Aussi Ralph se tenait-il le torse bombé, inflexible, insoucieux de la température et endurci contre les commérages, le regard fixé sur les rails qui allaient se perdre au loin. Il était plein d'espoir, n'en revenait pas d'espérer encore, d'espérer qu'il était présentable, ni trop vieux, ni trop stupide, ni trop hostile. Il espérait, ne fût-ce que pour cette heure précédant la neige qui les cloîtrerait tous entre quatre murs, que l'agitation de son âme, sa solitude inconsolable demeureraient invisibles.

Il s'était appliqué à être un homme bien, et il n'était pas un mauvais homme. Passé le premier désir et la première désillusion, il s'était efforcé de ne plus rien convoiter. Mais voilà qu'il désirait quelque chose, et son désir l'alarmait et le mettait en rage.

En s'habillant pour se rendre à la gare, Ralph avait aperçu le reflet de son visage dans l'un des miroirs. Cette vision l'avait choqué. L'empreinte laissée par le chagrin et la condescendance sur sa figure l'avait ébranlé. Tant d'années de haine, de fureur et de regret.

Chez lui, avant de partir, il s'était occupé les mains avec son bouton de col et sa cravate ; comme chaque matin, il avait fallu nouer et ajuster, exécuter ces gestes rigides d'homme pointilleux. Mais jusqu'au moment de poser les yeux sur ce miroir et d'y découvrir son espoir inquiet, à aucun stade de cette ridicule entreprise il n'avait pu imaginer que l'instant fatidique finirait par arriver et qu'alors, il serait incapable d'y faire face. C'est pourtant ce qui lui était arrivé, tandis qu'il considérait son visage effondré dans la glace facettée. Il ne pouvait supporter cette résurrection déchirante. Pendant toutes ces années, il avait subi la mort, et cet abominable embarras. Il avait tenu bon, contre ses instincts les plus intimes. Il avait continué à se lever et à aller en ville, à manger, à diriger les affaires de son père et à endosser inexorablement le poids de la vie de ces gens, malgré le mal qu'il s'était donné pour l'éviter. Il était certain que son visage n'avait jamais renvoyé qu'un seul message : Tout va bien. Tout est pour le mieux. Aucune inquiétude.

Mais ce matin, dans la glace, il avait vu que c'était impossible, qu'il avait été la seule dupe de ce mensonge. Et il en était à l'évidence affecté, rien de tout cela n'était sans conséquence.

Ces gens avaient des enfants qui tombaient malades. Ils avaient des femmes ou des maris qui ne les aimaient plus ou les aimaient encore, et ce qui hantait Ralph, c'était l'acte sexuel, leur vie sexuelle, ce pan immense de leur vie camouflé sous leurs vêtements. La luxure des autres. Ils se touchaient les uns les autres. Leurs enfants mouraient, parfois tous en une fois, des familles entières décimées en un mois de temps, par la diphtérie, la fièvre typhoïde ou la grippe. Leurs femmes ou leurs maris devenaient fous en une nuit ; dans le froid, ils brûlaient leur maison sans raison, ou bien abattaient leurs proches à coups de fusil, leur propre progéniture. Ils arrachaient leurs vêtements en public, urinaient dans la rue et déféquaient à l'église, au milieu des serpents qui se contorsionnaient [1]. Ils exterminaient des animaux en parfaite santé, incendiaient leur grange. On lisait

1. Au début du XXe siècle, notamment dans les États d'Alabama, de Géorgie, du Tennessee et de Virginie, des dizaines d'églises pentecôtistes s'appuyaient sur le passage de la Bible selon lequel les élus « prendront dans leurs mains des serpents » (Marc, XVI, 18) pour justifier la manipulation à mains nues de serpents venimeux pendant l'office. Dans les années 1920, on estimait que cette pratique avait provoqué une centaine de morts dans ces États. *(N.d.T.)*

ce genre de récits chaque semaine dans le journal. Tous les jours, une nouvelle tragédie, un nouvel accroc inexplicable dans la fabrique de l'ordinaire.

Ils imbibaient leurs vêtements de naphte et s'approchaient négligemment d'un feu, et alors ils explosaient en flammes. Ils avalaient du poison. Ils s'empoisonnaient entre eux. Ils faisaient des filles à leurs propres filles. Ils se couchaient en bonne santé et se réveillaient fous. Ils fuguaient. Se pendaient. Ces choses-là arrivaient.

Et tout le long, Ralph avait cru que son visage et son corps étaient demeurés impénétrables, qu'il posait un regard juste et compatissant sur ces gens, leurs malheurs et leurs ennuis singuliers. Il s'était toujours couché en essayant de ne pas y penser, mais ce matin au réveil il avait mesuré le lourd tribut payé.

Sa peau livide. Ses cheveux, moins vigoureux et plus clairsemés que dans son souvenir. Le coin des yeux et la commissure des lèvres pointant vers le bas, comme creusés par la condescendance et le chagrin. À force de prêter attention à ces corps qui se tenaient trop près et qui parlaient trop fort, il en avait la tête qui portait vers l'arrière. Ces stigmates, nés de l'immobilité effrayante de son cœur, étaient visibles à l'œil nu. Tout le monde les avait vus. Il n'était pas parvenu à masquer quoi que ce fût. Quel idiot il avait fait.

Il y avait eu une époque où il tombait amoureux à chaque coin de rue. Il partait en chasse pour un détail aussi infime que le ruban charmant d'un chapeau. Un pas léger, le frou-frou d'une jupe, une main gantée écartant une mouche importune d'un nez tacheté de son, voilà qui jadis suffisait, il n'en fallait pas plus à son cœur pour bondir de joie. Dans une espérance splendide et brutale. Si totalement épris qu'il en souffrait physiquement. Mais il avait perdu l'habitude de la romance et, en s'apercevant dans le miroir, il avait eu un pincement de jalousie en repensant à cet être jeune et lascif qu'il avait été.

Il se rappelait la première fois qu'il avait vu le bras nu d'une femme. La première fois qu'une femme avait dénoué ses cheveux rien que pour lui, la cascade riche et saisissante de la chevelure, et ce parfum de savon et de lavande. Il revoyait chaque meuble de la pièce. Il sentait encore la chaleur de son premier baiser. Il avait aimé tout cela. Autrefois, rien d'autre ne comptait pour lui. Tout le sens de sa vie était contenu dans les appétits de son corps.

On peut supporter le désespoir tant que l'on n'est pas, de fait, désespéré. Ralph avait cinquante-quatre ans, et le désespoir l'avait gagné comme une infection, sans qu'il s'en fût aperçu. Il aurait été incapable de distinguer à quel instant précis l'espoir avait déserté son cœur.

En passant à sa hauteur d'un pas précipité, les habitants de la ville le gratifiaient d'un « 'soir, monsieur Truitt ». Et ne pouvaient s'empêcher d'ajouter : « L'est pas un rien en retard, le train, monsieur Truitt ? » Il avait envie de les frapper, de leur dire de s'en aller, de le laisser tranquille. Car bien sûr, ils étaient au courant. Il y avait eu des télégrammes, des mandats, un billet. Ils n'ignoraient rien.

Ils connaissaient toute l'histoire de sa vie, depuis sa naissance. La plupart d'entre eux travaillaient pour lui d'une manière ou d'une autre, à la fonderie, aux registres ou à l'extraction, ou encore aux ventes et achats, à la comptabilité et aux loyers. Quant à ceux qui ne travaillaient pas pour lui, c'est qu'ils ne travaillaient pas vraiment, et se contentaient du labeur vain et misérable, unique recours des idiots et des paresseux pour survivre sous ces rudes climats.

Certains étaient paresseux, il le savait. D'autres, cruels avec leur femme et leurs enfants, infidèles à leur mari aussi stable qu'ennuyeux. Les hivers étaient si longs et si rigoureux, personne ne pouvait prétendre en réchapper indemne.

Pour certains, une vie normale tournait au cauchemar. Ils mouraient de faim pendant ces hivers atroces. Ils se retiraient de la société pour vivre seuls dans les bois, dans des cabanes délabrées. On les retrouvait nus et bavant, et on les abandonnait à l'asile pour aliénés de Mendota, où on les enveloppait de draps glacés et où on les fouettait au courant électrique jusqu'à leur rendre raison et quiétude. Ces choses-là arrivaient.

Pourtant, jour après jour, ceux qui tenaient bon étaient plus nombreux que ceux qui renonçaient ; ceux qui restaient, plus nombreux que ceux qui partaient. Et tôt ou tard, ceux qui restaient, fous et sains d'esprit, avaient tous affaire à Ralph Truitt. Comme eux, Ralph Truitt endurait le froid et l'effroi de sa propre solitude.

« Ça va tomber fort, disaient-ils.

– Déjà la nuit. Quatre heures et déjà la nuit.

– 'soir, Ralph, monsieur Truitt. Celle-là, ça va être quelque chose. C'est l'almanach qui le dit. »

Et ces petites ruses qu'ils inventaient, pour passer le temps, ces tentatives dérisoires mais courageuses pour établir un contact humain avec lui. Chaque conversation exigeait une réflexion, il leur fallait envisager toutes les approches possibles avant même de prononcer les premiers mots, qui seraient consignés et rapportés dès que Ralph serait parti.

« J'ai vu M. Truitt aujourd'hui, diraient-ils peut-être à leur épouse, car peu d'entre eux osaient l'appeler autrement, même en privé. Il a été cordial, il a demandé des nouvelles de toi et des enfants. Il s'est souvenu de tous les prénoms. »

Ils le haïssaient mais avaient besoin de lui, et ils lui trouvaient des excuses. Lorsque les maris se lançaient dans des diatribes, le traitant de salaud et de rapiat, de fumier prétentieux, les femmes répondaient : « Oh… tu sais… il a eu des problèmes. »

Bien sûr, qu'ils le savaient. Ils étaient tous au courant.

Il dormait seul. Allongé dans le noir, il se les représentait, ces gens. Il rêvait leurs existences dans le noir.

Les maris se tournaient sur le côté et, voyant leurs femmes, sentaient le désir les transpercer de sa flamme, comme une explosion. Ralph imaginait leur vie, leurs pulsions, qu'une simple chemise de mousseline suffisait à embraser. Onze enfants, jusqu'à treize pour certains : neuf morts pour quatre vivants, six restants pour sept disparus.

Dans l'esprit de Ralph Truitt, au milieu de la nuit, les nœuds de la mort et de la naissance dessinaient une dentelle folle, qui enceignait la ville dans ses rets, dans l'extase d'actes sexuels et dans le produit de ces actes. Tous peau contre peau dans l'obscurité, contenus pendant le jour par les lourds habits de torture. Dans son imagination, les maris se précipitaient entre les draps tièdes pour y retrouver toute leur jeunesse et leur amour, ne fût-ce que pour quinze minutes dans le noir, aux côtés de femmes flétries qui elles-mêmes, pendant ces quelques minutes, redevenaient de belles jeunes filles aux tresses brillantes et au rire prompt. Le sexe était tout ce à quoi Ralph pensait, dans le noir.

La plupart du temps, il le supportait. Mais certaines nuits, c'était impossible. Ces nuits-là, il suffoquait sous le poids de toute cette luxure qu'il imaginait autour de lui, de ces désirs récompensés, de ces élans physiques tacites qui surviennent parfois dans le noir entre des gens que la simple vue de l'autre insupporte à la lumière du jour.

Dans chaque maison, une vie différente, songeait-il, fasciné. Dans chaque lit, des relations sexuelles. Il parcourait tous les jours les rues de sa ville et sur les visages il lisait les faveurs simples qu'ils s'étaient offertes les uns aux autres dans le noir, et il se disait qu'il était bien le seul parmi eux à ne pas en avoir besoin pour continuer à avancer.

Il assistait à leurs mariages et à leurs obsèques. Il arbitrait leurs différends, endurait leurs complaintes. Il les engageait et les renvoyait, et jamais il n'oubliait l'image de leurs corps avides tâtonnant dans l'obscurité muette, de leurs corps arrachant ce réconfort qui, lorsque le soleil se lèverait, leur permettrait de supporter encore leur vie.

Ce matin, dans le miroir, il avait vu son visage, et c'était un visage qu'il ne voulait pas montrer. Son désir ardent, sa solitude vorace n'étaient pas morts. Et tous ces gens qui l'entouraient n'étaient pas aveugles. Toutes ces années, ils avaient dû être aussi horrifiés que lui ce matin.

Dans sa poche il sentait la lettre, et dans l'enveloppe, la photographie d'une femme quelconque et inconnue de lui, commandée à Chicago comme une paire de bottes ; dans cette photographie reposait tout l'avenir de Ralph, et rien d'autre n'avait d'importance. Et tandis qu'il se tenait là, au milieu de cette foule bouche bée, à attendre un train en retard, sa honte même en devenait secondaire, car il s'était fixé cette ligne de conduite dans son cœur avant même de savoir où le mènerait cette trajectoire. Et il ne pouvait, sous leurs regards aux aguets, détourner les yeux ou s'écarter de cette décision qu'il avait prise de tout son cœur, bien avant d'en saisir la portée.

Même en retard, le train finirait bien par entrer en gare, et alors tout ce qui s'était produit avant son arrivée serait l'avant, et tout ce qui surgirait après deviendrait l'après. Il était trop tard pour l'arrêter. Le passé de Ralph ne serait plus qu'une suite d'événements l'ayant mené à cet acte d'espoir ultime et éperdu.

Il avait cinquante-quatre ans et son visage le révulsait, mais dans quelques instants, même cette réalité serait effacée. Il s'autorisait à y croire.

« Nous aspirons tous aux choses les plus simples », pensa-t-il. Quoi que l'on possède et bien que l'on voie mourir les enfants, ce à quoi l'on aspire avant tout, c'est la simplicité de l'amour. Ce n'était pas trop demander que d'être comme les autres, d'avoir lui aussi quelque chose à vouloir.

Pendant vingt ans, il n'avait eu personne pour lui souhaiter bonne nuit lorsqu'il éteignait la lumière et se glissait entre les draps. Personne pour lui dire bonjour lorsqu'il ouvrait les yeux. Pendant tout ce temps, personne dont il connût le nom ne l'avait embrassé et pourtant, même à présent, sous la neige qui commençait à tomber lentement, il se rappelait la sensation, le tendre abandon des lèvres, la gourmandise poignante.

Les habitants de la ville l'observaient. Cela n'avait plus d'importance. « On y était, raconteraient-ils à leurs enfants et à leurs voisins. On l'a vue descendre du train la toute première fois, et elle n'en est descendue que trois fois en tout. On y était. On l'a vu, lui, à l'instant où il a posé les yeux sur elle. »

Cette lettre dans sa main. Il la connaissait par cœur.

Cher Monsieur Truitt,

Je suis une femme simple et honnête. J'ai parcouru le monde, dans mes voyages avec mon père. Dans mon travail de missionnaire, j'ai vu le monde tel qu'il était, et je n'ai pas d'illusions. J'ai vu les pauvres et j'ai vu les riches, et je crois qu'il n'y a qu'un fil qui les sépare, car les riches ont aussi faim que les pauvres. Ils ont faim de Dieu.

J'ai vu la maladie mortelle, au-delà de ce qui peut s'imaginer. J'ai vu ce que le monde a fait au monde, et je ne peux supporter d'y appartenir plus longtemps. Je sais que je ne peux rien y faire, et que Dieu Lui-même est impuissant.

Je ne suis plus une jeune fille. Je n'ai été toute ma vie que la fille de mon père et j'avais depuis longtemps abandonné toute prétention à devenir une épouse. Je sais que ce n'est pas l'amour que vous offrez, et l'amour n'est pas ce que je recherche, mais un foyer, et je prendrai ce que vous donnerez car c'est tout ce à quoi j'aspire. Je ne veux pas dire par là que ce soit négligeable. Je veux dire, en fait, qu'on ne peut rien espérer de mieux, comme bonté et comme générosité. Comparé au monde que j'ai vu, c'est tout ce qui importe, et si vous voulez de moi, je viendrai.

Elle avait joint à la lettre une photographie, dont il effleurait le bord dentelé du bout du pouce tout en soulevant son chapeau pour saluer un passant ; du coin de l'œil, il en aperçut un autre qui jaugeait du regard son costume noir, ses bottes robustes et son pardessus à col de fourrure, d'une sobriété et d'une opulence inhabituelles. De son pouce, il caressait le visage de cette femme. Il en connaissait les traits, ni charmants ni laids. Les grands yeux clairs fixaient le flash du photographe sans duplicité aucune. Elle portait une robe toute simple avec un col de drap modeste – une femme ordinaire qui avait tant besoin d'un mari qu'elle était prête à épouser un inconnu de vingt ans son aîné.

Il ne lui avait pas envoyé de photographie en retour, et elle n'en avait pas demandé. Il lui avait fait parvenir un billet, expédié à la pension chrétienne où elle logeait, dans ce Chicago crasseux et braillard, et à présent il se tenait là, homme riche dans une ville minuscule au climat froid, au début de l'hiver du Wisconsin, en cette année 1907. Ralph Truitt attendait le train qui lui amenait Catherine Land.

Ralph Truitt avait attendu longtemps. Il pouvait attendre encore un peu.

2

Assise devant le miroir, Catherine Land s'appliquait à défaire tout ce que la vie avait fait d'elle. Les années l'avaient endurcie, avaient banni de son cœur tout sentiment de pitié.

« Je suis de ces femmes qui veulent connaître la fin de l'histoire, se disait-elle en fixant son visage dans le miroir qui tressautait. Je veux savoir comment tout cela va finir, avant même que cela ne commence. »

Catherine Land aimait les commencements. La blancheur pure et l'infini possible de la pièce vide, le premier baiser, le frisson du premier larcin. Et les dénouements, elle aimait aussi les dénouements. Le panache spectaculaire du verre qui se fracasse, de l'oiseau mort, de l'adieu déchirant, de la dernière parole odieuse qu'on ne peut ni retirer, ni oublier.

Les entre-deux étaient pour elle un temps de pause. Et ce moment, malgré toute son intensité en marche, était pourtant bien un entre-deux. Les commencements étaient doux, les dénouements généralement amers, mais les entre-deux n'étaient que la corde raide reliant les premiers aux seconds. Rien de plus.

Par la vitre, le paysage défilait à vive allure à l'horizontale, aplati par la neige. Bien qu'elle se tînt la tête parfaitement immobile, le train tanguait juste assez pour faire osciller et miroiter ses pendants d'oreilles dans la lumière.

Il lui avait envoyé un billet pour un wagon privé avec salon et chambre, et l'éclairage électrique. Elle n'avait croisé aucun autre passager, pourtant elle se doutait qu'elle ne devait pas être seule dans ce train. Elle les imaginait, calmement assis sur leurs sièges, leur teint pâle d'hiver sur fond de crin gris, alors que dans sa voiture tout n'était que velours rouge, falbalas et fanfreluches. « Un vrai lupanar », avait-elle pensé. Un lupanar roulant.

Ils avaient quitté la gare à la nuit tombée et avaient rampé dans l'obscurité, au rythme d'arrêts fréquents afin de dégager les congères qui encombraient les rails. Le serveur lui avait apporté un repas lourd et luisant, avec pièces de bœuf rôti et crevettes sur lit de glace pilée, ainsi que de ravissantes pâtisseries glacées au sucre, qu'elle avait mangées sur une table pliante. On ne lui avait pas proposé de vin et elle n'en avait pas demandé. Au creux de sa main pesaient les couverts d'hôtel en argent, lourds et lisses. Elle avait dévoré tout ce qu'on lui servait.

Le lendemain matin étaient apparus des œufs fumants, du jambon et des petits pains, accompagnés de café couleur d'encre qui brûlait la langue, le tout apporté par un Noir silencieux, qui avait officié comme s'il accomplissait quelque subtil tour de magie. Elle avait tout englouti. Il n'y avait rien d'autre à faire, et le mouvement du train, à la fois hypnotique et enchanteur, amplifiait son appétit, tandis que chaque seconde qui filait la rapprochait du but de sa longue et épineuse entreprise.

Lorsqu'elle ne mangeait pas ou ne dormait pas entre les draps amidonnés et immaculés, elle examinait son visage dans le miroir de la coiffeuse. C'était la seule chose qu'elle possédât avec certitude, la seule chose dont elle pût être certaine qu'elle ne la trahirait jamais, et elle trouvait rassurant, au bout de trente-quatre ans, que ce visage demeurât chaque matin pratiquement inchangé. Elle observait chaque jour cette même beauté assurée, ce même teint pâle et sans défauts, frais et sans rides. Quelque offense qu'ait pu lui faire la vie, la marque n'en avait pas encore atteint ses traits.

Pourtant, elle était agitée. Son esprit bondissait en tous sens, passait une énième fois en revue ses choix, ses projets, des souvenirs confus de son passé tumultueux, et tout ce qui dans sa vie avait pu la mener ici, dans cette somptueuse chambre roulante, quelque part dans l'entre-deux.

C'est dans l'entre-deux que tout devait prendre forme, et elle avait eu beau se l'être repassé encore et encore en esprit, elle ne faisait pas confiance à ce temps-là. On pouvait se faire prendre. On pouvait perdre l'équilibre, ou sa route, et être démasqué. Dans l'entre-deux, il se produisait toujours des choses que l'on n'avait pas prévues et c'étaient ces choses, la possibilité de ces choses qui la hantait et la troublait, et cette préoccupation transparaissait dans les tendres cernes mauves qui se creusaient sous ses yeux sombres en amande.

L'amour et l'argent. Elle n'arrivait pas à croire que sa vie, aussi vide de sens et de but, se terminerait sans amour ou sans argent. Elle ne pouvait, ne voulait accepter cette éventualité, ç'aurait été se résigner par avance.

Elle était d'une détermination de fer, implacable. Pas question pour elle de vivre sans une certaine quantité de ces deux biens indispensables à sa survie. Toutes ces années, elle était restée persuadée qu'ils finiraient par lui échoir, en temps voulu. Elle croyait qu'un ange descendrait des cieux pour la couvrir de richesses, comme elle avait été couverte de beauté. Elle croyait aux miracles. Du moins elle y avait cru, jusqu'à l'âge où, brusquement, elle avait compris que cette vie qu'elle vivait n'était autre que sa vie. L'argile dans laquelle son être était façonné, longtemps malléable à l'infini, avait durci et pris la forme d'un objet palpable et immuable, d'une enveloppe qu'elle habitait. Cette prise de conscience l'avait violentée, à l'époque. Elle continuait de la frapper aujourd'hui, comme une gifle en plein visage.

Elle se remémora un épisode de son enfance, l'instant précis de son passé qui l'avait le plus profondément marquée. Elle se trouvait en voiture à cheval, vêtue d'une robe blanche toute simple, assise près de sa mère, qui n'était pas encore morte. Elle était en sécurité. La scène se déroulait en Virginie, où elle était née.

La chevelure dorée de sa mère reflétait l'éclat lavande de sa robe en soie sophistiquée, aux jupes volumineuses et somptueusement ornées. Elle menait une grande voiture simple, et Catherine était assise à l'avant, entre sa mère et un homme, un militaire qui n'était pas son père. Dans son souvenir tel qu'il lui revenait, elle ne distinguait pas son visage.

Derrière eux, droits comme des I, se tenaient trois autres jeunes hommes, des cadets, tout pimpants dans leurs uniformes en laine ajustés, avec épaulettes, galons et chevrons.

Il avait plu en chemin, une ondée brève et drue, et il avait fallu relever la capote de la voiture. La pluie tombait alors même que le soleil ne cessait de briller sur eux, et l'averse était si dense que Catherine avait peine à voir au-delà des flancs fumants des chevaux. Puis, par un miracle splendide, la pluie avait cessé et l'un des jeunes hommes avait rabattu la capote, de sorte que l'air doux et parfumé les avait enveloppés. Dans le mouvement, la chevelure de sa mère avait été constellée de minuscules gouttelettes, et sa mère était partie d'un éclat de rire charmant. Catherine en gardait un souvenir tellement vivace, de la mélodie de son rire. Tout était agréable, jusqu'à cet orage subit. Ravissant écho d'un passé lointain.

Le jeune soldat derrière Catherine avait chuchoté à son oreille en lui montrant du doigt un arc-en-ciel qui se levait. Toutes ces années après, elle sentait encore la sueur sucrée de ce jeune corps sanglé dans son uniforme impeccable. Elle se rappelait cette odeur plus distinctement que tout le reste de son enfance, que les montagnes de Virginie au-delà de l'arc-en-ciel éclatant. Elle sentait encore vibrer la voix de cet homme contre les os fins de sa poitrine, un fourmillement profond sous sa peau. Il lui avait murmuré une histoire de pot rempli de pièces d'or qui lui était destiné à elle, et qui l'attendait juste au bout de l'arc-en-ciel.

Quel miracle. Le soleil n'avait pas cessé un instant de briller, puis la pluie s'était interrompue, et un coucher de soleil enchanteur s'était épanoui. La lumière enivrante donnait à chaque visage une aura de beauté, la douceur et la fraîcheur de l'air rendaient chaque cœur plus léger. Catherine était assise entre sa mère qui n'était pas encore morte et un soldat qui n'était pas son père dans une campagne dont elle ne se souvenait plus, sur une route qu'elle voyait à peine, et elle pensait : « Je suis parfaitement heureuse. »

C'était la dernière fois dans toute sa vie qu'elle se rappelait avoir eu pareille pensée. Elle ne savait pas qui étaient ces hommes, où ils se rendaient, ou comment ils s'étaient retrouvés ainsi ensemble. Que leur était-il arrivé à tous, lorsqu'ils étaient parvenus à destination ? Quelque célébration officielle, les morts de la guerre de Sécession, la liste sans fin de ces garçons et de ces hommes dont les fantômes parcouraient la campagne, une commémoration quelconque avec drapeaux hissés claquant au vent et trompettes, et un long et lent roulement de tambour. Elle ne savait pas où se trouvait son père, ce jour-là, pour les laisser ainsi sa mère et elle traverser en carriole la pluie, les arcs-en-ciel et les couchers de soleil en compagnie de quatre beaux soldats.

Elle repensait à cette mère ravissante qui était morte l'année de ses sept ans, en donnant naissance à sa sœur Alice, et qui lui manquait. Elle revoyait ces hommes. Elle se rappelait leur odeur, la chair de leurs jeunes bras qui tendait le tissu des manches de veste, et les cols blancs et raides qui râpaient leurs cous rasés. Ce frottement typiquement masculin avait été en quelque sorte le commencement, le début de tout ce qui avait suivi.

Elle comprenait à présent que ç'avait été le commencement du désir. Cette splendeur, cette lumière et ces nuages écarlates. C'était le visage de Jésus. C'était l'amour. L'amour sans fin. Le désir sans objet. Elle ne l'avait jamais plus connu ou ressenti, depuis.

À partir de là, elle avait avancé et avancé encore, jusqu'à ce que ses jambes fussent fatiguées et que sa mère fût morte et que son cœur fût brisé. Peu importait que la tâche lui parût impossible, seconde après seconde, elle avait avancé sans amour et sans argent, à se demander toujours quand cela allait se produire, quel dénouement splendide allait enfin faire écho à ce splendide commencement.

Elle ne s'appesantissait plus sur le passé. Elle n'en gardait aucun souvenir cher, hormis celui de cet unique arc-en-ciel, et du pot rempli d'or. Elle avait avancé dans la vie en mordant et en cognant, dans sa colère elle s'était débattue comme une diablesse enragée pour qu'il lui arrivât quelque chose de bien. Cela ne s'était pas encore produit. Ainsi, le jour où elle avait subitement compris que cette vie était en fait *sa* vie, elle s'était demandé quelle force avait bien pu la propulser de l'avant, jour après jour, quels événements avaient bien pu remplir les heures qui séparaient le sommeil du sommeil. Mais dans des moments comme celui-là, quand tout était tellement silencieux qu'elle en remarquait le tremblement de ses pendants d'oreilles, elle mesurait avec effroi que la réponse n'était pas « rien de bien extraordinaire », mais rien tout court.

Elle ne voulait, ne pouvait vivre sans amour ou sans argent.

Elle se rappellerait toujours ces jeunes soldats sans visage. Ils seraient jeunes à jamais. Elle chérirait en son cœur la splendeur du soleil transperçant les nuages, et cet arc-en-ciel. Le charme de sa mère ne l'abandonnerait jamais. Mais quel bien y avait-il dans tout cela ? De quelle utilité tout cela lui était-il aujourd'hui, assise ainsi devant un miroir, à bord d'un train qui se rendait au milieu de nulle part, sur la corde raide entre le commencement et le dénouement ?

Elle entendit frapper doucement à la porte. L'employé qui lui avait apporté ses repas et descendu sa couchette glissa son beau visage sombre dans le compartiment. « Arrivée dans une demi-heure, mademoiselle.

– Merci », répondit-elle doucement, sans quitter des yeux le miroir envoûtant. La porte se referma et elle se retrouva de nouveau seule.

Elle avait découvert l'annonce de Ralph Truitt six mois plus tôt. Elle était attablée avec son café du dimanche et le journal :

HOMME D'AFFAIRES RURAL RECHERCHE
ÉPOUSE FIABLE.
MOTIVATIONS PRATIQUES,
PAS ROMANTIQUES.
RÉPONDRE PAR LETTRE.
RALPH TRUITT. TRUITT, WISCONSIN.
DISCRÉTION REQUISE.

« Épouse fiable. » Voilà qui était nouveau, et l'avait fait sourire. Dans sa vie, elle avait dû lire des milliers d'annonces de ce genre. C'était pour elle un passe-temps, comme le tricot. Ces messages la captivaient, tous ces hommes seuls qui poussaient leur cri depuis les vastes étendues désertes. Parfois, c'étaient des femmes qui faisaient passer ces annonces, et elles demandaient de la force ou de la patience, de la gentillesse ou simplement de la courtoisie.

Catherine se riait des histoires de ces gens, de leur pitoyable témérité. Tous, ils demandaient, et récoltaient probablement, quelqu'un d'aussi seul et d'aussi misérable qu'eux. Qu'auraient-ils pu attendre de plus ? Les boiteux et les estropiés appelant les aveugles et les désespérés. Pour Catherine, c'était hilarant.

Néanmoins, elle supposait qu'à travers leurs petits appels mesquins au réconfort, ces hommes et ces femmes se trouvaient. Ils trouvaient, sinon l'amour et l'argent, du moins une autre vie à laquelle se raccrocher. Il paraissait des annonces comme celle-là chaque semaine. Ceux qui les écrivaient n'aimaient pas leur solitude. Peut-être finissaient-ils par découvrir, du moins pour certains d'entre eux, une vie qu'ils aimaient mieux.

La nuit précédente, juste avant de s'endormir, elle s'était soudain vue comme d'au-dessus, allongée dans son lit, nimbée du frisson de la solitude et de la mort, du halo de l'affliction. Suspendue dans l'air, elle se regardait. Elle avait ressenti et ressentait encore qu'elle mourrait si personne ne la touchait avec douceur et affection. Si personne ne faisait son apparition pour l'abriter de la tempête affreuse qu'était sa vie.

C'est à l'annonce laconique de Ralph Truitt, qui contenait la promesse d'un commencement sinon flamboyant, du moins nouveau, qu'elle avait fini par répondre. « Je suis une femme simple et honnête », avait-elle écrit, et il avait répondu par retour du courrier. Ils avaient correspondu tout au long de cet été brûlant, s'étaient aventurés à décrire leurs vies. Son écriture à lui était brute, d'une puissance manifeste, là où celle de Catherine était travaillée et élégante et, espérait-elle, séduisante. Elle avait enfin envoyé la photographie, et il était devenu plus loquace, entrant dans les détails comme si tout était déjà décidé, le mariage déjà conclu. Elle avait feint l'hésitation, de telle sorte qu'il avait insisté et fini par envoyer un billet pour que le train l'amenât jusqu'à lui et qu'il pût la prendre pour femme.

Le jeune soldat assis à côté d'elle dans la carriole devait lui-même être vieux, maintenant. Elle revoyait l'angle de son pouce saillant de la paume de sa main, elle sentait le contact de la cuisse de l'homme contre sa cuisse alors qu'il se penchait vers elle. Peut-être avait-il une femme et des enfants, aujourd'hui. Peut-être les aimait-il, les traitait-il avec douceur, avec grâce et affection. Le monde n'avait pas montré à Catherine que ces choses-là fussent courantes, pourtant son chagrin ne lui avait été rendu supportable que par la certitude que quelque part vivaient des gens dont la vie ne ressemblait pas à la sienne.

Peut-être ce Ralph Truitt était-il l'un d'eux. Peut-être cette vie qu'il offrait serait-elle d'un autre genre. Le soleil se levait chaque jour. Il n'était pas possible qu'elle ne le vît qu'une seule fois paraître dans toute sa splendeur.

Une demi-heure. Elle se leva de la coiffeuse et retira ses souliers de soie rouge, qu'elle aligna l'un contre l'autre. Elle s'empressa d'enlever la veste brodée de son élégant tailleur de voyage, et de la jeter à terre derrière elle. Puis elle défit son chemisier de soie et la lourde jupe de velours rouge. Elle dénoua les liens de son corset sophistiqué et s'en dégagea en secouant les épaules. Elle se sentit soudain légère, comme si elle allait décoller du sol, une flaque de velours cramoisi à ses pieds.

Tout au long de cette opération, elle ne se quitta pas des yeux, dans le miroir. L'espace d'une seconde, elle vit le reflet de son corps sans tête. La vision n'était pas déplaisante. Elle aimait son corps comme les femmes en sont parfois capables, et elle le regardait d'un œil froid, comme à travers une vitrine, avec une compréhension intime et exacte de la matière brute à partir de laquelle elle avait, un millier de fois, produit certains effets. Chaque jour, elle prenait cette matière brute de son corps et elle la tirait et la poussait, la décorait pour en modeler une version améliorée, rehaussée d'elle-même, une version conçue pour attirer l'attention.

Plus maintenant.

Elle se pencha pour ramasser rapidement ses vêtements, ainsi que ses souliers de soie, et roula le tout en un ballot impeccable. Puis elle se précipita vers la fenêtre du compartiment, l'ouvrit d'un coup sec et lança ses vêtements coûteux dans l'obscurité et le tapage des roues du train. Il commençait à neiger. Le printemps était encore loin. D'ici là, ses beaux habits ne seraient plus qu'une ruine noircie.

Elle délogea une petite valise grise et usée du casier au-dessus de sa tête. Elle en déclencha les fermoirs et sortit de son bagage une robe de laine noire, simple, l'une d'une série de trois semblables. Elle se rassit à la coiffeuse et déchira l'ourlet sur une petite longueur. Elle retira ses bijoux, un bracelet et des boucles d'oreilles en grenat, des colifichets de fête foraine, et les enveloppa dans un mouchoir raffiné encore imprégné du parfum acidulé d'une eau de Cologne d'homme. Elle y ajouta une bague délicate en diamant et fourra le petit paquet dans le pli de la jupe.

De ses doigts adroits, elle passa un fil par le chas d'une aiguille et recousit promptement la doublure, y enfermant ses bijoux. Aussi insignifiante que pût paraître cette précaution, elle lui rappelait comment elle avait vécu autrefois, son ancienne vie à présent dissimulée dans l'ourlet d'une robe sans fioritures. Ces petites babioles étaient son assurance, son billet de retour pour sortir des ténèbres, si les ténèbres devaient tomber. C'était le gage de son indépendance. C'était son passé.

Là. Elle enfila la robe, boutonna les treize boutons. C'étaient ses vêtements, les seuls vêtements qu'elle eût. Elle les avait confectionnés elle-même, comme sa mère le lui avait appris.

Sans gaine et sans corset, elle se sentait étonnamment légère. Elle acheva rapidement de s'habiller.

Elle connaissait tous les détails de sa nouvelle vie. C'était la partie facile. Elle les avait répétés en imagination pendant des heures, des mois. Les expressions. Les faux souvenirs. Le petit morceau de musique. Elle avait tellement peu de vie propre, tellement peu de personnalité propre qu'il lui paraissait aisé d'adopter les manies d'une autre avec aisance et conviction. Son nouvel être n'était peut-être pas plus habité, mais il n'était pas moins réel.

Elle dénoua ses cheveux, les boucles sombres qui encadraient son visage. Elle les tira en arrière jusqu'à en avoir mal aux yeux, et les attacha en un petit chignon impeccable sur la nuque.

Elle passa en revue ses souvenirs. Un soldat à côté d'elle, sur le siège d'une carriole. La mort de sa mère au moment où sa sœur glissait hors de son corps. L'arc-en-ciel. Elle classa et rangea ces images, puis en cacheta l'enveloppe comme elle avait cousu l'ourlet de sa jupe contenant ses bijoux, dans ce besoin d'effacer les complexités dans lesquelles elle s'était trouvée, pour pouvoir se concentrer sur la simplicité de son objectif.

C'était une femme simple et honnête, assise au milieu du faste inattendu d'un wagon de chemin de fer privé. Une enfant toute de blanc vêtue, assise entre sa mère et un homme qu'elle ne connaissait pas.

Catherine Land resta assise jusqu'au tout dernier moment, suspendue entre le commencement et le dénouement. Le train ralentit et s'immobilisa. Le porteur vint retirer sa valise du porte-bagages. Elle lui laissa un pourboire, disproportionné, et il lui sourit.

Elle contemplait toujours son visage. Elle ne pouvait, ne voulait vivre sans argent ou sans amour. Dans sa dernière lettre, Ralph Truitt avait timidement promis de partager sa vie avec elle, et elle prendrait ce qu'il avait à donner. Elle en savait nettement plus que lui sur ce qui les attendait.

Elle se leva, se drapa dans une lourde cape noire de missionnaire, avant de quitter le compartiment en refermant doucement la porte derrière elle. Elle ne se sentait pas nerveuse. Elle remonta le couloir, descendit les marches de métal, prit la main que lui tendait le porteur dans les volutes de vapeur, et posa timidement et gracieusement le pied sur le quai afin de rencontrer Ralph Truitt.

3

Elle entra dans la neige, une tempête tourbillonnante dont le souffle l'aveugla, tout en l'éblouissant de sa blancheur. Elle assombrissait et illuminait à la fois l'air du quai, entourait Catherine d'une aura de lumière mouvante. Des inconnus couraient en tous sens, s'accueillaient, s'embrassaient, hissaient des malles et des valises sur leurs épaules, tout en abritant des bébés du blizzard. La neige tombait à l'horizontale, hérissait les silhouettes furtives de tourbillons étourdissants qui disparaissaient prestement vers le ciel, happés par le néant obscur. Cela paraissait sans fin.

Elle avait cru qu'elle ne le reconnaîtrait pas, jusqu'au moment où il ne resterait plus que lui sur le quai, mais pas d'erreur possible. Ce visage impénétrable était le sien, tout comme cette façon de se couper de la marée humaine qui tournoyait autour de lui.

Elle sut instantanément que c'était lui. Il paraissait si riche et si seul.

Soudain, elle eut peur. Il ne lui avait jamais traversé l'esprit qu'il leur faudrait parler ; ils se diraient bonjour, à l'évidence, mais elle n'était guère allée plus loin dans ses projets. À présent ces détails semblaient s'étendre à l'infini, toutes ces petites banalités qu'elle se représentait comme le quotidien d'un couple marié – obtenir, arracher, éluder, transiger.

Parce qu'elle allait l'épouser, cela allait de soi. Elle l'avait dit et elle le ferait. Mais ensuite ? Comment remplir les journées, le défilé interminable des repas, des tâches ménagères, les heures infinies dans cette cécité éclatante, qui comme un trou noir semblait dérober à Catherine toutes ses facultés de parler.

Les commencements étaient tellement enchanteurs, en général, et pourtant elle ne pouvait que demeurer plantée là, terrorisée devant tous ces petits compromis qui comblaient l'entre-deux. Si elle tombait malade, elle supposait qu'il prendrait soin d'elle. Ils discuteraient du prix des choses. Il tiendrait les cordons de la bourse serrés, bien qu'il parût richement vêtu. Elle lui demanderait de l'argent, qu'il lui donnerait, et ainsi elle paierait ce dont ils auraient besoin, et alors elle lui dirait ce qu'elle aurait acheté. Ils en parleraient au dîner, autour des plats qu'elle aurait préparés pour lui. Ils deviseraient du temps, ils en noteraient chaque variation, ou bien ils liraient ensemble par les longues soirées au vent hurlant, au coin d'un feu ou près d'un poêle. Elle s'imaginait qu'ils feraient ou diraient ce que les gens dans leur situation faisaient et disaient habituellement, mais elle se rendait maintenant compte qu'elle ne savait pas en quoi cela consistait.

Dans le wagon qui l'amenait lentement depuis Chicago, les contours lui paraissaient clairs et tout se détachait avec netteté. Là, dans la neige, par ce temps cinglant, tout devenait flou, les contours s'estompaient, ne laissant que de vagues formes inconnaissables, et Catherine avait peur.

Pourtant il n'y avait rien d'autre à faire, ni pour eux ni pour quiconque, hormis se serrer l'un contre l'autre, à attendre le printemps. Elle ferait ce qu'elle avait à faire.

Elle se dirigea vers lui, qui tenait ses mains dans les poches d'un long manteau noir, dont le col en fourrure sombre étincelait de neige. Il se tourna vers elle sans le savoir, mais elle distingua à peine son visage. Il avait l'air… quoi ? Triste ? Gentil ? Seul, il avait l'air seul.

Elle se sentait ridicule, avec ses habits de laine bon marché, et sa piètre valise en carton gris. Prendre les devants, se dit-elle. S'avancer et dire bonjour ; le reste se ferait tout seul, d'une manière ou d'une autre.

« Monsieur Truitt. Je suis Catherine Land.

– Ce n'est pas vous. J'ai une photographie.

– C'est celle de quelqu'un d'autre. Ma cousine India. »

Il sentait sur lui les yeux des habitants de la ville, qui enregistraient cette tromperie dans le moindre détail. C'en était trop.

« Il vous faut un vrai manteau. C'est la campagne, ici.

– C'est tout ce que j'ai. Je suis désolée. Pour la photographie. Je suis navrée, mais je peux tout expliquer. »

Pareille supercherie, devant la ville au grand complet, se faire ainsi ridiculiser, une fois de plus, devant tout le monde. Son cœur battait à tout rompre et le sang semblait avoir quitté ses jambes.

« Nous ne pouvons pas rester plantés là toute la nuit. Qui que vous soyez. Donnez-moi votre valise. »

Elle la lui tendit au moment où il sortait la main de sa poche. Elle en sentit fugitivement la chaleur.

« C'est tout ? C'est tout ce que vous avez ?

– Je peux vous expliquer. Je n'ai pas grand-chose. Je pensais…

– On ne peut pas rester ainsi en pleine tempête, avec tout le monde qui… Ne restons pas là. » Il la considéra sans chaleur et sans aménité. « Tout cela commence par un mensonge. Je veux que vous sachiez que je le sais. »

Il sortit la photographie de sa poche, sa photographie, et la lui montra, comme si le fait de la sortir de sa poche allait la transformer en cette femme réservée et sans attraits représentée là. Le regard de Catherine se posa dessus.

« Qui que vous soyez, vous n'êtes pas cette femme.

– Je vous expliquerai, monsieur Truitt. Je ne suis pas venue ici pour vous ridiculiser.

– Non. Cela n'arrivera pas. Tout ce que je sais de vous pour l'instant, c'est que vous êtes une menteuse. »

Il se détourna, et elle traversa à sa suite le quai désert jusqu'à une voiture garée sur le côté. Nerveux, les chevaux tapaient du pied en soufflant de puissants jets de vapeur par les naseaux. Ralph Truitt plaça sa valise à l'arrière et la stabilisa à l'aide d'épaisses lanières de cuir. Sans un mot, il lui tendit la main pour l'aider à se hisser dans la voiture.

Il disparut dans la neige tourbillonnante, réapparut et grimpa sur son siège. Il la fixa droit dans les yeux pour la première fois. « Vous avez peut-être cru que j'étais un imbécile. Vous vous êtes trompée. »

Il fit claquer les rênes et les chevaux se lancèrent d'un bond dans le néant blanc. Ils cheminèrent en silence. Aux fenêtres des maisons, la lumière luisait faiblement, comme de très loin. Avec la neige, Catherine n'aurait su dire quelle distance les séparait de ce qui entourait la voiture. Ou combien il y avait de maisons et de magasins. Elle ne voyait les virages qu'au moment où ils les prenaient. Il connaissait les lieux. Les chevaux connaissaient les lieux. Elle était une étrangère, ici.

La neige ouatait le roulement des roues. Aucune conversation entre eux. Catherine se sentait suspendue dans un vide silencieux, au milieu de nulle part.

« Il y a beaucoup de monde ?

– Où ?

– En ville.

– Deux mille habitants. Plus ou moins, selon les années. Ça dépend.

– De quoi ?

– S'il en meurt davantage qu'il n'en naît. »

Ils n'échangèrent rien de plus. Ils progressaient en flottant à travers la neige, le halo lointain des maisons, et dans chacune se trouvait un foyer, une série de vies entremêlées, tandis qu'eux étaient assis là, totalement seuls et séparés.

Ralph n'avait rien à dire. Il s'était imaginé des choses, et à présent elle était là, qui qu'elle fût. Soudain tout était différent. Chaque maison qui défilait devant eux abritait des vies dont il savait tout. Dans ces foyers, les gens se connaissaient ; ils le connaissaient lui aussi. Ralph avait tenu leurs bébés dans ses bras, avait assisté à leurs mariages, avait été heurté par leur fuite soudaine dans la folie et la fureur. Il participait à leur vie sans vraiment en faire partie. Il se trouvait là et avait fait ce qu'on exigeait, ce qu'on attendait de lui.

Le froid les rendait fous ; ils plongeaient dans les profondeurs de la religion et en ressortaient déments. Mais même cela lui était familier. Tant qu'ils étaient sains d'esprit, ils aimaient croire qu'ils étaient dignes que Ralph Truitt prît leurs bébés dans ses bras pour les cajoler, et Ralph lui-même entretenait en lui l'illusion que ces choses-là comptaient pour lui. Pourtant, leurs existences vibrantes, leurs familles, tout cela s'entremêlait d'une manière obscure, qui lui échappait.

Mais ce n'était pas cette femme-là qu'il attendait. Il en ressentait de la colère. De la désorientation. Il avait lu et relu sa lettre jusqu'à la faire tomber en morceaux entre ses doigts. Il avait contemplé mille fois sa photographie. Il était évident qu'elle n'était pas cette femme dont il possédait le portrait, et il n'avait aucune idée de qui elle pouvait bien être. La relation qu'il entretenait avec chaque personne de cette ville reposait pour Ralph sur la maîtrise parfaite de tout ce qui lui arrivait. Et voilà que survenait cette hérésie. Le train en retard. La neige aveuglante. Cette femme.

C'était une erreur. Il le sentait au creux de son estomac, une erreur du début à la fin – la lettre, la photographie, son stupide espoir. Une erreur d'avoir éprouvé une envie. Pourtant c'était le cas, il avait voulu quelque chose pour lui-même. À présent l'objet de son désir était là, et il ne ressemblait en rien à ce qu'il s'était figuré.

Ce qu'il avait voulu, c'était une femme simple et honnête. Une vie tranquille. Une vie dans laquelle tout pourrait être préservé et où personne ne deviendrait fou.

Il ne pouvait la renvoyer, ou l'abandonner en plein blizzard. Il ne devait pas être vu en train de la laisser. On jaserait. Il aurait l'air cruel. Aussi la mettrait-il à l'abri de la tempête, lui offrirait-il le gîte pour une nuit ou deux, pas davantage. C'est la beauté de cette femme qui le troublait le plus, tellement inattendue, la douceur de sa voix, la finesse des os de son poignet lorsqu'il l'avait aidée à monter dans la voiture. Qui donc était la femme de la photographie ? Ralph en était troublé, assez pour se montrer rude avec les chevaux et refuser de la regarder en face.

« J'ai une automobile, dit-il sans raison apparente. C'est la seule de la ville. »

Elle ne sut quoi répondre.

« Mais elle ne vaut rien, dans la neige. »

« Je suis en pleine jungle, pensa Catherine. Seule au milieu des barbares. »

Ils quittaient la ville, et face au vent les chevaux devenaient ombrageux. D'ordinaire, Ralph ne se montrait jamais brutal avec eux, aussi sentait-il leur nervosité courir dans le cuir des rênes. Les bêtes ne voulaient qu'une chose, arriver à destination.

Catherine voyait, à travers la neige, les interminables champs plats d'un côté et, de l'autre, une large rivière, charriant des blocs de glace. Tellement lugubre et désolée.

Catherine repensa aux lumières de la ville, à l'activité incessante ; aux bars illuminés dans la nuit neigeuse, à la musique, aux rires, aux filles épinglant leurs chapeaux pour sortir courir l'aventure. Ces filles qui gloussaient près d'un feu chaleureux, entourées d'hommes qui leur avaient écrit des lettres d'amour. Qui mangeaient du rôti, buvaient du champagne et couraient la ville, les jupes remontées au genou pour courir dans la neige, ces filles qui riaient, attirées par la chaleur des tables de jeu et des feux, de la musique et de la compagnie.

Ici, après avoir quitté les lumières de la ville, on ne percevait plus un son. Il n'y avait rien d'autre qu'eux, leur voiture et les lanternes trouant l'obscurité de la route.

La rivière paraissait dure comme le fer.

Catherine se figura les filles des music-halls. Les hommes avec le jeu de cartes dans la poche et le revolver glissé dans la botte. La douceur de l'air alanguissant dans les fumeries d'opium, cette chaleur lorsque la nuit était trop froide pour que l'on sorte, le Chinois qui les réveillait avec une tasse de thé quand l'orage était passé, quand l'aube poignait ou quand tout l'argent avait fondu. Déjà les omnibus roulaient, emmenaient les gens normaux qui allaient travailler. Et les filles riaient, sachant qu'elles n'étaient plus présentables.

À un million de kilomètres de là. Autre vie, autre nuit, à un million de kilomètres en aval de cette rivière lisse et noire, vers la ville éclatante et tonitruante. À l'heure qu'il était, les amies de Catherine s'étaient déjà pomponnées pour la soirée, recherchaient la chaleur, la musique qui viendrait les éclabousser dans leurs belles robes, et elles riraient aux éclats de leurs folies. Pour elles, Catherine faisait déjà partie du passé. Elles n'avaient pas de mémoire.

Le cerf surgit de nulle part, cabré de terreur, et disparut en un instant. Ils n'entrevirent qu'une seconde son regard affolé, de ses bois il frôla les flancs des chevaux. Le monde bascula subitement dans le chaos blanc.

Paniqués, les chevaux firent un écart en arrière, manquant de renverser la voiture en la faisant basculer sur le côté, puis la redressèrent en s'emballant. Catherine n'entendit qu'un seul hennissement strident, comme un cri perçant, et les bêtes repartirent à bride abattue, le mors aux dents et la crinière projetant des éclats de glace. Debout sur son siège, Ralph tirait de toutes ses forces sur les rênes. Catherine sentit le frisson terrible, l'effroi atroce du basculement dans l'imprévu.

Les chevaux virèrent brusquement, leur faisant quitter la route, et les roues s'enfoncèrent dans la neige en crissant, comme une lame transperçant l'os. La voiture fonça droit sur une fine clôture qu'elle fit sauter, et subitement tout ne fut plus que bruit et chaos – Ralph, une jambe en appui contre l'avant de la voiture, hurlant les noms des chevaux, tirant les rênes, jurant, dans ce froid qui paraissait de plus en plus cinglant. Catherine, qui s'accrochait, pétrifiée de peur, perçut le craquement sourd lorsque la voiture heurta l'ornière, entaille creusée à l'automne par quelque ruisselet. Ralph se retrouva catapulté dans les airs, rênes au vent. Elle eut juste le temps de voir la jante en fer de la roue cueillir sa tête lorsqu'il bascula sous la voiture, et en une seconde ils étaient loin, la voiture cahotant et tanguant follement, et les chevaux, comme fous eux aussi, qui quittaient la route et fonçaient droit sur la rivière noire.

Les mains de Catherine fouillèrent à l'aveuglette. Les rênes claquaient en tous sens, pourtant elle réussit à les attraper et à les tenir en main. Ballottée dans le champ criblé de trous, la voiture tint bon. Cette stupide cape de missionnaire flottait au cou de Catherine et l'étouffait, et elle dut l'arracher pour la laisser filer, fantôme éphémère happé par la neige tourbillonnante.

Elle savait qu'il fallait laisser les chevaux aller. S'en remettre à leur instinct naturel. Sa force physique à elle n'était pas de taille, face à la terreur qu'elle sentait battre sous la croupe noire des animaux. Elle tint bon. Elle fit la seule chose en son pouvoir.

Les chevaux poursuivirent leur course frénétique. Ils dévalèrent un petit talus, venant frôler le fleuve gelé. La voiture pencha dangereusement et les chevaux furent entraînés en spirale, creusant de folles traces noires dans la neige glacée et poudreuse, et à présent ils étaient vraiment effrayés, soudain conscients qu'ils avaient quitté la zone de sûreté. L'un d'eux dérapa, perdit pied et s'effondra sur la glace, qui résista malgré le craquement et le miroitement vibrant à la surface. Catherine, muette et tétanisée de peur, imagina une mort dans l'eau glaciale, sa propre noyade, le corps ligoté entre deux bêtes à l'agonie.

La rivière ne céda pas. Ce n'était pas grand-chose, mais c'était suffisant. Tandis que les chevaux se débattaient pour reprendre appui, Catherine se hissa sur le trait pour s'allonger près de leurs encolures fumantes. Lorsque le hongre noir se releva, elle était là, lui chuchotant à l'oreille, des mots venus d'elle ne savait où et aussitôt perdus dans la tornade, mais chuchotés à l'oreille de l'animal, la main posée sur la partie la plus tendre de la gorge.

Sous ses mains, les chevaux se calmèrent, leur panique se dissipa. Ils percevaient sa voix, à peine audible dans les mugissements du vent. Elle finit par remonter le long des harnais en rampant, sans jamais quitter leur chair de sa main, leur rappelant continuellement qu'elle était là pour eux, que bientôt ils seraient libres et saufs, et alors ils se tinrent dociles.

Elle reprit doucement les rênes et ils repartirent au pas, épuisés, Catherine plissant les yeux dans les ténèbres hurlantes en quête des ornières qui lui permettraient de retrouver d'où ils étaient venus. Elle mena lentement les chevaux jusqu'au point où ce cerf avait surgi du néant et fait chavirer toute cette immobilité dans le chaos et l'affolement.

Les bêtes, rompues et dans un état pitoyable, suivirent la route. Le hongre faillit s'écrouler puis se remit d'aplomb, et ensemble ils traînèrent la voiture dans la blancheur aveuglante. Miraculeusement, les lanternes avaient tenu, aussi Catherine distinguait-elle ce qui l'entourait dans un petit périmètre.

Lorsqu'elle aperçut Ralph, la voiture était presque sur lui. Il se tenait debout au milieu de la route, vacillant légèrement, et le sang jaillissait d'une entaille à son front, large comme un os.

Elle sauta de la voiture. Elle n'avait pas fait tout ce chemin pour le voir mourir maintenant. Pas déjà. L'ourlet de sa jupe se prit dans le rebord du siège, elle entendit le déchirement sec du tissu bon marché au moment où elle tombait littéralement dans les bras de Truitt. Il avait le visage souillé de sang, mêlé sur son col à la neige agglutinée dans la fourrure noire. Elle le prit par le coude. Il se dégagea vivement, mais alors il trébucha, aussi le saisit-elle de nouveau par le bras. Cette fois, il ne la repoussa pas mais s'appuya au contraire sur elle, et elle mesura la taille et la solidité de l'homme, la largeur de son torse. Même à travers l'étoffe lourde du manteau, la chaleur de son corps était puissante. Elle l'aida à reprendre place sur son siège, le sang ruisselait toujours de son front. Elle retrouva son manteau, sa ridicule cape en tissu fin, et en recouvrit les jambes tremblantes de Ralph.

« Les chevaux, ils vont bien ? » Sa voix était tendue.

« Ils peuvent nous transporter. » Elle monta à son tour. « Par où est-ce, monsieur Truitt ?

– Ils connaissent le chemin. Laissez-les faire. »

Les bêtes se remirent en route, l'une d'elles boitant et la respiration sifflante, toutes deux aveugles dans la nuit, mais sûres de leur trajectoire.

Ralph se tenait aussi droit que possible, s'efforçant de ne pas céder à la douleur fulgurante, mais c'en était trop. Il se vit glisser lentement, et son corps meurtri alla se lover contre celui de cette femme. Il sentit ce bras en travers de son torse, qui le tirait et inclinait doucement sa tête afin qu'elle vînt reposer contre cette poitrine féminine, et ce cœur battant à tout rompre.

4

Il y avait du sang partout. Noir et durci par le froid, dans le tissu de sa robe. Sur sa tête, son visage et ses vêtements à lui, sous ses ongles gelés à elle. Pourtant elle restait calme, déterminée à ne pas le laisser mourir. C'est alors qu'elle aperçut la maison, et un visage à la fenêtre.

Il y eut un instant d'immobilité totale, au cours duquel elle enregistra jusqu'au moindre détail, le poids de Ralph dans ses bras, la maison, le visage à la fenêtre, frappé de terreur, le cheval à la jambe brisée, et elle comprit du même coup que le craquement qu'elle avait entendu était bel et bien celui d'un os, et non de la glace. Elle se vit échevelée, mains gelées et à vif, jupe légère dont l'ourlet déchiré vomissait ses bijoux sur la neige. Elle les vit plantés là au milieu de la cour, dans la neige jusqu'au moyeu métallique des roues, les chevaux tête baissée sous l'épuisement et la douleur, et la maison elle-même. La maison.

« On dirait une chemise blanche bien propre, se dit-elle. Une chemise blanche bien propre accrochée à une porte. »

Un porche impeccable, à colonnades, une lumière ocrée et chaleureuse à travers des rideaux tirés, la courbe d'une chaise à bascule, vestige d'un été déjà lointain. Des détails. Elle n'en voyait pas l'intégralité, n'apercevait pas le point précis où se rejoignaient les pentes du toit. Mais l'ensemble paraissait chaleureux. Agréable.

Les chevaux s'immobilisèrent, la jument baie se mit à trépigner et le hongre se trouva incapable d'avancer, l'antérieur droit en suspens au-dessus du sol, le sabot pendant selon un angle dangereux. La lumière sous le porche illuminait la sueur tapissant leurs flancs qui se soulevaient, et dessinait des plumes légères et étincelantes avec la vapeur qui s'échappait de leurs larges naseaux.

Elle était bien tenue, cette maison, simple sans pour autant être austère, et éclatante de lumière, pas du tout comme Catherine l'avait imaginée. Elle était fermement plantée au milieu d'une pelouse bien nette, et quelques marches couraient jusqu'aux colonnes blanches. Catherine s'était imaginé un décor plus sordide, rendu graisseux par des années de négligence. Une maison désolée, un édifice délaissé sur un terrain lugubre. C'était une surprise, emballée dans un paquet pimpant et coquet de papier de soie blanc et de ruban bleu.

L'instant suspendu prit fin et le temps se rua de nouveau dans sa course précipitée. Le visage poussa un hurlement, disparut de la fenêtre, et la porte s'ouvrit à la volée. Dans l'embrasure se tenait une femme, abasourdie.

Ralph Truitt saignait abondamment et s'appuyait pesamment contre Catherine. Il respirait sans gêne et gardait les yeux ouverts, mais il fixait le vide devant lui sans rien distinguer clairement ; le porche, la porte illuminée et le réconfort du refuge lui paraissaient à des kilomètres.

« Truitt ? » La tête grise se projeta brusquement en avant, scrutant la scène à travers le tourbillon de neige, tandis que la voix portait au-delà des oreilles de Catherine. « C'est vous, monsieur Truitt ?

– À l'aide ! Par ici ! hurla Catherine en plein vent, soudain prise de panique. Venez, je vous en prie ! Il nous faut de l'aide. »

Un homme et une femme déboulèrent de la maison en courant, le blizzard s'engouffrant avec furie dans leurs chevelures et leurs vêtements, les faisant voler en tous sens. L'homme se dirigea droit sur le hongre chancelant et gémissant et se mit à inspecter les blessures pour en mesurer l'étendue. La voix calme, la main posée sur le flanc du cheval, l'homme secouait la tête en considérant l'état déplorable de la jambe. Catherine apercevait la saillie de l'os à travers la chair et sentait tout l'abandon de la bête dont la cage thoracique luisait de douleur.

La femme se précipita sur Truitt. « Doux Jésus, hurla-t-elle. Qu'est-ce qui s'est passé ? Qu'est-ce que vous avez fait ? » Ses yeux durs et brillants se plantèrent dans ceux de Catherine et la femme soutint son regard, l'air accusateur.

« Les chevaux se sont emballés. Un cerf… Ils se sont cabrés et il est tombé. Je crois que sa tête a heurté une roue. Ce n'était pas ma faute, ajouta-t-elle, pour rien. C'était un cerf. Tout est allé tellement vite.

– Rentrez. Larsen ! » La tête du vieil homme se détourna subitement de l'animal, qui s'écroulait lentement au sol. « Truitt est salement blessé. Porte-le dans la maison. »

Ainsi, tous les trois l'empoignèrent chacun par un bout et transportèrent le corps de Truitt à l'intérieur. Il était secoué de spasmes, rendu fou par la douleur et tant de sang, et il leur fallut bien toute la force de leurs muscles pour lui faire monter l'escalier et l'amener à l'intérieur. Ils l'allongèrent sur le canapé recouvert de tissu damassé et lui placèrent un coussin sous la tête.

« Il va perdre tout son sang, dit la femme.

– Il lui faut un médecin. Il doit bien… »

Mme Larsen, ce devait être son nom, se tourna vers Catherine. « Par ce temps ? Pas même pour Ralph Truitt. C'est à des kilomètres, et il sera bien trop tard quand le docteur arrivera. Si on réussit à le trouver. Saoul. S'il veut bien venir. Saoul et bon à rien.

– Allez chercher ma valise, s'il vous plaît, demanda Catherine, parfaitement calme. Dans la voiture. Une valise grise. Et de l'eau chaude. Et puis des serviettes et de la teinture d'iode, si vous en avez. »

Le vieux couple la dévisagea, interdit. Truitt gisait sur le canapé, fixant le vide, droit devant lui.

« Va chercher sa valise, ordonna la vieille femme. Et prends ton fusil. Pour le hongre. »

Larsen quitta subitement la pièce. La vieille femme, son épouse supposait Catherine, se mit elle aussi en mouvement. Truitt se réveilla brutalement, les yeux rougis de douleur, et Catherine et lui se fixèrent l'un l'autre dans le silence soudain.

« Vous n'allez pas mourir, lui annonça-t-elle.

– C'est bien ce que j'espère. »

Une brusque rafale s'engouffra dans le vestibule lorsque Larsen se lança dans la nuit. Catherine et Truitt attendirent. Elle se dit qu'elle devrait lui prendre la main, mais s'abstint.

Ils entendirent le coup de feu, dans la cour. Catherine sursauta, courut à la fenêtre et tira les lourds rideaux de velours, à temps pour voir l'unique spasme du cheval gigantesque, et sa tête devenue un trou béant rempli de sang.

Au bout d'un long moment, Larsen retraversa la neige jusqu'à la maison, la valise de Catherine dans une main, l'arme dans l'autre. Il déposa la valise aux pieds de la jeune femme. Il lui adressa un regard chargé de haine, comme si tout était sa faute, et impardonnable.

Elle déclencha les fermoirs rouillés et ouvrit la valise, fouilla dans ses vêtements noirs et ses sous-vêtements sans fioritures pour en sortir son nécessaire à couture. En se retournant, elle marcha sur l'ourlet de sa robe, le déchirant un peu plus… « Nom de Dieu, pensa-t-elle, les bijoux. » Elle s'agenouilla précipitamment, palpa le tissu. Rien. « Nom de Dieu de nom de Dieu. »

Mme Larsen revint, une jatte d'eau bouillante entre les mains, les bras chargés de serviettes. Elle fixa Catherine, puis sa jupe.

Catherine se releva. « C'est… ce n'est rien. L'ourlet s'est déchiré. J'ai perdu quelque chose. Dans l'accident.

– Eh bien dans ce cas, c'est perdu. Disparu jusqu'au printemps.

– Peu importe. »

« Disparu, oui, pensa Catherine. Disparus mes bijoux, et mon seul moyen de me sortir de cet endroit. »

Catherine regarda Truitt. « Ça va faire mal.

– Ça fait déjà mal. » Il s'efforça de sourire, faiblement.

« Vous avez quelque chose à boire ?

– Je ne touche pas à l'alcool.

– Alors ça fera plus mal encore.

– Je sais.

– Vous pouvez vous redresser ? Au moins un peu ? »

Ils lui arrachèrent un grognement en le soulevant sur le canapé, suffisamment pour permettre à Catherine de s'asseoir et d'installer la tête de Truitt sur ses genoux. Le sang s'écoulait en gouttes régulières sur sa jupe. Elle en sentit presque immédiatement l'humidité sur la peau de ses jambes.

Tandis que Mme Larsen tenait la jatte, Catherine trempa une serviette dans l'eau fumante et entreprit de nettoyer délicatement la blessure. Elle savait qu'il souffrait, mais sous sa main le visage s'apaisa, la respiration ralentit. Pas une seconde il ne ferma les yeux, n'émit le moindre son, alors que les larmes lui inondaient les joues.

« Je pleure, dit-il. Je suis comme un bébé.

– Je n'aurais pas cru ça. Madame ? La teinture d'iode. »

Catherine secoua la bouteille que Mme Larsen avait sortie de la poche de son tablier et l'inclina de sorte à faire couler un minuscule filet de liquide le long de la blessure, qui courait du sourcil à la racine des cheveux. Elle tamponna l'excédent, et Truitt ferma les yeux, avant de grimacer lorsque la piqûre vive atteignit l'os, que Catherine voyait à l'œil nu, et quand l'odeur puissante leur rappela à tous deux l'urgence de ce qu'elle était en train d'accomplir.

« Ce pauvre cheval, pensa-t-elle, qui nous a traînés sur tout ce chemin, gisant à présent dans la neige. » Demain, supposait-elle, lorsque tout ce chaos prendrait fin, Larsen se servirait du cheval restant pour traîner le cadavre de l'autre hors de leur vue.

« Mon nécessaire à couture, et j'ai besoin de vous, madame…

– Larsen, mademoiselle.

– … madame Larsen. J'ai besoin que vous pressiez très doucement les bords l'un contre l'autre, de cette façon. »

Catherine lui fit une démonstration, comme si elle plaquait la pâte d'une tourte contre le bord du moule, ses pouces lissant la peau jusqu'à presque joindre les deux segments. La coupure n'était pas belle. Il aurait une cicatrice, quoi qu'elle fît.

Catherine choisit ce qu'elle avait de plus épais comme fil, trempa la pointe de son aiguille dans la teinture d'iode, puis souffla doucement sur l'instrument et sur la blessure, qui saignait encore plus abondamment.

Elle passa le fil dans le chas. Elle vit Larsen se détourner, s'affairer à autre chose au moment où elle piquait le premier point de suture.

« Je vais ranger la carriole, maintenant. À moins que vous…

– Non. Nous nous en sortirons toutes seules. »

L'aiguille piquait et transperçait la chair, la main de Catherine était sûre et régulière. La porte laissa de nouveau entrer une bourrasque, et Larsen fut englouti par la nuit.

Lentement, la blessure se referma et le sang se tarit.

« Êtes-vous infirmière, mademoiselle ?

– Mon père était médecin. Je le regardais faire. »

La réponse lui était venue naturellement, pourtant c'était un mensonge. Son père était un ivrogne et un menteur. Il n'exerçait aucune profession. Tout ce que Catherine savait, c'est qu'elle n'avait pas fait tout ce chemin pour voir Ralph Truitt mourir dans ses bras. Pour ce qui était de recoudre une blessure, il ne devait pas y avoir mille manières de s'y prendre.

« Alors vous n'avez jamais…

– Jamais. Mais je l'ai très souvent observé. Il n'y a pas d'autre moyen. »

Elle sentit à un moment Truitt lui échapper, perdre conscience. Ses yeux pâles, fixes et blancs de douleur finirent par se clore et pour la première fois, en détachant les yeux de la blessure, Catherine put mesurer toute l'étendue de sa peau, si proche qu'elle avait l'impression de la regarder à travers une loupe. Sa barbe faisait penser à de l'éteule noircie dans un champ desséché. Il avait le teint clair, et si de loin il lui avait paru plus jeune que l'âge qu'elle lui connaissait, de près elle voyait clairement les milliers de rides minuscules qui striaient sa figure. C'était là l'avenir de son propre visage, et elle perçut aussi autre chose, lorsque les muscles de Truitt se relâchèrent et que sa peau se détendit sur ses os forts et lourds. Elle mesura l'effort qu'il lui en coûtait de conserver un air posé, plein d'espoir, et toute la tristesse tapie sous cette contenance endurcie, cette absence de vie en lui.

Les doigts fins de Catherine opéraient avec célérité, suivaient les mains de Mme Larsen le long de l'entaille, et elle eut enfin terminé. Le résultat ne lui paraissait pas si mal.

Il rouvrit les yeux.

« Et voilà. » Elle lui sourit, les mains toujours sur son visage, la tête de Truitt reposant sur ses genoux.

« Merci.

– Il faut que l'on vous couche. Pourriez-vous… Il vaudrait mieux que vous restiez éveillé pendant un moment. Vous avez peut-être des lésions à la tête. Aussi longtemps que vous le pourrez. » Elle avança timidement la main pour le toucher, mais Larsen réapparut, tapant des pieds, et l'interrompit dans son élan.

« On va s'en occuper, maintenant, mademoiselle. Je vais le monter à l'étage. Marcher avec lui. Plus besoin de vous, et Mme Larsen a votre dîner. Je l'emmène. »

L'homme se pencha et hissa Ralph sur ses pieds. Ce dernier vacilla mais parvint à se redresser, et, assise sur le canapé, Catherine les regarda gravir tous deux l'escalier d'un pas pesant. Mme Larsen les accompagna de son empressement inutile.

Ils disparurent, et Catherine considéra pour la première fois la pièce dans laquelle elle se trouvait. Elle reçut un choc. C'était une pièce agréable, très différente de ce qu'elle avait imaginé : très quelconque, très propre, impeccable. C'était une pièce carrée ordinaire, pourtant elle nota çà et là la présence de meubles étrangement incongrus, comme s'ils provenaient d'une autre maison, ailleurs. Des couleurs vives. Des étoffes précieuses. Quelques éléments gracieux à la facture raffinée, en petit nombre, se détachant du mobilier de ferme plus rustique, vaisselier, horloge de parquet en pin, sans fioritures.

Le canapé sur lequel elle était assise était l'un de ces meubles dépareillés, tout en accoudoirs dorés et cygnes sculptés, tendu d'un tissu damassé aux couleurs du coucher de soleil, maintenant souillé du sang de Truitt. Pour elle, c'était une pièce où l'on ne saurait pas où s'asseoir, le genre d'endroit maintenu dans un ordre parfait, jamais visité par personne.

Il y avait un fauteuil simple en chêne rude, celui sur lequel à l'évidence Truitt prenait place le soir pour fumer, avec son cendrier et sa boîte à cigares posés sur la table basse ordinaire à côté, recouverte également de bulletins, d'almanachs et de livres de comptes de ferme. Tout contre, une lampe diffusait de vifs éclats colorés à travers un abat-jour façon vitrail, dans les écarlates et les pourpres, raisin et feuilles d'automne, vol d'oiseaux délicats. Elle n'avait vu ce genre de lampe que dans des hôtels. Elle n'aurait jamais imaginé qu'une personne ordinaire pût en posséder une, pourtant c'était le cas de Ralph Truitt.

« Il doit être très riche », se dit-elle. Cette pensée la réchauffa, et lui dessina un sourire sur les lèvres. « Il ne va pas mourir. À présent, c'est le commencement. » Son cœur bondit comme si elle était sur le point de voler une paire de gants en chevreau dans une boutique.

Elle entendit les bruits sourds des trois autres à l'étage, d'une botte tombant au sol, puis d'une deuxième. Elle comprit qu'ils le déshabillaient. Elle pensait avoir été tenue à l'écart parce qu'ils ne voulaient pas qu'elle vît la détresse de cet homme, mais en réalité c'était son corps qu'ils lui refusaient.

L'horloge produisait un tic-tac régulier. Le vent mugissait sans un instant de répit. Catherine resta assise seule, à se demander si quelqu'un sur la surface de cette terre savait où elle se trouvait, pouvait se représenter la manière dont elle était assise, les mains sagement posées sur les cuisses, les doigts tachés de sang, l'ourlet déchiré, et ses bijoux perdus.

Elle avait envie d'une cigarette. D'une cigarette dans son petit étui en argent. Et d'un verre de whisky, pour se réchauffer. Mais cela, c'était une autre vie en d'autres lieux, et ici, dans la demeure de Ralph Truitt, Catherine se contenta de rester assise, les mains posées sur les cuisses.

Ils étaient là, tous les quatre, chacun occupé à ses affaires, dans différentes pièces d'une même maison. Catherine avait maintenu la tête de cet homme sur ses genoux et ses vêtements étaient trempés de son sang, pourtant elle était seule. Seule comme elle l'avait toujours été.

Il lui arrivait de s'asseoir ainsi, de laisser son esprit se vider et ses yeux devenir flous, de sorte qu'elle contemplait les lents flottements saccadés des taches qui dérivaient devant ses pupilles. Ces particules la fascinaient, enfant. Aujourd'hui elle les considérait comme le reflet de sa façon de se mouvoir à travers ce monde, glissant mollement, heurtant çà et là un autre corps sans en tenir compte, pour reprendre sa dérive, libre et solitaire.

C'était le seul comportement qu'elle connaissait. Elle percevait maintenant que ses projets n'étaient que des chimères sans élan, aux traits grossiers, accomplies avec langueur et aussitôt condamnées à l'échec, encore et toujours.

Elle se leva pour déambuler dans les pièces de la maison de Truitt. Il n'y en avait que quelques-unes, et elles se ressemblaient toutes, pareillement immaculées, meublées de ce même mélange étrange de rustique et de somptueux. La salle à manger était minuscule, mais la table du dîner fastueusement dressée pour deux. Catherine se saisit d'une fourchette godronnée ; elle était presque aussi longue que son avant-bras et d'un poids sidérant. L'argent poli attrapa la lumière tandis qu'elle retournait le couvert pour en voir le poinçon : Tiffany & Co., New York. Elle avait le sentiment de n'avoir jamais rien vu de si beau de toute sa vie.

« Larsen est avec lui. » Catherine lâcha la fourchette lorsque Mme Larsen pénétra dans la pièce. « J'ai fait à dîner. Ce n'est peut-être pas complètement gâté, et vous feriez aussi bien de manger. » Elle remit en place la fourchette, en l'alignant parfaitement avec les autres couverts tout aussi massifs.

« Je ne faisais que…

– Regarder, j'ai vu. Asseyez-vous. Je reviens dans une minute. Vous devez mourir de faim. »

Catherine s'assit à table. Elle se sentit au bord des larmes, sans autre raison que toute cette distance parcourue, et cette solitude. Elle tenta d'arranger sa coiffure, puis y renonça.

Le potage était clair et chaud, l'agneau en sauce à la fois délicieux et exotique, et le tout d'un raffinement parfait, qui aurait suscité l'admiration dans n'importe quel restaurant de toutes les villes qu'elle avait eu l'occasion de visiter. Mme Larsen s'acquitta du service avec une simplicité et une subtilité qui surprirent et enchantèrent Catherine. Elle croyait ne pas avoir faim, pourtant elle mangea tout, jusqu'au dessert composé de meringues aériennes sur une crème anglaise soyeuse et miroitante.

Les magnifiques assiettes allaient et venaient, et Catherine utilisa successivement tous les jeux de couverts jusqu'à ce qu'il n'en restât pas un sur la table. Pour finir, alors que Mme Larsen se tenait dans l'embrasure de la porte de la cuisine, elles se retrouvèrent à écouter toutes deux le martèlement des bottes d'homme au-dessus de leurs têtes, celles de Larsen qui faisait infatigablement les cent pas avec Truitt, dans la chambre à l'étage, passant du tapis au plancher, pour repasser sur le tapis.

« Le dîner était excellent.

– Eh bien, j'avais dans l'idée quelque chose de plus festif, mais… » Au-dessus d'elles, toujours les pas. « Mais des soirées, il y en aura d'autres, j'imagine. Mademoiselle ?

– Oui ?

– J'espère que vous serez heureuse ici. Je l'espère vraiment. Comme accueil, on aurait pu mieux faire, mais je vous souhaite, nous vous souhaitons sincèrement la bienvenue. »

Catherine rougit, embarrassée. « Vous êtes une merveilleuse cuisinière.

– Il y en a qui ont un certain don, et puis le voisin ce sera autre chose. » Des mains, elle mima grossièrement l'action de coudre. « Moi, j'ai toujours fait des catastrophes, avec une aiguille. Mais qu'on me lâche dans une cuisine, là je sais où je suis. Même après longtemps, et je peux vous dire que ça fait un certain temps, je sais quoi faire. »

Catherine se tenait non loin d'elle, et les deux femmes se considéraient d'un air gauche. Catherine se sentit subitement épuisée. Elle leva les yeux vers le plafond, et les bottes lourdaudes.

« Tout ira bien, pour eux ?

– Larsen va s'occuper de lui. Ils se connaissent depuis l'enfance. Truitt est entre de bonnes mains. »

Mme Larsen entreprit de débarrasser la table.

« Laissez-moi vous aider. J'ai l'habitude de m'occuper de moi.

– Vous devriez vous reposer. Allez vous coucher, si vous voulez.

– Où se trouve… ?

– Votre chambre ? Je vais vous montrer. » Après s'être essuyé les mains sur un torchon, Mme Larsen s'humecta les doigts pour moucher la flamme crépitante des bougies, étouffant du même coup l'étincelle qui dansait sur l'argenterie. Elle sortit la première de la salle à manger, attrapa au passage la valise de Catherine et s'engagea dans l'escalier. « C'est une chambre agréable. On voit la rivière, et au-delà, la petite maison où Larsen et moi on habite. »

Elle ouvrit la porte, révélant une chambre ravissante, au lit tout simple doté de bons draps, avec baldaquin délicat gansé de dentelle.

Mme Larsen déposa la valise sur le lit, se dirigea vers la coiffeuse et versa l'eau d'un pichet dans une cuvette en porcelaine. Elle rapporta de la salle de bains un magnifique verre de cristal ciselé rempli d'eau fraîche, qu'elle disposa proprement à côté du lit.

« Les commodités, c'est au bout du couloir. À l'intérieur. Les premières de tout le comté. J'ai essayé de bien arranger. Je sais que vous venez de la ville.

– Rien d'aussi somptueux.

– Vous seriez surprise par le nombre de gens qui seraient incapables de dire à quoi servent toutes ces fourchettes. Pour savoir d'où vient quelqu'un, il suffit de le regarder manger. Vous, vous avez fréquenté des endroits chic. »

Mme Larsen prit congé. Catherine déballa ses affaires, accrocha les pitoyables fripes qui lui tenaient lieu de robes dans la petite penderie, et plia ses sous-vêtements dans un tiroir de la commode. Ce serait désormais chez elle, pensa-t-elle. « Voici mes affaires, et je les range dans mon nouveau chez-moi. » Il ne resta plus dans sa valise qu'un petit flacon de verre bleu qu'elle demeura un long moment à regarder, assise dans un fauteuil près de la fenêtre. Puis elle le rangea dans la poche de soie dans la doublure de la valise, et glissa le tout sous le lit.

Elle ouvrit les lourds rideaux et sentit instantanément la pression glacée de l'air du dehors. Dans son état de grande fatigue, elle trouva agréable, tonifiante cette sensation qui lui remettait en mémoire la réalité de sa propre chair. Les trouées de lumière provenant de la maison illuminaient le tourbillon incessant de la neige, à l'extérieur. Catherine resta assise dans un petit fauteuil de velours bleu, à contempler la tempête, glissant par intermittence dans un léger sommeil rythmé par le piétinement des bottes d'homme, dans la chambre voisine. Sa propre vie lui paraissait celle d'une étrangère.

Les bruits de pas cessèrent enfin. Elle attendit que la maisonnée fût plongée dans le silence complet, alors elle se leva pour retirer sa jupe irrécupérable, défit les treize boutons de son horrible robe. Elle avait dans les narines l'odeur rude et métallique du sang de Truitt imprégnant ses vêtements, sa peau ; à l'aide d'une serviette et de l'eau tiède de la cuvette, elle se lava du mieux qu'elle le put.

Elle enfila une chemise de nuit toute simple qu'elle avait cousue deux jours plus tôt puis, comme à son habitude, elle examina son visage dans le miroir ovale.

Ce n'était pas une illusion, d'être ici, dans cette maison, par cette tempête. Ce n'était pas un jeu. C'était la réalité. Elle sentit soudain son cœur se briser, et des larmes lui piquèrent les yeux.

Les choses auraient pu être différentes, songea-t-elle. Elle aurait pu être cette femme faisant sauter un enfant sur ses genoux, ou apportant des provisions à un voisin dont le foyer avait été frappé par la maladie, le feu ou la mort. Elle aurait pu coudre des robes pour ses filles, leur faire la lecture par des soirées comme celle-ci. Des mondes de chimères et de merveilles pour peupler ces nuits où l'on ne voyait pas jusqu'à sa propre main en face de son visage. Elle ne se figurait pas avec précision les circonstances dans lesquelles tout cela aurait pu se produire mais, comme une actrice voyant un rôle qu'elle aurait pu jouer échoir à une autre moins talentueuse, Catherine ressentait confusément le deuil d'une situation plus gracieuse, plus conforme au paysage de son cœur.

Son cœur véritable, cependant, était enfoui si profondément en elle qu'il avait disparu sous la vaste couche de ses mensonges, de ses tromperies et de ses caprices. Tout comme ses bijoux, désormais ensevelis sous la neige, il gisait, caché, à attendre qu'un dégel vînt un jour le libérer. Elle n'avait aucun moyen de savoir, bien sûr, si ce cœur qu'elle s'imaginait posséder avait en fait la moindre réalité. Peut-être était-il comme le bras coupé du soldat, qu'il sent battre là pendant des années, ou comme l'os brisé qui fait souffrir à l'approche de l'orage. Peut-être n'avait-elle jamais eu ce cœur qu'elle imaginait. Mais comment faisaient-elles, ces femmes qu'elle croisait dans la rue, riant avec leurs enfants ravissants ou colériques dans les restaurants, dans les gares, partout autour d'elle ? Et pourquoi se trouvait-elle à l'écart de tout ce panorama romantique qu'elle sentait tourbillonner autour d'elle, chaque jour de sa vie ?

Pour une fois dans son existence, Catherine voulait se tenir sur le devant de la scène. Pour cette raison, dans cette partie avec Ralph Truitt, les enjeux étaient plus élevés qu'elle ne l'avait cru. Parce qu'elle n'était rien de plus, en fait, que cette femme debout devant un miroir dans une ferme solitaire.

C'était une femme seule qui avait répondu à une petite annonce personnelle dans un journal de la ville, une femme qui avait parcouru des kilomètres et des kilomètres aux frais de quelqu'un d'autre. Elle n'était ni douce ni romantique, ni simple ni honnête. Elle était à la fois désespérée et pleine d'espoir. Elle était comme toutes ces femmes dont les rêves stupides leur arrachaient immanquablement, à elle et à ses amis, des hurlements railleurs ; mais à présent qu'elle contemplait le visage d'une de ces femmes, tout cela ne lui paraissait plus risible du tout.

Catherine éteignit la lampe au plafond, et la chambre se mit à danser à la lueur de l'unique bougie posée sur la table de nuit. Elle tira les lourds rideaux sur la tempête, et se glissa entre les draps confortables du lit de dame.

Alors qu'elle se penchait et soufflait la bougie, elle entendit frapper sèchement. Dans l'obscurité totale, elle s'avança à petits pas rapides sur le sol froid ; en ouvrant la porte, elle découvrit le visage blême de Mme Larsen.

« Il est brûlant », annonça-t-elle.

5

Dans sa fièvre, les femmes vinrent à lui. Elles soulevèrent son corps tremblant des draps froissés pour le déposer dans un bain tiède, toujours en chemise de nuit. Il roulait des yeux fous, respirait par saccades haletantes. Puis ce furent les frissons, et leurs mains solides le soutinrent.

Au bout d'un long moment, elles le relevèrent, l'eau rafraîchissante ruisselait de la chemise collée à sa chair comme une seconde peau. Ensuite elles le dévêtirent, frottèrent vigoureusement son corps nu avec une serviette puis le rhabillèrent, pour l'aider à se recoucher dans les draps fraîchement changés du lit de son père. Elles avaient vu son corps, sur lequel aucune femme n'avait plus posé les yeux depuis près de vingt ans.

Il n'était jamais seul, jamais sans des doigts de femme sur son bras, son front ou son torse frissonnant. Elles lui tenaient la main. Elles lui posaient des cataplasmes de neige sur la tête, guettant la fin de la fièvre.

Elles lui maintenaient le menton pour essayer de faire couler à la cuillère du bouillon brun dans sa bouche flasque, et il entendait le murmure de leurs voix, comme venues de très loin. Il était malade. Il n'était plus jeune, sa chair n'était plus tendre. Les femmes le touchaient. Elles voyaient son corps. Elles allaient et venaient, silencieusement, si loin, mais elles ne partaient jamais ensemble. Il restait toujours une femme à ses côtés, une main de femme sur sa chair.

Il n'y avait pas pensé. Faux. Il n'avait jamais *cessé* d'y penser, pas une seconde pendant toutes ces années, mais le poids et l'intensité de sa réflexion avaient dénué cette idée de toute possibilité de se réaliser un jour – ce contact, et la stridulation de ces voix de femmes. Elles étaient réelles, l'une connue, l'autre inconnue de lui, elles étaient présentes à chaque seconde. Dans le noir. Dans l'aube naissante. À chaque seconde.

Mme Larsen priait à son chevet. L'autre non.

Leurs doigts le touchaient. Leurs doigts écartaient les cheveux de ses yeux, lui soutenaient la taille lorsqu'il toussait dans le mouchoir qu'elles pressaient doucement sur sa bouche. Elles entendaient ses grognements.

Elles tenaient des blocs de glace contre son front, contre sa nuque. Elles enveloppaient bien serré ses longues jambes dans de lourdes couvertures de laine, drapaient tout son corps jusqu'à ce qu'aucun muscle ne pût bouger.

Depuis si longtemps dans cette maison, secoué par cette fièvre qui n'en finissait pas, et toutes ces vies s'agitant autour de lui. Sa mère et son père. Son frère. Sa femme – bien qu'elle eût tellement détesté les lieux que même son fantôme ne daignait pas en hanter les pièces. Ses enfants, engloutis par un néant plus profond que ce blizzard.

Lorsqu'il était petit, à l'époque où son frère et lui jouaient dans le grenier, la maison était sombre. Il avait dû attendre ses douze ans pour comprendre que son père était riche, et ses seize ans pour concevoir l'étendue et la profondeur infinies de cette richesse, jusqu'où elle portait, combien de vies l'argent de son père tenait dans sa poigne.

Pourtant ils continuèrent à habiter la ferme dans laquelle ils avaient démarré, sans jamais changer un objet pour un autre plus luxueux, sans jamais repeindre les murs ou planter un rosier. Ils vivaient comme des pauvres. C'était un pays d'immigrants, et ils vivaient en immigrants.

À l'intérieur de la maison, aucun signe de richesse, aucune ostentation. Il n'y avait que Dieu, le Dieu austère et terrible dont sa mère parlait jour et nuit, celui qui brûlait, qui condamnait, qui remplissait l'esprit brillant et concentré de sa mère jusque dans son sommeil, aux côtés de ce mari qu'elle considérait comme un vulgaire démon, obsédé par le sexe, par la volonté de la toucher, de venir en elle et de se vautrer là comme un bateau dans les bas-fonds, obsédé par l'argent et le moyen d'en gagner toujours plus.

Ils se rendaient au culte, le matin et le soir. Des églises différentes chaque dimanche. Le service durait des heures. Son père somnolait. Sa mère s'allumait comme une flambée. Elle prétendait que l'âme de son mari était une cause perdue.

Ils priaient au petit-déjeuner, et à chaque repas. Ils priaient entre les repas, lorsque les enfants s'étaient montrés irresponsables, grossiers ou imbus d'eux-mêmes, priaient comme si l'enfer était à leur porte, et non aux confins de la terre.

Son père n'était pas croyant. Son père faisait des clins d'œil. Il était damné, pourtant il paraissait l'ignorer, ou du moins ne pas s'en soucier. Sa mère tentait de le convertir en public, plus assidûment encore en secret, convaincue qu'elle était que depuis son premier souffle, il était perdu.

Sa mère cousait à la table de la cuisine. « À quoi ressemble l'enfer ? » lui avait demandé Ralph. Elle s'était interrompue pour lui répondre : « Donne ta main », et il avait obéi. Il sentait la chaleur du poêle ; il voyait les entailles profondes dans la table de la cuisine que sa mère frottait et astiquait chaque jour, pour en extirper la moindre trace de faim humaine. Sa main ne tremblait pas et sa confiance était infinie. Il avait six ans.

« À quoi ressemble l'enfer ? » Sous le regard du fils planté dans les yeux perçants de sa mère, la main avait fendu l'air étouffant de la cuisine. Elle avait enfoncé l'aiguille au plus profond de la chair tendre de la main du petit, à la base du pouce, et la douleur fulgurante lui avait vrillé le bras, était allée se planter dans le cerveau, pourtant il n'avait pas bronché, fixant toujours le regard féroce et imperturbable de sa mère.

Elle avait fait tourner l'aiguille. Il l'avait sentie qui raclait l'os. La douleur avait fusé comme des piqûres d'ortie dans son sang, dans chacune des veines de son corps, droit au cœur.

La voix de sa mère était patiente, aimante et triste, sans colère. « Voilà à quoi ressemble l'enfer, mon fils. Mais c'est ainsi tout le temps. *Pour toujours.* »

Et elle avait retiré l'aiguille de sa chair sans détacher une seconde les yeux des siens, puis l'avait essuyée sur le tablier qu'elle portait constamment, sauf à l'église. Ensuite, elle avait calmement repris sa couture. Il n'avait pas pleuré, et ils n'en avaient plus jamais reparlé. Il ne raconta jamais la scène à son père, à son frère, ou à quiconque. Et pas une seconde il n'oublia ni ne pardonna ce qu'elle avait fait.

« La douleur de l'enfer ne cicatrise jamais. Elle ne cesse jamais de brûler. Elle ne disparaît jamais. »

Il n'oublia jamais car il savait qu'elle disait vrai. Quoi qu'il advînt de sa foi après cela, quoi qu'il advînt alors que sa main s'infectait, gonflait jusqu'à ce que du pus jaune s'écoulât de la plaie, quoi qu'il advînt alors que la cicatrice bleu indigo blêmissait pour ne plus laisser qu'un minuscule point dont lui seul connaissait l'existence, il savait qu'elle disait vrai. Et depuis ce soir-là, il ne vécut plus une seconde sans la haïr.

Plus tard, des années après, alors qu'il quittait la maison pour l'université, elle lui avait dit : « Tu es né mauvais, si mauvais que je n'ai pu te prendre dans mes bras pendant une année entière. Et tu deviendras un adulte mauvais. Mauvais au berceau. Mauvais jusqu'à la tombe. » Puis elle s'était détournée et avait claqué la porte, le laissant seul sous le vaste porche avec sa valise en cuir toute neuve, et se demandant comment elle savait, car il était convaincu qu'elle disait vrai.

Il voyait des femmes dans la rue, et elles n'étaient pas comme sa mère. Leurs cous graciles saillaient du col haut de leurs robes comme des gerbes de crème ; leurs jupes sentaient le fer et le talc. Lorsqu'il se promenait en ville avec son père, parfois elles lui prenaient la main ou lui touchaient le menton, et un courant électrique lui parcourait le corps, une onde tellement semblable et pourtant tellement différente de la douleur de l'aiguille de sa mère. Il y avait un luxe dans cette autre douleur, et bien qu'il n'eût que sept ou huit ans, face à une femme il se sentait soudain languissant, bouillant et désarmé, et il ne savait pas d'où provenait ce sentiment, pas plus qu'il ne savait quoi en faire, mais il avait la certitude que c'était tout ce qu'il désirait.

Les jeunes filles qu'il connaissait et auxquelles il lui était parfois permis de parler étaient différentes de ces femmes. Une fois, il avait touché le doigt de la fille d'un voisin, plus âgée que lui, et il avait ressenti ce fourmillement soudain à l'aine. Il avait vivement retiré sa main. Ces jeunes filles, celles de son âge, leur peau était de lait et non de crème, et leur parfum, floral, sans cet arrière-goût métallique qui donnait du piquant à la suavité, cette suavité qui le consumait jusqu'au cœur. La nuit, dans son lit, il embrassait la peau de son propre bras, s'imaginant que c'était l'une de ces femmes que connaissait son père.

Dans ses rêves, comme maintenant dans la fièvre, les femmes venaient à lui, le tenaient dans leurs bras. Il n'était jamais séparé d'elles. Aussi bien assis à l'église que courant dans la cour de l'école avec les autres garçons, il savait à chaque seconde où elles se tenaient, et si elles le regardaient ou pas.

Il n'en parlait jamais. Il ne racontait jamais rien à son frère, ou à son père. Il savait qu'ils savaient. Lorsque sa mère lisait les longs passages de la Bible qu'ils enduraient matin et soir, il savait que son père et son frère comprenaient aussi bien que lui de quoi parlaient réellement ces histoires.

Elles parlaient du commencement du monde, par le désir brûlant d'un homme pour une femme, du venin du serpent qui courait dans les veines de chaque homme afin qu'il ne pût s'oublier dans le labeur ou le sommeil, mais seulement dans les bras d'une femme.

De luxure. Elles parlaient de luxure, et c'était bien là son péché, et l'enfer serait à jamais sa seule patrie. Il avait des manières parfaites ; un comportement calme et digne ; ses désirs le déchiraient au-delà du supportable.

À quinze ans, il mordait son oreiller dans cette maison noire et silencieuse, il hurlait son désir étouffé jusqu'à ce que sa gorge fût en feu. Ses mains étaient lasses des tripotages ; huit à dix fois par jour, il se retrouvait les mains dans le caleçon, le pantalon aux chevilles, ses hanches fines pilonnant son poing. Après, le plus souvent, il ressentait la piqûre vive de l'aiguille de sa mère. Une douleur si aiguë que la sueur lui perlait instantanément au front, que ses mains devenaient moites et le creux de ses reins humide. Une douleur qui remontait de l'aine par chaque veine de son corps, comme les premiers picotements de l'ortie. Et plus cela se produisait, plus il haïssait Dieu.

Après cette première fois, il veilla à ne plus entrer en contact avec aucune fille. Il redoutait que la violence de son désir, sa malveillance putride ne tuât la femme qu'il toucherait. Il le croyait littéralement, et cette croyance ne vacilla pas. Il s'imaginait mourant d'un mal sans symptômes qu'il n'aurait su nommer, mais dont il savait qu'il en tuerait d'autres autant que lui-même et aussi sûrement que la typhoïde, ou qu'un poignard en plein cœur.

Il était né mauvais. Il mourrait mauvais. Il arrivait parfois qu'une femme le touchât par accident, s'assît à ses côtés sur des marches, par exemple, l'effleurant de sa cuisse, et il savait que cette femme mourrait. Il déplaçait sa jambe, s'enfuyait pour se retrouver seul dans une pièce calme, le pantalon aux chevilles, le plaisir livré aux crochets implacables du serpent.

Son père était un homme. Son père avait touché sa mère sans tuer ni être tué. Pourtant, il savait ce qu'il savait.

Partout où Ralph se tournait, il entendait les rumeurs répugnantes et voyait la preuve que ce qui allait certainement lui arriver arrivait déjà à d'autres. Des femmes s'arrachant les entrailles à coups d'aiguilles à tricoter. Des hommes crachant au visage de leur femme et tombant raides morts d'une crise cardiaque. Des parents qui photographiaient le cadavre de leur bébé dans son cercueil, dans ses langes de soie noire aussi raides que la chair morte. La luxure était un péché, le péché c'était la mort, et il n'était pas seul. Mais il souffrait, d'une douleur constante, et il n'avait personne à qui le raconter.

Il se trompait, bien sûr, mais il ne le sut que des années plus tard. N'importe qui ou presque aurait pu lui dire qu'il faisait fausse route, s'il avait inventé un moyen de décrire à quiconque la terreur qu'il ressentait. S'il avait trouvé quelqu'un à qui parler. Mais à l'époque il n'existait pas de mots pour dire la marque profonde et mortelle de la morsure du serpent.

Avec les années, il devint grand et beau. Son père était riche, il l'apprit non pas de la bouche de sa mère ou de son père, mais des railleries des autres garçons dans la cour, et tous les garçons qu'il connaissait avaient un père qui travaillait pour son père. Aussi strictes que fussent les mères de la ville, elles auraient toutes vendu leur fille à Ralph Truitt pour un dollar.

Sa mère priait pour lui. Son père lui lisait des passages du *Morte d'Arthur*, ces vieilles histoires de la Table ronde et du Graal, et voulait qu'il fît ses études à la ville. Son gentil frère n'avait pas de tête et guère plus la fibre des affaires, et son père exigeait que l'empire qu'il construisait jour après jour perdurât après sa mort. Ralph comprit qu'il était frappé du sceau de l'héritage.

Ralph n'enviait pas la vie de son père. Il enviait la vie de Lancelot du Lac, qui en s'éveillant trouvait quatre reines en train de le contempler sous leurs ombrelles de soie. La mère de Lancelot, la Dame du Lac, qui l'envoyait par le monde pour en faire un chevalier, qui le laissait partir bien que l'aimant et craignant pour son âme, exprimait toute la différence entre les vertus du cœur et celles du corps. Les vertus du corps étaient réservées à ceux dont le visage était doux et la charpente solide, mais les vertus du cœur, la générosité, la douceur et la compassion, étaient à la portée de tous.

La douceur des jeunes garçons est si grande que Ralph croyait ces paroles de tout son cœur, même s'il restait persuadé que les vertus de bonté lui seraient toujours refusées, et qu'il ne serait jamais ni grand, ni beau, ni désiré. Il se sentait déplacé dans son propre corps, errant dans son propre cœur.

Et ainsi, Lancelot quitta sa mère pour s'aventurer dans le monde, où il était fort, courageux et totalement démuni devant les femmes. Sa pureté et sa force, sa beauté et son courage étaient condamnés à l'échec et à la corruption. Jamais il ne devait voir le Saint-Graal. C'est le désir impuissant de Lancelot qui détruisit le monde et non sa force, et Ralph comprit tout cela tandis que son père lui faisait la lecture. Ralph sentait des larmes ardentes lui brûler les yeux.

La luxure et le luxe. Pour finir, les vertus du corps vinrent aisément à Ralph. Il pouvait croire ce qu'il voulait, il n'en était pas moins grand, beau, fort et riche. Les vertus du cœur lui étaient inconnues et, à travers les prières incessantes de sa mère, il savait que, quelles qu'elles fussent, elles ne seraient jamais siennes. Assise dans une église dénudée sur un banc de bois dur, sa mère voyait le paradis. Lui, assis à côté d'elle, ne pensait qu'aux femmes nues dans des décors somptueux, aux ombrelles de soie, aux beaux équipages et au plaisir sans fin.

Son amour et sa peur des femmes, de sa mort et de la leur, se transforma en une haine qui ne s'apaisait jamais. Elle emportait la douceur pour ne laisser que le piquant. Son enfance fut un mélange inextricable de désir et de cauchemar.

Il partit pour Chicago, pour l'université. Loin de la harangue infatigable de sa mère, il était libre de passer ses jours et ses nuits à chasser le plaisir. Il apprit sans mal. Il bénéficiait d'une grande popularité. Il se méprisait lorsqu'il était seul, aussi l'était-il rarement. Il développa un goût pour le champagne et le spectacle de femmes nues dans des chambres d'hôtel. Il ne voyait chacune de ces femmes qu'une seule fois, craignant les infections que son désir semait en elles. Elles se seraient ri de lui, de leurs voix cyniques et musicales, si elles avaient su. Il organisa des dîners dans des restaurants. Il acheta des canapés tendus de velours. Il acquit des peintures anciennes de saints nus, transpercés de flèches. Il eut un tailleur.

Il était de ces hommes dont l'apparence flatteuse est illuminée par l'inconscience totale qu'ils en ont, une sorte de timidité rougissante. Il s'engageait dans l'acte sexuel en évitant de croiser son reflet dans le miroir, affairement des mains et de la bouche mais pas des yeux, et les femmes trouvaient cela touchant. Ses appétits étaient insatiables, sa bouche avide se tendait vers le désir comme celle d'un homme en train de mourir de soif dans le désert.

Sa mère n'écrivait jamais et il ne rentrait jamais chez lui. Il joua aux cartes. Il lut les écrits de philosophes. Il déclama de la poésie française à des catins sans cervelle. Il déchiffra des courbes prédisant comment l'argent se transformait en richesse, et les bulletins sur les champs de courses pronostiquant quelles lignées donneraient des cracks.

Son père lui envoyait de l'argent, une quantité infinie d'argent, semblait-il. Ralph cessa de rédiger ses petits mots dévoués à son père, ne mit plus les pieds à l'université pendant des mois d'affilée, jusqu'au jour où il se réveilla, un matin, avec le goût du champagne dans la bouche et l'envie tenaillante de retrouver le calme de la vie universitaire, la bibliothèque poussiéreuse, les voix bourdonnantes des professeurs. Et malgré ce silence, chaque mois, la même somme exorbitante arrivait sur son compte en banque. Ses banquiers gloussaient et le considéraient avec haine et envie, mais jamais on ne lui refusa le moindre penny.

Son père lui offrait l'oisiveté, prenant finalement sa revanche sur son épouse revêche et impitoyable. Ralph était devenu irresponsable et mauvais, et son père, pour peu qu'il en eût connaissance, ne paraissait pas s'en soucier.

Andrew, le frère de Ralph, était sot et pieux. Il resta à la maison. Il rejoignit la firme de son père où il travailla sans relâche, ne se plaignant jamais et ne faisant pas montre du moindre génie dans les affaires. De la compétence, oui, mais rien de plus. Il restait assis aux côtés de sa mère à l'église, les yeux aussi brillants qu'elle. Il se maria à dix-huit ans, et mourut de la grippe l'hiver suivant. La mère de sa femme devint folle de dépit à l'idée que sa fille s'était approchée si près du pot d'or pour le voir en définitive lui filer entre les doigts au dernier moment. Ni héritier ni pension, rien que la présence amère de la mère de Ralph qui, pour finir, fit fuir aussi la pauvre fille. Plutôt vivre dans sa propre famille dérangée que d'avoir à supporter la mère de feu son mari, dont la rectitude était déplaisante et suffocante.

Le père de Ralph se retrouva donc seul chez lui avec sa femme. Aussi, il s'arrangea pour y être de moins en moins, se lançant dans de grands voyages histoire de visiter ses mines, de surveiller ses vastes troupeaux ou de discuter des divers accords concernant l'édification d'une voie ferrée. Et il rentrait au bout d'un mois ou deux, plus riche que jamais, ragaillardi par sa virtuosité et sa réussite, dans une maison sombre et miteuse auprès de sa femme dans cette même robe pitoyable, et malgré tout cela il ne se décidait pas à dire à son fils aîné bien-aimé la seule chose qu'il avait à lui dire. « Rentre à la maison. »

Ralph n'était pas revenu depuis cinq ans. Il aimait le sexe et le haïssait. Il appréciait les femmes de mauvaise vie car il se moquait de les détruire. Il y avait dans son appétit pour elles un noyau de haine qui jamais ne disparaissait, un dégoût qui mordait comme des dents pointues, piquait comme des aiguilles, pourtant il ne pouvait s'arrêter. Il louait une chambre d'hôtel, somptueuse, avec lit orné de guirlandes et d'or et serveurs silencieux qui montaient du champagne à M. Truitt et Mlle Mackenzie, ou Mlle Irons, ou Mlle Kenny, à des chanteuses, des danseuses de music-hall, des putains et des modèles d'artistes.

Il pensait à son frère mort sous la terre et il lui enviait ce calme. La mort au moins mettrait fin à ce désir terrifiant.

Il alla en Europe. Un *Wanderjahr*, comme l'appelait son père, chose courante pour les jeunes gens de son époque. Il vécut en Europe la vie arrogante des nouveaux riches raffinés, ses principaux raffinements consistant à parler français et à savoir louer une chambre d'hôtel avec une femme qui n'était pas la sienne. Il faisait son Grand Tour, dans la brume londonienne et l'éclatante clarté parisienne, dans les musées, les champs de courses et les salons de l'aristocratie désargentée. Ils le flattaient, lui offraient leurs filles terrifiées comme des pendules en chrysocale, pour se rire de lui à la seconde où il avait le dos tourné. Ralph s'en moquait. Il pouvait passer commande dans n'importe quel restaurant, et toujours régler la note.

À Florence, il tomba sur un ami de Chicago, Edward, qui s'essayait à être peintre. Edward passait ses journées au musée des Offices et au palais Pitti à dessiner des croquis avec la gueule de bois, et vivait dans un état de licence et de dissolution tel que même Ralph en fut choqué. Ralph loua une grande villa, et installa Edward avec lui. Tous les deux, ils buvaient du champagne au goulot de bouteilles sorties de la glace et riaient de voir la cire blanche des chandelles couler sur le marbre des sols pendant leurs parties de cartes nocturnes, leurs soirées musicales et les fêtes peuplées de filles nues.

Chaque matin, de jeunes servantes s'agenouillaient sur le marbre pour gratter les traces de cire, tandis que Ralph et Edward dormaient dans leurs lits somptueux aux côtés de leurs putains plantureuses. La vie avait cette sérénité de la décadence continuelle qui n'est pas dupe.

À l'occasion, dans les églises richement décorées de fresques qu'il visitait presque par accident, il arrivait à Ralph d'entr'apercevoir un Dieu, sinon moins terrible, du moins plus opulent que celui de son enfance.

Ralph avait une cuisinière, deux jardiniers, six paons et un bel équipage conduit par un valet en livrée. À l'arrière se trouvait un second valet en livrée dont la fonction demeurait pour lui obscure.

Edward connaissait des officines où on leur vendait furtivement toutes les drogues qu'ils voulaient, des poudres pour dormir quarante-huit heures de suite tandis que le soleil se levait, se couchait et se levait de nouveau sur le Duomo, d'autres mélanges pour maintenir l'érection pendant quatre heures. Ralph et Edward achetaient des poisons en flacons bleu nuit qui, pris à dose infinitésimale, produisaient un sentiment d'euphorie tel que Ralph n'en avait jamais connu auparavant, une extase comme la jouissance sexuelle, dans chaque pore de sa peau.

Pourtant l'argent continuait d'arriver, sans le moindre reproche. La terreur de ce qui se produisait dans son corps lorsque le désir s'en emparait ne disparut jamais. Son cœur ne parvint pas à s'endurcir contre cette douleur, jamais la haine ne ralentit son implacable pulsation. Jusqu'au jour où il vit Emilia.

Elle passa près de lui dans une voiture rayonnante, exquise jeune fille de seize ans vêtue d'une robe de mousseline blanche, la chevelure noire habilement entremêlée de fleurs de glycine. Ralph ne retourna plus jamais à l'officine. Il ne joua plus jamais aux cartes et il fit déménager Edward, les putains, les tricheurs et les ivrognes dans de grandes pièces sombres de l'autre côté du fleuve. Il était amoureux.

Il reçut un choc en se réveillant chaque matin les idées claires, en trouvant les pièces aussi propres qu'il les avait laissées la veille au soir, en goûtant la délicieuse cuisine toscane que déposaient dans son assiette des serviteurs paisibles aux yeux sombres. Il refit du sport. Il prit des leçons de boxe. Il prit des cours d'italien plusieurs heures par jour auprès d'un étudiant de l'université, dans le seul but de pouvoir parler à cette jeune personne. Il monta à cheval, chassa, et décida d'être le genre d'homme capable de gagner le cœur de cette créature dont il ignorait jusqu'au nom.

Il portait des habits splendides, avait de bonnes manières, et si loin on ne savait rien de ses origines. Être américain suffisait, pensait-il. Il se pommadait les cheveux, sentait l'eau de Cologne de la pharmacie Santa Maria Novella et l'argent d'Amérique.

On le présenta au père d'Emilia, puis à sa mère et aux civilités ennuyeuses de son salon, où chaque objet respirait l'ancien, le luxe et la culture. Ralph fut enfin autorisé à parler à Emilia en personne. Il était plus naïf à vingt ans que ces gens ne l'avaient été au berceau.

Des gens ordinaires, prétentieux et sans le sou, pleins d'ambition pour leur ravissante fille, et Ralph les prit pour plus qu'ils n'étaient. C'était oublier que la plupart des familles italiennes pouvaient vous sortir un titre de leur grenier. Il ne vit pas qu'ils n'avaient pas d'argent, que leurs domestiques n'étaient pas payés et qu'alors qu'il se présentait à la porte d'entrée, des couturières furieuses sortaient par celle de derrière. Il ne vit pas que leur fille était leur seul véritable atout négociable.

Ce que Ralph vit, c'est une beauté exquise, dont la voix était musique et les manières poésie. Après toutes ces leçons, Ralph parlait l'italien d'un enfant.

Emilia parlait un français plaisant et un anglais comique, et elle rosissait comme l'aurore lorsqu'il tentait de la regarder dans les yeux. Pendant des mois, elle se montra douce et charmante, juste hors de sa portée, comme la pêche au sommet de l'arbre.

Il se murmurait son nom lors de ses promenades le long de l'Arno. Son absence lui était physiquement douloureuse, comme si toutes ses terminaisons nerveuses étaient en feu. Sa compagnie était le seul contexte dans lequel il trouvait son propre caractère acceptable. Il alluma des cierges pour être aimé d'elle. Il pria pour un miracle. Puis, enfin, Ralph comprit – on l'y aida. Emilia était à vendre.

Elle était douce avec lui, et infiniment charmante d'une façon musicale ; Ralph, si peu versé dans les choses de l'amour, lut sur son visage le reflet de ce qu'il ressentait dans son cœur, et crut qu'elle l'aimait. Son père s'attristerait de devoir se séparer d'elle, mais finirait par s'y résoudre parce qu'elle aimait Ralph et que, pour finir, il recevrait compensation de cette perte.

Acheter ne présentait aucune difficulté pour Ralph. Il venait de passer trois ans dans les coffres de banques et les marchés d'art d'Europe, et savait que l'aristocratie avait toujours des réticences à se séparer de ses trésors ; il savait aussi qu'au bout du compte, ce n'était pas s'en séparer qui comptait, mais à quel prix.

Il écrivit de nouveau à son père. Il demanda une grosse somme d'argent. Son père lui répondit qu'il lui enverrait ce qu'il lui demandait, mais qu'il désirait que Ralph rentrât à la maison, qu'il vînt s'occuper des affaires. Un marché fut conclu. Ralph pouvait avoir ce mariage s'il prenait la responsabilité à laquelle on l'avait laissé se dérober pendant si longtemps. Pour Ralph, c'était une solution heureuse. Il savait depuis des années que, bien qu'on lui eût laissé du jeu, tôt ou tard il sentirait la piqûre de l'hameçon dans sa bouche et devrait remonter la ligne jusque chez lui.

Toute sa vie, il avait espéré aimer suffisamment quelqu'un pour pouvoir lui confier ses peurs et s'en décharger. C'est à Emilia qu'il raconta ses terribles secrets, ce feu dans ses veines, cette rage cruelle dans son cœur, et elle le guérit d'un éclat de rire et d'un baiser. « Tu verras, lui dit-elle, que c'est une bêtise. Personne ne mourra. »

Elle comprenait à peine ce qu'il disait. Son anglais était un mélange de poses, de poésie et de lumière, et elle ne disposait pas du vocabulaire pour approcher une telle noirceur. Tout ce qu'elle savait, c'est qu'on l'avait élevée pour être vendue, et qu'être vendue à Ralph n'était certes pas le pire cas de figure possible.

Tandis qu'elle attendait que son trousseau sophistiqué arrivât de Paris, puis qu'on procédât aux ajustements et aux retouches, tandis que les interminables négociations autour de la dot se tramaient et que le père d'Emilia faisait montre d'une cruauté et d'un sens des affaires tels que Ralph finit par veiller au paiement de tous les fournisseurs, les télégrammes arrivaient. « Ton père est malade, dit le premier, reviens immédiatement », mais il ne pouvait partir. « Ton père est mourant », prévint le deuxième, et pourtant il attendait qu'Emilia fût prête.

« Ton père est mort », annonça le troisième télégramme. Aussi épousa-t-il Emilia en toute hâte, avant de monter dans un train puis d'embarquer sur un bateau, pour prendre un autre train qui le conduisit avec sa femme jusqu'à la ferme du Wisconsin, pour le retour du fils prodigue.

Emilia était tombée enceinte avant même leur arrivée. Ralph se réjouissait et s'affolait de cette naissance. Il se rappela s'être agenouillé près de la tombe de son père, Emilia à ses côtés, dans sa volumineuse robe gris perle venue de Paris et qui chatoyait au soleil. Son visage, si angélique à Florence, n'était plus là que singulier, trop exotique pour ce plat paysage.

C'était tellement loin à présent. Ils étaient tous morts, son frère, son père, Emilia, la petite fille à laquelle elle avait donné naissance au cours de ce premier printemps au Wisconsin. Tous morts, même, pour finir, son impitoyable mère, qui ne lui pardonna jamais.

Il avait cru que cela s'estomperait, mais il se trompait. Pendant vingt ans, pas une âme ne l'avait touché avec affection ou désir, et il avait cru que ce besoin s'évanouirait. Il était surpris, à chaque nouvelle année qui commençait, de constater combien le désir qui l'avait animé dans sa jeunesse l'étreignait toujours dans toute son ardeur, dans toute sa furie. Il s'était comme cristallisé autour de son cœur, solidifié un peu plus avec les ans, et ne le laissait jamais en paix.

Pourtant Ralph se détourna des voix douces des quelques femmes qui lui parlèrent, sachant qu'il pouvait avoir n'importe laquelle, mais n'en choisissant aucune. Au lieu de quoi, il choisit la solitude, ou bien il fut choisi par elle, une solitude barbare et infrangible. Car malgré cela, à chaque instant, la nuit et le jour, la chair de Ralph trépignait de désir, son esprit se tournait invariablement vers la vie sexuelle des hommes et des femmes qui l'entouraient, et cet élan les lui faisait haïr et chérir dans les mêmes proportions. Son amour avait péri avec Emilia, et avec l'enfant, mais son désir s'épanouit sur le sol aride de son cœur et son doux murmure jamais ne cessa à son oreille.

Et à présent, dans sa fièvre, les femmes venaient à lui. Dans sa fièvre, elles le touchaient. Leur contact le brûlait et le rafraîchissait à la fois.

6

Il neigea pendant trois jours. Catherine s'ennuyait tellement qu'elle redoutait par instants de perdre la tête, ou du moins de se perdre. Au beau milieu de cette crise, elle ne devait pas se laisser distraire de son plan d'action. Chaque soir, elle faisait tourner le flacon bleu entre ses doigts et regardait la neige à travers le voile du liquide. Comme une scène dans une boule à neige, qu'elle voyait se dérouler. Chaque nuit, elle priait pour qu'il ne mourût pas.

Lorsqu'elle ne s'occupait pas de Ralph, elle déambulait dans les pièces, inspectait tout, touchait chaque objet, chaque meuble. Elle retournait chaque assiette, prenait en main chaque couvert en argent pour en vérifier l'estampille ou le poinçon. Limoges, France. Tiffany & Co., New York. Wedgwood. Elle calculait la valeur de chaque pièce, la valeur du tout.

Les rares conversations qu'elle partageait avec Mme Larsen tournaient autour du traitement de Ralph, ou bien lui paraissaient des bribes à peine compréhensibles d'une langue étrangère.

« Ses chaussures se mettent jamais là, près de la porte. Ses chaussures vont près de la commode. Il les fait venir de New York.

– Je vais les mettre à leur place.

– Non, laissez-les donc. Je vais m'en occuper. Je sais comment il aime que les choses soient. »

Au milieu de la nuit, alors que toutes deux étaient assises près de lui : « Il dort comme un bébé maintenant. Il a la tête comme une pastèque. Il va pas mourir. »

Catherine ne savait jamais si on attendait une réponse de sa part. Elle savait à peine comment s'adresser aux autres.

Elle dormait assise dans un fauteuil, dans la chambre de Ralph. Elle portait sa robe de laine noire et entendait le vent hurler dehors. Elle le soignait avec tendresse et efficacité. Trois fois par jour, elle s'asseyait seule à la table resplendissante pour se délecter de l'exquise nourriture que lui servait Mme Larsen. Un potage clair, couleur rubis. Une meringue aux châtaignes. Du canard à la moutarde. Autant de mets qu'elle n'avait jamais vus, qui l'effrayaient par leur beauté. Elle demanda à Mme Larsen si elle et son époux ne voudraient pas venir à table avec elle, ou bien si elle pouvait les rejoindre à la cuisine. Visiblement, une telle situation ne faisait pas partie des usages, aussi demeura-t-elle seule au bout de cette table gigantesque.

Elle mangeait avec un appétit qui l'excitait et l'épouvantait. Des plats riches, qui contrastaient si vivement avec ce pays lugubre, et tellement propices à la réconforter, par ce froid. L'ennui et l'angoisse décuplaient sa faim, qui jamais n'était rassasiée, quoi qu'elle mangeât.

La nuit, elle se tenait des heures près de sa fenêtre à regarder la neige tomber, dans la mélancolie de ce qu'elle avait laissé derrière elle. Pendant la journée, la blancheur était si aveuglante qu'elle devait se protéger les yeux. Elle ne pouvait garder les rideaux ouverts plus de quelques minutes.

Elle songeait aux gens, aux gens ordinaires, qui parcouraient les rues de la ville, et elle s'émerveillait de la banalité de leur vie.

Elle repensait aux chambres qu'elle avait laissées derrière elle, ces chambres dans lesquelles elle se réveillait et respirait, à la manière dont elles étaient meublées ou dont les voix lui parvenaient par les fenêtres ouvertes, comment elle s'y mouvait ou venait s'y réfugier pour pleurer. Elle contemplait avec un certain dédain ces gens stupides et sans énergie qui avaient accompli avec une facilité parfaite ces petites choses si chères qui lui échappaient.

Ils possédaient des assiettes. Ils avaient tous des chaussettes. Le monde grouillait de gens, et elle pensait avec dérision au nombre incroyablement restreint d'individus qu'elle avait connus, vraiment connus, au cours de sa vie.

Elle avait beau mépriser le vide de leur existence, la stupidité et l'ennui, elle avait atterri elle-même dans cette maison, silencieuse sous la neige incessante, et elle aurait volontiers échangé sa place contre la leur, n'importe laquelle.

Dans sa vie d'avant, elle fumait des cigarettes et buvait de l'alcool, elle prenait de la drogue et grappillait tout ce qu'elle pouvait dans l'océan humain qui l'entourait. Des hommes lui écrivaient des lettres. Ils l'avaient aperçue au théâtre, là-haut dans la loge, ils lui écrivaient et elle leur répondait. Tant de délicatesse. Elle trouvait l'oubli d'elle-même pour une heure, un été ou une nuit avec n'importe lequel d'entre eux dont les lettres l'avaient divertie, un homme aux yeux bleus, verts ou marron, son visage tout près, implorant quelque chose d'incompréhensible pour elle. Et le frisson finissait par passer, la beauté voluptueuse de l'homme se fanait et elle ne voyait plus que la bêtise, les odeurs infectes et le fond haineux de son propre cœur, une haine qui lui disait à chaque instant que le plaisir évident que trouvaient ces gens à ces moments simples lui serait à jamais refusé. Alors elle passait à autre chose.

Elle rêvait d'une cigarette. Elle se serait frayé un chemin à mains nues à travers des congères plus hautes qu'elle, rien que pour l'évasion que lui procurerait un peu d'opium ou de morphine. Mais elle était loin de tout cela. Elle ne se laisserait pas même aller à un verre de sherry. Elle suivrait son plan à la lettre et son plan fonctionnerait, si, bien sûr, Ralph Truitt ne mourait pas.

« Comment va-t-il, mademoiselle ?

– Il est agité. Et brûlant.

– Un costaud, ce vieil oiseau. Ne vous inquiétez pas, il va s'en sortir. »

« Lorsque j'aurai son argent, pensait-elle, je m'en irai loin, dans un pays où je ne connaîtrai personne, dont je ne parle pas la langue, et je n'adresserai plus jamais la parole à quiconque. » Mais non, ce n'était pas là ce qui était prévu. Elle ne devait pas oublier tout ce qu'elle avait échafaudé. Lorsqu'elle aurait son argent, elle épouserait son bel amant bon à rien et ils vivraient une vie de plaisir extraordinaire. Oh oui, c'était là le plan.

Dans chacune des villes où elle avait échoué par hasard, lorsque l'angoisse et l'insatisfaction finissaient de nouveau par l'engloutir, elle trouvait la bibliothèque municipale et y passait des heures, à lire des descriptions et des guides de lieux où elle irait peut-être un jour. Elle connaissait le plan des rues de Buenos Aires et de Saint Louis. Elle aurait pu décrire dans les moindres détails une multitude d'endroits où elle n'avait jamais mis les pieds. Comme une élève studieuse, elle restait assise là à lire à la lumière déclinante, dans une vaste bibliothèque municipale, et elle apprenait.

Elle s'imaginait à Venise, avec son amant qui n'était qu'un enfant bon à rien, ils dormaient jusqu'au milieu de l'après-midi, et leur suite au Danieli serait une débauche de friandises à moitié grignotées, de bouteilles de champagne vides et de lingerie raffinée. Elle avait étudié l'italien, à la lueur oblique qui coulait des hautes baies de la bibliothèque.

Elle les voyait se lever langoureusement, le voile terne de la morphine sur ses yeux noirs à lui, tous deux enveloppés de soieries et de fumée de cigarettes, boire du chianti dans une gondole glissant sur les eaux sombres vers les lumières du Lido. Dans ses rêves, le gondolier chantait des chansons d'amour, et toutes les portes s'ouvraient sur leur passage, révélant des salles immémoriales où tout n'était que luxe, beauté et charme et où des aristocrates, des princesses, des comtes et des rois les embrassaient sur les deux joues. Ils ne vieillissaient pas et ne mouraient jamais. Elle ne serait jamais seule. Elle aurait la beauté de son amant et la sienne, elle aurait l'argent de Ralph, et sans aucun doute l'union des deux suffirait. Voilà du moins quel était le plan. Elle épouserait Ralph Truitt et puis, un jour, presque imperceptiblement, il se mettrait à vieillir et il mourrait. Et puis un jour, peu après, il serait mort et elle aurait tout.

« Madame Larsen ?

– Oui, mademoiselle ?

– Cette nourriture, d'où vient-elle ? »

Mme Larsen, qui arrosait un blanc de canard, ne put s'empêcher de rire.

« D'où elle vient ? C'est moi qui la fais.

– Mais…

– Vous pensiez qu'on mangeait du bœuf séché ? de la viande en conserve et du chou ? du jambon d'octobre à mai ? comme des bouseux ? Eh bien, il y en a, oui. Pas nous. On a une chambre froide, où on conserve la plupart des denrées. Il en fait aussi venir de Chicago. Parfois elles arrivent par le train que vous avez pris.

– Vous cuisinez comme un ange.

– J'ai appris il y a longtemps. J'étais encore une gamine. Dans l'autre maison. C'était une autre époque. Et je dois dire que c'est agréable de s'y remettre. De faire les choses bien.

– Une autre maison ?

– Oui. Il y a longtemps.

– Où était-elle ?

– Elle y est toujours.

– Où ?

– Pas loin d'ici. À un kilomètre ou deux, pas plus. On n'y va jamais.

– À quoi ressemble-t-elle ? » Peut-être était-ce de cette autre maison que provenaient toutes ces belles choses avec des noms inscrits dessous.

« Peu importe. On n'y va jamais. Si la neige ne s'arrête pas, on arrivera bientôt au bout des provisions de luxe. » Mme Larsen la laissa seule à l'extrémité de la longue table, avec l'argenterie étincelante.

Catherine connaissait la cuisine. La cuisine française. Elle avait lu des livres à ce sujet, à la bibliothèque. Elle ne s'était jamais lancée elle-même, mais elle connaissait des recettes de sauces par cœur. Elle prit soin de ne pas avoir l'air trop curieuse. Sa curiosité rendait Mme Larsen nerveuse.

Incroyable, tout ce qu'on pouvait apprendre dans une bibliothèque, en se contentant de chercher. Sur les poisons, par exemple. Des pages et des pages de poisons. Aussi simple qu'un livre de recettes. Il suffisait de savoir lire pour pouvoir empoisonner quelqu'un au nez et à la barbe du reste du monde.

Aucun livre, dans la maison de Ralph Truitt. Elle avait aperçu un vieux piano droit recouvert d'un châle espagnol brodé, et entre ses corvées d'infirmière, avant chaque repas, elle s'entraînait à ses petits morceaux. Néanmoins, la plupart du temps, elle se demandait ce qu'elle faisait là, et ne trouvait personne pour le lui dire. Pas Mme Larsen, qui était franche et joviale et qui supposait la même chose d'elle, comme elle présumait que les gens aisés savaient d'eux-mêmes se mettre à l'aise. Elle était énorme et aimable, contrairement à son mari minuscule et maigrelet, qui surveillait les faits et gestes de Catherine avec suspicion et la traitait avec un mépris à peine dissimulé.

« Oh ! Larsen, avait-elle entendu son épouse dire. Arrête un peu. Donne donc une chance à cette pauvre fille. »

Une chance de quoi, exactement ? Si seulement ils savaient, pensa-t-elle. Elle ne trouvait pas de fauteuil où s'asseoir, et ne savait pas où elle était censée se tenir. Elle observait le paysage gelé dehors et imaginait ses bijoux sous la neige. Elle sanglotait sans raison.

Un jour, alors que les femmes soulevaient à deux le corps lourd de Truitt pour le disposer sur des draps blancs et propres, Mme Larsen lui dit tout à trac : « Je ne le supporterais pas, mademoiselle. Je ne supporterais pas qu'on lui fasse encore du mal.

– Qui lui a fait du mal ?

– Tout le monde. Il y a longtemps. Mais ce genre de chose, ça ne disparaît jamais. On peut dire que ça lui a ruiné la vie.

– Vous tenez beaucoup à lui.

– J'ai du respect pour lui. On ne peut avoir que du respect, pour un chagrin comme celui-là. Moi j'aurais volontiers pris le fusil. Mais je vous préviens, si vous lui faites du mal, vous aurez affaire à moi.

– Je ne lui ferai aucun mal.

– Non, ça non. »

Catherine mentait, mais du moins ne lui ferait-elle pas de mal pour l'instant. Il fallait qu'il se rétablît, pour qu'elle pût s'en prendre à lui. Il ne pouvait mourir en la laissant ainsi en plan, sans argent et sans amour. Elle ne pouvait supporter l'idée de reprendre ce train dans l'autre sens, les mains vides.

Elle lui donnait la becquée à la cuillère. Elle épongeait délicatement la sueur sur son front, le débarrassait de sa chemise de nuit lorsqu'il avait trop de fièvre. Elle supplia Larsen d'envoyer chercher le médecin, bloqué par la neige à deux villes de là. Larsen s'imaginait, ayant vu Catherine recoudre Truitt, qu'elle était aussi compétente que n'importe quel médecin sur lequel il mettrait la main, et la neige se faisait plus dense de jour en jour. La tentative était vaine.

Elle lui donnait du thé chaud. Lui enveloppait les jambes dans de lourdes couvertures de laine, restait assise toute la nuit à ses côtés. Avec Mme Larsen, elle sortait son corps nu du bain.

Elle se levait la nuit pour veiller sur Truitt, grelottant de fièvre. Elle s'allongeait à ses côtés et le serrait contre elle jusqu'à lui infuser la chaleur de son propre corps et faire passer les frissons. Ses tétons se dressaient pour irradier la chaleur dans le dos tremblant de Truitt.

Ce devait être le charme érotique de la tendresse humaine. Le réconfort de la douceur. Elle avait oublié.

Elle passait les mains sur ce corps comme toutes ces mains qui avaient parcouru le sien, et il n'en ressentait rien de plus qu'elle autrefois. Lorsque l'accès de fièvre était passé et qu'il dormait de nouveau paisiblement, elle restait assise dans un fauteuil jusqu'à l'aube, saisie par un froid dont elle se disait qu'il ne passerait jamais, frissonnant et fixant l'obscurité silencieuse.

Elle avait trente-quatre ans ; elle avait une âme, qu'elle protégeait comme la paupière protège l'œil, lui octroyant juste assez de lumière pour ne pas trébucher dans le noir.

La quatrième nuit, la fièvre disparut et la neige cessa de tomber. Il allait survivre. Elle lui avait sauvé la vie.

Catherine se tint des heures dans la pénombre près de sa fenêtre, le flacon bleu posé sur le rebord, devant elle. La neige recouvrait tout et scintillait au clair de lune comme un de ces royaumes de contes de fées dont rêvent les petites filles.

La neige était éternelle, infinie. Elle recouvrait la cour, le toit de la grange, redescendait vers la petite mare ronde au pied du champ le plus éloigné. Pas une empreinte, pas une marque dans toute l'étendue de ce paysage, rien d'autre que le manteau impénétrable et glacé d'argent de la neige. La perfection.

« Tu vois, se disait Catherine, tôt ou tard, tout repart de zéro. Ce n'est pas seulement possible. Cela arrive. »

Elle resta debout toute la nuit, au chaud et à l'aise dans sa robe sobre, et attendit de pouvoir parler à Ralph Truitt au matin.

7

Lorsque le soleil se leva, la neige rougeoya comme un toit de cuivre neuf, puis pâlit vers le rose, avant de blanchir brusquement pour retrouver son éclat éblouissant. La grange et les dépendances alentour flottaient dans une brume de lumière aveuglante, et Catherine dut se protéger les yeux de la main.

Elle s'habilla avec soin, avant de descendre au rez-de-chaussée de la maison silencieuse. Elle prit place à l'épinette et entama un prélude de Chopin, pas l'un des plus compliqués, très doucement, afin de ne réveiller personne. Elle sentit sa présence dans l'embrasure de la porte avant même qu'il prononçât un mot, pourtant la voix la fit sursauter.

« C'était le morceau préféré de ma femme. Elle le jouait sans arrêt.

– Je suis désolée. J'arrête.

– Non, non. J'aimerais l'entendre. Je vous en prie. »

Elle l'interpréta sans manquer une note, avec ce qu'elle espérait être une douceur et une simplicité qui pouvaient passer pour un manque de bravade plutôt que de talent, puis finit par se lever pour prendre place en face de Ralph, devant la cheminée. Il était d'une pâleur frappante et paraissait mélancolique, peut-être le deuil de sa femme avait-il été ravivé par cette musique.

« Mon père croyait que la musique était la voix de Dieu. » Catherine parlait doucement, comme pour tenter de calmer un chien effrayé. « Il était missionnaire. Nous avons voyagé dans le monde entier, en Afrique, en Inde, en Chine, partout où on l'appelait pour répandre la bonne parole. C'est en Chine qu'il est mort, nous laissant seules, ma sœur et moi.

« Il se servait de la musique pour communiquer avec les gens, dans les contrées où l'on ne parlait pas anglais. Il croyait la musique universelle, et aussi que Dieu s'adressait aux hommes à travers elle. Il disait que je jouais bien. »

Elle se lança ensuite dans la description de peuplades d'Afrique et de Chine, des païens touchés par sa manière maladroite de jouer et émus par les sermons de son père, et qui avaient fini par se tourner vers le christianisme. Leur âme, ajouta-t-elle, avait ainsi été sauvée de l'enfer.

Elle inventa tout dans les moindres détails, bien sûr, allant puiser dans les lectures qu'elle avait faites à la bibliothèque, sur les us et coutumes des tribus africaines, les tenues strictes et éclatantes des femmes de la cour chinoise, avec leurs pieds minuscules et leurs voix d'oiseaux, mais elle ne se trompa dans aucun détail, et il l'écouta attentivement, assis en face d'elle.

Lorsqu'elle eut terminé, qu'elle eut épuisé tout ce qu'elle savait en craignant d'avoir brûlé trop vite sa maigre réserve de savoir, il demeura immobile pendant un moment, puis lui demanda : « Qui êtes-vous ?

– Je suis Catherine Land. C'est moi qui vous ai écrit ces lettres, pas la femme sur la photographie, c'est moi qui les ai écrites. Je suis cette femme-là. »

Il jouait machinalement avec le tissu de son pantalon. Il paraissait hésiter sur ce qu'il allait dire.

« J'ai une histoire à vous raconter. Nous allons nous marier. Qui que vous soyez, qui que vous vous révéliez être. Il faut que vous le sachiez.

– Vous disiez… Je pensais que vous n'étiez pas certain. Vous vous méfiez. Encore maintenant.

– Vous m'avez sauvé la vie. Cela me suffit. Je sais ce que vous avez fait pour moi. » Il la regarda droit dans les yeux. « Tout ce que vous avez fait. J'étais malade, presque mort, mais je n'étais pas inconscient. »

Elle resta assise là, les mains sur ses cuisses, fixant les yeux pâles de Ralph.

« Vous n'êtes pas celle que vous prétendiez être, dit-il.

– Mon père disait de mon visage qu'il était… l'œuvre du diable. Qu'il n'était appelé qu'à faire le mal. J'ai envoyé la photographie d'une autre, de ma cousine India, qui est sans charme. Vous ne vouliez pas, en tout cas c'est ce que vous disiez… Mon père… » Elle se tut, impuissante.

« Assez. Il suffit. J'ai dit que nous allions nous marier. Vous êtes ici. Nous allons nous marier. »

Ils se dévisagèrent, puis fixèrent le feu.

« À présent, écoutez-moi, ordonna-t-il d'une voix douce. Écoutez ma vie. »

Il demeura longtemps immobile, le regard perdu dans les flammes.

« Écoutez ma vie. »

Il parla pendant des heures. Il lui raconta tout. Son enfance rude et amère. Il lui raconta l'épisode de sa mère et de l'aiguille, et son âme à vif, éraflée par chaque sermon du dimanche, les yeux de sa mère sur lui à chaque seconde. Il avait cru sa mère comme on croit un être aimé lorsqu'il nous dit qui l'on est, parce que la parole d'un être aimé est pour nous vérité, et il raconta tout cela à Catherine.

Il lui parla de ses désirs obscurs et torturés, ces désirs que sa mère avait vus avant même qu'il ne les eût éprouvés lui-même, qu'elle avait identifiés dans le bébé qu'il avait été, au point de ne pouvoir le prendre dans ses bras, même à l'époque.

Il lui parla de la mort de son frère, du corps de son frère dans un coffre dans la chambre froide, attendant le dégel afin qu'on pût l'ensevelir, lui parla des femmes, de l'Europe et de ses pérégrinations sensuelles dans les palais et les bordels.

Il ne présenta pas d'excuses. Pas une fois il n'inclina la tête pour l'attendrir, ou ne fit une pause pour susciter son assentiment ou sa compassion ; quant à elle, elle ne détourna pas le regard un instant, ne fit pas les cent pas dans la pièce et ne bougea pas les pieds, elle ne demanda pas un verre d'eau. Elle se contenta d'écouter. C'était une vie qu'il lui racontait là, une vie entière, imparfaite, portant les cicatrices des vices assouvis et des lacérations qu'il s'était infligées à lui-même, mais aussi une vie de brave, lui semblait-il, une vie courageuse.

Il avait fait du mal, à l'évidence. Mais qui pouvait s'enorgueillir du contraire ? Et il avait souffert en retour. Il était quitte.

Il lui parla d'Emilia, du coup de tonnerre bouleversant de son amour pour elle. Il décrivit à Catherine la pâleur de sa peau, les fleurs qui trépidaient dans sa chevelure, les perles qui éclairaient son teint d'une moirure rosée, et sa façon de rougir lorsqu'il s'était adressé à elle dans son italien bancal. Il dit à Catherine qu'il avait aimé Emilia et que, du fait de l'atroce profondeur de cet amour, il n'avait pas répondu aux lettres et aux télégrammes de son père, qu'il avait manqué la mort de son père et n'était rentré que pour s'agenouiller près de la tombe paternelle, dans le froid, avec sa femme enceinte.

Il raconta tout. Il n'avait jamais parlé de tout cela à quiconque, pourtant il le dit à Catherine, parce qu'elle allait devenir sa femme. Il avait le sentiment de lui devoir au moins un album du passé. Il tenta de toutes ses forces de ne pas s'apitoyer sur son sort. Il ne rejetait la faute sur personne, pas même sur lui, et ne se dérobait pas non plus à ses responsabilités. Il lui décrivit le parfum du jasmin dans l'air, le bruissement de la soie dans un *palazzo* florentin, la poussière s'élevant des rideaux anciens et mités, mais il le fit sans poésie, il dépeignit simplement ces cartes postales du passé et Catherine emmagasina les informations comme si elle était tranquillement en train de lire à la bibliothèque municipale.

« Je n'ai pas été un bon fils. J'étais insouciant, et débauché à un point que je ne peux m'imaginer aujourd'hui. Et je n'ai été ni un bon mari ni un bon père, en dépit de mes efforts. »

Il y avait dans sa franchise quelque chose qui donnait à Catherine l'envie de fuir. Elle ne voulait pas connaître cette histoire. Elle ne souhaitait pas en entendre la fin. Cela rendait cet homme trop réel. Catherine n'avait pas l'intention de le considérer comme une personne. Elle ne voulait pas entendre son cœur battre.

« Ma femme détestait cette maison. Disons que, vous voyez… ce n'était pas le train auquel elle était habituée. Elle détestait ma mère et ma mère la détestait, et elle était enceinte. Je lui ai fait construire une autre maison. »

L'attention de Catherine s'était égarée. Elle se reprit instantanément.

« Elle n'est pas loin d'ici. Il a fallu du temps. Un architecte venu d'Italie, qui ne parlait pas un mot d'anglais, d'après ce que je pouvais en voir, suivi par toute une armada de métèques, et puis l'enfant est née, Franny. »

Ses mains s'agitaient nerveusement. La voix lui manqua, l'espace d'une seconde, mais il poursuivit.

« Francesca, l'appelait ma femme. Elle était belle comme… rien. Comme l'eau. Comme toute chose sur terre. C'est le propre des bébés, bien sûr. Elle était magnifique, et minuscule. Ma femme l'emmenait chaque jour, en carriole, sur le chantier de ce palais, et ils discutaient tous en italien jusqu'à la tombée de la nuit, et alors Emilia rentrait à la maison et elle était un peu heureuse, du moins pour un temps.

« Je signais des chèques. Tellement d'argent, je ne saurais vous dire. De l'argent pour payer des escaliers en marbre et de la porcelaine de luxe – vous en avez vu quelques pièces –, de l'argenterie et des lits importés d'Italie qui avaient appartenu au pape ou au roi de je ne sais où, des rideaux et des tableaux. Elle était heureuse. Emilia était heureuse, comme un chiot avec un gros os.

« Et puis nous avons emménagé dans la maison. Je ne savais pas où m'asseoir. J'ai dû demander à l'une des domestiques où j'étais censé me coucher. Après le déménagement, j'ai rarement dormi auprès d'Emilia. Elle avait ses propres appartements. Deux ans, il aura fallu.

« Franny attrapa la scarlatine. C'est courant chez les bébés. Beaucoup de bébés l'attrapèrent, cet hiver-là. Elle avait deux ans. La fièvre dura cinq jours, et lorsqu'elle disparut, Franny avait disparu elle aussi. Ou du moins son esprit. Son corps recouvra la santé, mais son esprit était mort. Je sus que tout ce que j'avais toujours redouté était vrai. Le désir était un poison. La luxure était une maladie, qui avait massacré mon enfant. Elle était adorable et simple, belle et transparente comme l'eau claire. Elle adorait le vitrail des fenêtres. Elle aimait que les domestiques s'agitent autour d'elle, la déguisent avec ces accoutrements incroyables. Puis cette couturière venue de France s'installa dans la maison, et tout ce qu'elle faisait du lever au coucher du soleil, c'était coudre des tenues pour Emilia et ma petite fille.

« La maison regorgeait constamment d'étrangers. Cela faisait la joie d'Emilia, et il en arrivait de partout. Elle ne passait pas une minute avec sa fille. Elle la descendait une fois de temps en temps, habillée comme une princesse de conte de fées, pour l'exhiber tel un petit singe. »

Catherine se vit en train de déambuler dans les couloirs de la maison qu'il décrivait, souriant à ses invités, lesquels s'inclinaient sur son passage, des ducs et des duchesses, des riches et des actrices, des gens qui possédaient des lignes de chemins de fer et des pur-sang arabes uniquement pour la promenade, pour parader, elle qui touchait chaque objet sur chaque table avec la certitude que tout cela lui appartenait.

Et quelque part dans l'ombre, cette enfant demeurée, et quelque part dans la lumière, le fracas d'une mélodie sophistiquée, au piano.

« Elle fit venir un professeur de piano d'Italie, encore un Italien. Je n'ai même pas demandé son nom. Je n'ai su que trop tard que c'était l'Italien de trop. Nous eûmes un autre enfant, un garçon, Antonio, l'appelait-elle – Andy. Il avait le teint mat, comme elle, bien sûr, ils sont tous ainsi, et on aurait dit un oiseau rare qu'elle aurait ramené d'Amazonie. Un garçon ne devrait pas être si beau. Cette masse de cheveux noirs. Si beau, même à quatre ans. Nous avons vécu ainsi, dans cette maison, pendant huit ans.

« Elle était avec lui, bien sûr. Depuis un moment. Le professeur de piano. J'aurais dû m'en douter. Je croyais tout savoir, mais je ne savais pas cela. Imaginez un peu. Tous ces murmures, ces conversations et ces promenades dans le jardin, le tout en italien, cet homme assis à table avec nous, chaque soir, mangeant son dîner comme un invité, alors que je lui faisais un chèque toutes les semaines.

« Je n'ai jamais rien vu. Rien vu venir. C'était une comtesse. Je voyais qu'elle était heureuse, et cela me coûtait des fortunes. Pourtant ma petite fille, ma petite si douce, grandissait de jour en jour, tendant les mains vers la lumière comme un aveugle, cherchant son chemin à tâtons.

« Et après la naissance d'Antonio… d'Andy, elle se mit à faire chambre à part, ma femme. Dans ses appartements, toutes les nuits. Elle ne venait jamais me retrouver. Je ne la touchais jamais. Elle restait debout toute la nuit, à jouer aux cartes avec des putains et des imbéciles, dont j'étais la risée. Parfois, en descendant prendre mon petit-déjeuner, je la croisais, un verre de champagne à la main. Fumant des cigarettes.

« J'ai supporté cela pendant six ans. Je ne l'ai jamais touchée. Puis je les ai vus. Ma femme. Le professeur de musique. Je suis entré chez elle. Dans ses appartements. Je voulais simplement lui poser une question. Imaginez un peu. Ils n'ont même pas semblé particulièrement surpris, ils n'avaient pas l'air de s'amuser tant que cela, mais à l'époque les choses duraient depuis des années. Depuis avant la naissance de mon fils, voyez-vous ? C'était une vieille habitude. Je me rappelle combien il semblait chez lui, comme si c'était moi l'intrus et lui à sa place, entre les jambes nues de ma femme. Et tout le monde savait. Tout le monde sauf moi. Je l'ai frappée, et lui j'ai bien failli le tuer, puis je les ai jetés dehors. Je les ai chassés de ma maison. Ma petite fille ouvrit grand les bras en regardant sa mère partir. J'ai chassé les domestiques, servantes, jardiniers et chauffeurs en livrée. J'ai gardé Mme Larsen, qui n'était qu'une jeune fille, à l'époque. Elle n'est pas aussi vieille qu'elle en a l'air, je dirais, mais c'était il y a longtemps, aujourd'hui. J'ai conservé la maison dans l'état exact où elle était parce que je ne voulais pas que Franny y perde encore, mais personne ne vint plus, car plus personne ne fut invité.

« Je haïssais Antonio. Mon propre fils, et je ne pouvais le supporter. Il préférait sa mère, et j'avais beau essayer, je voyais son visage à elle et sa peau et ses yeux, et je ne voyais en lui qu'un souvenir menteur et intrigant de sa mère. C'était injuste, je le sais. Je sais que ça l'était. Je le battais et hurlais contre lui, jusqu'au jour où il m'a regardé avec une haine parfaite qui n'a plus jamais vacillé, et non, je ne l'en blâme pas.

« Longtemps après, ma petite fille est morte. Elle a attrapé la grippe, je l'ai tenue dans mes bras et elle est morte, et le jour de sa mort j'ai passé la porte de cette maison, et je l'ai refermée derrière moi. J'ai tout laissé à l'intérieur, toute cette camelote ravissante que j'avais achetée aux quatre coins du monde, simplement pour apercevoir un sourire sur le visage de ma femme, et je n'y suis jamais retourné. Les vêtements pendent toujours dans les armoires. J'ai rapporté quelques assiettes, vous les avez vues. Un peu d'argenterie. De petites choses. Chères, mais petites. Sauf ce canapé. Imaginez un peu. Je m'y étais habitué. Un meuble recouvert de tissu damassé. Le contact d'une fourchette en argent.

« Je n'avais nulle part où aller. Je suis arrivé ici. Ma mère m'a jeté un seul regard avant de partir vivre chez sa sœur dans le Kansas, et je ne l'ai plus jamais revue. J'ai vécu dans cette maison, j'ai battu mon fils jusqu'au sang, et à la seconde où il a été en âge de partir, il s'est enfui. Je le revois encore, si beau, quatorze ans à l'époque, jouant ces morceaux italiens sur ce vieux piano pour me rendre fou. Je revois où il était assis. Je lui ai dit que sa mère était morte, brûlée vive dans un incendie, à Chicago. C'était un mensonge, mais c'est ce que je lui ai raconté, et j'ai ajouté que je m'en réjouissais, que la nouvelle de sa mort me permettait enfin de respirer, pour la première fois en sept ans ; le lendemain soir, il était parti. »

Il leva les yeux vers Catherine, comme s'il venait de prendre conscience de sa présence. Comme s'il lui fallait une seconde pour se rappeler qui elle était.

« Je suis désolé. Il n'y a pas de manière délicate de le raconter. Je n'en ai jamais tant avoué à âme qui vive. Tout le monde le sait, mais pas de ma bouche. Et je ne ferai ce récit qu'une seule fois. »

Elle fixa les yeux de Ralph sans ciller, les mains parfaitement immobiles sur ses genoux. Elle restait assise comme elle s'était dit qu'elle le ferait, quoi qu'il pût dire, elle s'était dit qu'elle ne bougerait pas même la cheville jusqu'à ce qu'il eût terminé son histoire. Et alors elle déciderait. Son pouls battait à toute allure. Elle le sentait cogner à son poignet.

L'histoire touchait à sa fin, elle le savait.

« Je l'ai cherché pendant douze ans. J'ai mis des fleurs sur la tombe de ma petite fille et j'ai cherché mon garçon. Et à présent je l'ai trouvé. »

En dépit de ce qu'elle s'était fixé, elle sursauta.

« Où ? Vivant ?

– Vivant. À Saint Louis. Il joue du piano dans un bordel. Ils pensent que c'est lui. Les détectives. Ils ont déjà cru la même chose pour d'autres, et ils se trompaient. Cette fois-ci, ils m'affirment que c'est la bonne. Et je veux qu'il revienne.

– Pourquoi ?

– Parce qu'il est mon fils. Il est tout ce que j'ai.

– Je veux dire, pourquoi pensez-vous que c'est lui ?

– Je vous ai entendue jouer ce morceau, celui de sa mère. J'ai toujours su qu'il se produirait quelque chose, un jour, qui me pousserait à raconter cette histoire et que ce récit arrangerait tout. Que ce récit le rappellerait à moi. Je ne suis pas un homme superstitieux, mais je crois à cela. »

Des larmes scintillèrent dans ses yeux froids. Il ne les essuya pas, ne parut pas même les remarquer. Ses mains jouaient toujours avec son pantalon sombre, et, tremblantes, s'élevaient parfois dans l'air pour attraper au vol une poussière et l'écraser. Il paraissait tellement malade. Elle ne bougea pas un muscle.

« J'ai essayé de mener une bonne vie. J'ai essayé d'être aimable, peu importait ce que je ressentais, ou que ce fût difficile. Vous n'avez pas idée. Et j'ai gagné de l'argent. Il aura besoin d'argent. Mon fils a… des goûts de luxe. Je le sais. Il est le fils de sa mère. »

Elle le regarda. Ce qu'elle ressentait pour lui n'était pas de l'amour ; elle ne connaissait pas l'amour. Mais c'était un sentiment tout aussi étranger pour elle, un désir sans mélange, suscité, peut-être, par la vision de son angoisse. Des larmes chez un homme. C'était éprouvant pour lui, de raconter ainsi, et sa maladresse faisait s'empourprer de désir les seins et le corps de Catherine.

« Vous devez être fatigué.

– Pas au point de ne pouvoir terminer le récit de ce qu'il vous faut savoir, si vous devenez ma femme. Vous m'avez sauvé la vie. Vous avez joué ce morceau, celui qu'adorait ma femme, et que jouait mon fils.

– C'est un prélude tout simple. La moindre écolière sait l'interpréter.

– Vous avez joué sa musique. Je ne suis pas naïf. Je ne suis pas très sympathique, après tout. Si raconter un mensonge fait de vous un menteur, alors c'est ce que je suis, pour avoir dit à Andy que sa mère avait péri dans un incendie, alors que ce n'était pas le cas, même si elle est vraiment morte, quelques années plus tard. Vous m'épouserez, en tout cas je l'espère, et nous rouvrirons la maison pour nous y installer, et tout rayonnera, et il rentrera chez lui, retrouver son père et une mère bien meilleure sous tous ses aspects que cette femme dont il n'a jamais rien su de la vraie nature. »

Elle ne put se retenir. « Il faut que je vous dise. Ce n'est que justice de vous le dire. Je ne vous aime pas.

– Je n'en attends pas tant.

– C'est pire. Je veux dire, monsieur Truitt, que je ne peux pas vous aimer.

– Je ne l'exige pas.

– Et puis qu'en savez-vous ? Si c'est bien lui… comment s'appelait-il ?

– Andy. Antonio.

– Comment savez-vous qu'il viendra ? »

Il la considéra pendant un long moment. Par les fenêtres, la lumière était aveuglante. Elle sentait monter de la cuisine le fumet du déjeuner, qui serait bientôt prêt. Elle entendait le tic-tac d'une horloge.

Elle voyait Ralph assis en face d'elle, mais comme perdu dans une tempête de neige éblouissante.

« Parce que vous irez le chercher en train à Saint Louis. »

Par les fenêtres, la lumière était d'un blanc éclatant. Presque aveuglant.

8

Il brûlait de la toucher. De voir dans chacun de ses gestes l'épuisement qui suivait l'amour. Il rêvait de détacher ses cheveux dans une pièce chaude, de soulever au-dessus de sa tête une chemise de nuit virginale. De sentir le premier contact de sa main contre la peau douce et sèche de cette femme.

Il ne dit rien. Ne fit rien.

« Est-ce qu'il neige éternellement, ici ? On dirait qu'il ne fait que neiger, et neiger encore.

– Il neige, oui. Nous sommes tout près du Canada. Et, bien sûr, avec l'eau… en traversant la mer, elle gagne en force.

– Et ensuite il pourra faire parfaitement sec, pendant des jours d'affilée. » Assise à la table du petit-déjeuner, elle détourna la tête, le blanc aveuglant délava son teint rose, puis elle s'adressa de nouveau à lui. « Parfois on se dit que ça ne recommencera pas, et puis si. C'est juste… c'est juste *là*. C'est un fait.

– Vous êtes surprise ? C'est le Nord. De l'autre côté du lac, c'est le Canada.

– Non. Non, bien sûr que non. C'est ainsi, c'est tout. »

Chacun de leurs échanges donnait à Ralph l'impression d'être idiot, lui faisait redresser la colonne vertébrale et jouer avec ses cheveux, et tout ce qu'il voulait, c'était la voir nue par terre. Pas de manière brutale, ou cruelle, mais en transe. Il voulait être amoureux, mais il savait que désormais l'amour était une chose qui n'arrivait qu'aux autres.

« Et elle s'en va, la neige ?

– En avril. Avril ou mai. »

Imbécile. Idiot. Et le pire était de savoir qu'il lui donnait une impression de froideur. Il savait qu'elle le trouvait asexué, aussi glacé que ce paysage, et il avait envie de lui dire : « Ce n'est pas vrai, je donnerais tout ce que je possède pour te voir te tordre là, par terre, à l'instant », et il ne disait toujours rien. Il ne faisait aucun geste qui pût être interprété de la moindre manière comme une sollicitation.

Il aurait pourtant eu des choses à dire. Il aurait pu dire que le chagrin l'avait brûlé si profond qu'il avait réduit ses péchés en cendres. Que sa mère lui avait affirmé, l'aiguille raclant l'os, que le chemin du bien, le seul chemin, passait par la douleur et la souffrance. Il aurait pu raconter comme le chagrin l'avait lavé, rendu entièrement bon. Mais il n'en fit rien. Qu'avait-elle à faire de son chagrin, ou de son péché ? Elle avait parcouru le monde. Un missionnaire, avait-elle dit, et il n'y avait aucune raison, à considérer son allure calme et guindée, son immobilité prude qui ne vacillait pas même un instant, de mettre en doute sa parole. Elle avait voyagé. Elle en avait assez entendu, sur le péché.

« C'est qu'il n'y a presque rien à faire. J'aimerais avoir quelque chose à faire. Lorsque vous étiez malade, j'avais une raison d'être ici. J'avais le sentiment de répondre à vos besoins. C'est une chose que je sais faire, et j'étais heureuse de le pouvoir. »

Il toucha la cicatrice violacée sur son front.

« À présent je vais mieux. Vous trouverez vos marques.

– Je pourrais aider Mme Larsen, mais elle n'aime pas cela. Je pourrais faire le ménage. Rendre visite aux malades dans les familles qui travaillent pour vous. Je pourrais venir en ville, vous aider. À votre bureau.

– J'ai des gens, pour cela. Profitez-en. Profitez du calme. Lisez.

– J'aime beaucoup lire.

– Alors lisez. Je vous commanderai tout ce que vous voudrez. Ce sera là en deux jours. Des romans. Des journaux. Tout ce que vous voudrez.

– Je ferai une liste. Je peux ?

– Bien sûr. » Il sentait une strangulation, le cœur qui cognait. « Je ne vous ai pas fait venir de si loin pour que vous soyez malheureuse. J'espérais, j'espère que vous serez heureuse. Du moins à l'aise avec votre choix.

Vous m'avez fait venir pour des raisons qui vous sont entièrement personnelles.

– Mais vous êtes venue.

– Je ne le regrette pas. Je ne le regretterai pas. »

Il brûlait d'entendre les sons qui s'échappaient de sa gorge lorsqu'elle avait le souffle court, coupé par le désir. Il rêvait de la posséder, de toutes les manières que lui avait refusées sa femme compassée et distante, vraiment et profondément, comme du temps de sa jeunesse. Il voulait l'avoir dans le sang comme une drogue, être assis là toute la journée à son bureau à gagner de l'argent et à attendre l'afflux extatique dans ses veines.

Il aurait pu lui parler de son désir, de son désir pour elle, de cette force vive qui lui étreignait la gorge. Il voulait se tenir nu en face d'elle.

Il lui adressait rarement la parole. Il ne la touchait jamais, même en passant. Il n'était pas dupe. Il savait qu'elle n'était pas ce qu'elle paraissait, et que ce qu'elle était vraiment se trouvait juste sous la surface de ses vêtements.

Sa solitude à lui était sans fond. Parfois, il avait l'impression que quelqu'un de vicieux lui tirait les cheveux, sans relâche. Il brûlait de la toucher, et ne le faisait pas. Il en concevait une douleur qui ressemblait à une fièvre.

Il la voyait, et il ne pensait qu'à la déshabiller, qu'à défaire les nombreux boutons de sa robe noire sévère et la tirer vers le bas jusqu'à dévoiler ses épaules blanches. Il voulait faire glisser cette robe par terre, la voir déposée autour des pieds de Catherine comme une flaque de pétrole. Il attendait le moment où il la verrait émerger de cette flaque et se tenir devant lui en combinaison, femme mince en mince chemise de coton et bas noirs, des bas de coton qu'il déroulerait centimètre par centimètre jusqu'à ce que ses pieds délicats fussent nus sur le sol. La chemise se boutonnerait dans le dos, aussi la ferait-il se retourner, et lorsqu'elle serait dos à lui, il ferait sauter chaque perle de sa boutonnière, et alors le morceau de tissu fin glisserait au sol en frôlant à peine ses hanches, il s'effondrerait sur le tas noir à ses pieds. Et la première vision que Ralph aurait de Catherine, sa première vision de son corps nu serait de dos, les petites mèches sur la nuque, rougeoyant comme des filaments en feu à la lueur de la chandelle, dans une chambre sombre et froide. Il voulait retracer du bout de la langue la longue ligne blanche de son épine dorsale, qui rayonnerait à la lueur éclatante du clair de lune mêlé de neige filtrant à travers les rideaux, et elle ne voudrait pas bouger, ne se retournerait pas de son propre chef, alors il lui empoignerait les épaules pour la faire pivoter vers lui, et il l'embrasserait. La douceur de la peau. Le contact soyeux des lèvres de Catherine contre les siennes. L'instant avant que tout ne commence. Rien que le désir pur et doux.

Il l'embrasserait avec une grande légèreté, et les tétons de Catherine viendraient effleurer le devant de sa chemise, et ses lèvres viendraient frotter contre celles de Ralph, qu'on n'avait plus embrassées depuis tant d'années qu'il ne les comptait plus. De la langue, il chercherait sa langue à elle. De ses deux mains, il lui maintiendrait le visage immobile tout en le couvrant doucement de baisers.

Comment avait-il pu passer toute sa vie sans cela ? Comment sa jeunesse avait-elle pu s'enfuir, son corps vieillir sans être touché, admiré, aimé ? Son corps commençait à le quitter et il ne reviendrait pas. Dans dix ans il serait vieux.

Il voulait tout. Il ne faisait rien.

Un soir, une semaine après qu'il lui eut raconté l'histoire de sa vie, il lui annonça au dîner : « J'ai pensé que nous pourrions nous marier à Thanksgiving. Si cela vous convient. Si cela fait l'affaire.

– Ce serait bien. Qui serait présent ?

– Il faudrait du monde ?

– Je ne sais pas. En général, oui. Vous devez avoir des amis. Des connaissances. Je n'ai vu personne.

– Il me paraissait inapproprié que vous alliez en ville. Les gens jasent assez. Et par ce temps…

– Il faut qu'il y ait des invités.

– Quelques-uns.

– Alors nous recevrons ici ? Il y aura à manger, un souper peut-être. Un mariage. »

Cette femme qu'il brûlait de déshabiller, de voir nue, était une étrangère. Sa conversation, ses demandes lui étaient étrangères. Plus personne ne lui avait rien demandé depuis si longtemps.

« Je ne suis pas… je ne suis pas pure. Il faut que vous le sachiez. »

Il la considéra en silence.

« J'étais enfant. Un ami de mon père, lui aussi missionnaire, en Afrique. Une nuit il est venu dans ma chambre et… je ne suis pas pure. Pure du péché de fornication. Mon père l'a tué. Il faut que vous le sachiez. »

La pitié se fraya un chemin jusqu'à son cœur. Il lui prit la main, la garda un instant, pour la première fois.

« Cette vie appartient au passé. C'était il y a longtemps. Ce n'était pas votre faute. N'y pensez plus. »

Elle paraissait si loin.

« Peu m'importe. Personne n'est pur. Ma fille, ma Francesca était pure, mais personne d'autre. »

Il passait près d'elle dans le couloir, ils se faisaient face à la table du dîner, et elle était belle et inconnaissable. Il brûlait de la mener jusqu'à son lit, l'immense lit en cerisier de son père, avec la tête massive et gravée, et les draps arrangés avec raffinement, impeccables. Il voulait tirer la courtepointe et allonger doucement Catherine sur la blancheur fraîche et antiseptique des draps en lin, ces draps que les machines de ses filatures tissaient à longueur de journée, jour après jour. Il voulait de tout son cœur se tenir debout face à elle pour retirer ses bretelles, pour défaire en quelques secondes les boucles et les boutons de ses propres vêtements. Il poserait la lourde montre en argent de son père sur la table de nuit. Il s'allongerait près d'elle dans son caleçon long, lavé par Mme Larsen, propre du jour, toujours irréprochable, boutonné de l'entrejambe au col.

Chacun de ses vêtements était toujours propre. Il prenait un bain chaque matin avant le lever du jour, dans l'eau bouillante qui emplissait la pièce de lourde vapeur parfumée, comme un bain turc. Il se tiendrait debout face à elle sans penser à la force et à la solidité qui étaient autrefois celles de son corps. Il veillerait à oublier combien il s'était gâché avec des putains.

Elles en restaient bouche bée, ces putains, lorsqu'elles le voyaient nu. Ébahies par la vigueur et la grâce de son corps, que lui-même voyait, quand il se regardait nu dans un miroir en pied. Elles en gloussaient de joie, racontaient des broutilles en italien qu'il comprenait à peine. C'était longtemps auparavant.

Il regardait Catherine. Il l'imaginait au lit. Dans son lit à lui.

Il se voyait en train de lui tenir le visage entre ses mains, pour lui faire lever les yeux vers lui. En rêve, il plantait son regard dans celui de cette femme et découvrait qui elle était, aux confins de son âme cachée. Il brûlait de l'embrasser, les mains posées sur ses joues. Il voulait qu'elle répondît à son baiser d'une langue gourmande. Il voulait sentir cet instant où la main de Catherine glisserait sous le coton de sa chemise et toucherait, pour la première fois, les poils de son torse, la peau de son corps. Il fallait qu'elle désirât tout cela et qu'elle en eût peur, mais qu'elle s'y soumît.

Parfois la solitude était pour Ralph comme un feu sous la peau. Parfois il avait songé à prendre son rasoir pour taillader sa propre chair, écorcher cette peau qui ne voulait pas cesser de brûler.

Mais il savait que cela ne se produirait pas, que cela ne lui arriverait pas, à lui, jamais.

« Il y a une chose que j'aimerais. » Elle fixait le feu. C'était le premier, le seul souhait qu'elle eût formulé jusqu'à ce jour.

« Bien sûr.

– Je veux une robe de mariée. Je veux faire venir de Chicago du tissu pour confectionner une robe de mariée. Toutes les jeunes filles en rêvent. Je veux une bague. Rien d'énorme ou de ruineux. Mon père m'a dit que je n'en aurais jamais, c'est la raison pour laquelle j'en veux une. Non pas par esprit de revanche, mais simplement pour me dire que parfois, les petits rêves se réalisent, quoi qu'en disent les gens.

– Je vous aurai tout ce que vous voudrez. Je vous l'ai dit.

– Ne vous inquiétez pas. Je n'attends pas grand-chose. Entre nous, c'est un arrangement, n'est-ce pas ? Pas une passion puérile. Nous avons tous deux nos raisons. » Et elle lui adressa un sourire, il le voyait pour la première fois. Ce sourire fit naître en lui le désir nostalgique de quelque chose, le passé peut-être, qui le mit au bord des larmes.

« J'ai pensé à du gris. À de la soie, si… Je pourrais la reporter. Après le mariage. Ou bien la donner un jour à ma fille, si nous devions avoir des enfants.

– Commandez tout ce que vous voudrez. Écrivez-le, et j'enverrai un télégramme dès demain. »

Il l'imagina, là dans cette maison, dans une robe de mariée qu'elle aurait confectionnée de ses propres mains. Il pensa aux péchés mortels qu'il sentait courir dans ses veines à lui. Il croyait que son désir s'était putréfié. Il croyait que ses désirs la tueraient. Il se dit que oui, ils auraient un enfant, un monstre de plus qui verrait le jour.

Pas un instant l'idée ne l'effleura de désirer la femme dont la photographie reposait dans son tiroir, avec cette lettre qui était ou pas de Catherine. Il désirait la femme qu'il croisait chaque jour dans le couloir, assise en face de lui à la table du dîner, qui mangeait son repas avec tant de délicatesse et de charme, avec ses petites dents éclatantes, et qui ne manquait jamais de s'enquérir auprès de Mme Larsen du liant d'une sauce ou de cet ingrédient dont Ralph n'avait pas même soupçonné la présence.

Il voulait sentir les dents de Catherine le mordre. En voir les marques sur son dos, ses jambes. Il voulait se faire étrangler par cette chevelure. Il aspirait à entendre de sa bouche qu'en la touchant il ne la tuerait pas.

Il nourrissait le fantasme de l'ouvrir d'un coup de lame et de reposer dans le sang chaud de son corps.

Il ne touchait pas à l'alcool. Ne fumait pas. Il n'allait pas à Chicago, quand tant d'autres auraient cédé, pour coucher avec des femmes qu'il ne connaissait pas. Il ne l'avait plus fait depuis longtemps. Tout cela ne comptait pas. Tout cela n'apportait rien de bon.

Il désirait cet instant où il se retrouverait enfin nu contre elle, poitrine contre poitrine, quand ses mains à elle papillonneraient au-dessus des épaules de Ralph comme des oiseaux blancs dans la nuit frileuse, ses doigts frénétiques enfilant des fils dans des aiguilles invisibles. Il avait hâte de vérifier que ce désir en lui était de la vie, pure et nette, encore informe et intacte. Une vie qui vaille celle de n'importe qui d'autre. La vie la plus nette qu'on eût jamais vue. Parfaitement saine.

Finalement, c'était si simple.

Dans ses rêves, le matin ne venait pas ; ils n'avaient pas à se réveiller et à se dévisager avec des yeux timides ou amers dans la lumière aveuglante. Il n'y avait pas de lendemain. Il n'y avait que ce moment, la main de Catherine se glissant pour la première fois entre sa chemise de corps et sa peau, le corps de Ralph se glissant dans les parties les plus intimes et les plus intouchables de son corps à elle mais aussi de sa vie, de telle sorte qu'ils étaient unis non seulement par le désir lui-même mais par la brûlure, le souvenir tenace du goût et du parfum réels de la chair.

Il se rappelait chacune des femmes qu'il avait touchées. Il avait cru qu'il oublierait, tout comme il oubliait les noms des gens ou bien les diplômes qu'il avait obtenus à l'université, ou les visages de compagnons de beuveries auxquels il avait raconté ses secrets. Mais les scènes de sa vie sexuelle lui revenaient de plus en plus à mesure que se prolongeaient les années en exil, si bien qu'il se rappelait leurs noms, qu'il voyait leurs robes de soie et les diamants qui pendaient à leurs lobes d'oreilles. Il se rappelait les noms des joailliers chez qui il avait acheté ces babioles pour ses petites amoureuses.

Le soir, dans son lit, il se voyait, comme s'il était en même temps spectateur, en train de faire l'amour à une Anglaise dénommée Lady Lucy, tandis que son ami les observait à l'autre bout de la pièce, trop ivre pour bouger ou même en être excité. Il voyait les ongles de Lucy, sentait la langue de Lucy sur ses pieds. Revoyait l'arrondi de sa bouche tandis qu'elle glissait Ralph dans sa gorge.

Il se revoyait debout derrière Sarah la rousse face à un lavabo, alors qu'elle prenait une serviette pour se laver sous les aisselles et entre les jambes, dans une chambre d'hôtel à Chicago, couvrant de baisers les omoplates maigres et épuisées.

Il repensait à une veuve d'un État voisin, où il se rendait souvent pour affaires, une femme sans charme qui l'avait emmené dans son lit, s'était soumise à lui sans un mot, qui cambrait le dos avec passion, écartait les cuisses et lui ouvrait toutes les parties de son corps, qui lui mettait la langue dans la bouche et la bouche sur le sexe et qui, après, restait enroulée autour de lui, tandis qu'ils pleuraient tous deux la perte de ce qu'ils avaient donné, comme une couverture enroulée autour de leur sueur qui refroidissait. Ils frissonnaient dans le noir.

En la quittant, il ne lui avait pas même souhaité bonne nuit. Elle n'avait pas même levé la tête du creux de son coude, ses larmes trempaient l'oreiller déchiré et ses cheveux collés. Il avait oublié une écharpe rouge sur le dossier vert d'un fauteuil.

Il n'était jamais retourné la chercher. Ses pas ne l'avaient plus mené vers cette maison, et aucun d'eux ne s'était imaginé autre chose. De l'amour qui ne valait pas même une écharpe.

Il se rappelait ses excursions malsaines à Chicago, après le départ d'Emilia, pour les retrouver, elle et son amant. Il savait que ce n'était pas après Emilia qu'il courait, qu'il ne la reprendrait pas, même si elle avait rampé nue dans la rue en le suppliant. Il cherchait simplement *ça*, la fente entre ses jambes, ses tétons noirs dans l'obscurité. Sa peau comme de la terre huilée.

Il croisait Catherine dans le couloir. Il l'observait depuis une fenêtre à l'étage, tandis qu'elle parcourait la route qui menait à la maison, fouillant la neige sale du bout d'un bâton, parfois rageusement, parfois avec l'impuissance triste et solitaire d'un enfant.

« Que faites-vous, quand vous sortez marcher ?

– Je regarde, c'est tout.

– Vous avez perdu quelque chose ?

– C'est sans importance. Je regarde, voilà tout. »

Qui était-elle ? À quoi pensait-elle, à longueur de journée, lorsqu'il était à son bureau, son bureau sombre à la fonderie, à placer ses produits aux quatre coins du pays, à creuser les entrailles de la terre pour en extirper les richesses ? Où allait-elle, quand elle sortait flâner après le déjeuner, comme le lui avait rapporté Mme Larsen ?

Il brûlait de la toucher, de déchirer ses vêtements, et il n'en faisait rien. Au lieu de quoi, il lui offrait des cadeaux. Il faisait livrer de Chicago des roses de serre qui arrivaient rouge sang et que l'on plaçait dans des vases, des merveilles aux noms désuets de poètes français ou de ducs anglais. Ces roses, forcées sous verre à cet épanouissement exubérant, ne diffusaient aucun parfum.

Il commandait des chocolats. De la pâte d'amande en forme d'animaux et de fleurs, des bonbons dont elle n'avait pas envie et que Mme Larsen écoulait en les glissant en secret à son gourmand de mari. Il lui fit livrer des bonnets qu'elle n'avait nulle occasion de porter. Des boîtes à musique, des pendants d'oreilles, étincelants, qu'elle ne mettait pas. Des romans, et elle lut les aventures de débauchés deux fois plus jeunes que Ralph, les désespoirs de jeunes Anglaises errant dans la lande à la recherche de leurs défunts amants. Il fit venir un oiseau minuscule, qui chantait pour l'endormir, et qu'elle laissait voler tant qu'il voulait dans sa chambre, celle où dormait Ralph, enfant.

Il ne l'autorisait pas à quitter la propriété. Elle n'avait jamais vu la ville. Aussi, en contrepartie, lui offrait-il des broutilles.

Il avait un penchant, longtemps réprimé, pour le luxueux et l'exquis, et il savait choisir un vin, une broche ou un coupon de soie. Sa chair semblait avoir gardé la mémoire de tout cela. Le superbe. L'enivrant. Chaque jour il rentrait chez lui avec dans les mains un cadeau pour elle, de petits présents coûteux qu'elle acceptait timidement, avec une légère surprise. Comme il le savait, elle n'avait ni où les porter, ni où les ranger.

Ces cadeaux, ces rubans et toute cette comédie étaient sa manière à lui de la toucher. Ces articles, déraisonnables, inaccessibles, réservés à de rares élus, aux riches et aux décadents, passaient chaque jour des mains de Ralph à celles de Catherine. « Oh ! s'exclamait-elle en retenant son souffle. Oh ! monsieur Truitt, que c'est beau. »

Il sentait s'évanouir la simplicité de sa vie, comme un ivrogne longtemps resté sobre et subitement sur le point de prendre sa première gorgée de brandy.

L'amour rendait fou. Il le lisait toutes les semaines dans le journal. Chaque semaine, les journaux regorgeaient de granges en feu, d'empoisonnements à l'arsenic, de bébés noyés dans un puits pour que leur identité demeurât secrète, pour les protéger de leur père, pour leur épargner de succomber un jour à la folie de l'amour. Pour les rendre à la sainteté de Dieu. Il lisait ces récits à voix haute à Catherine, le soir, après le dîner, et elle inventait des histoires autour de ces femmes éplorées et de ces hommes déments. Elle répétait leurs noms inlassablement, jusqu'à ce que ces noms même devinssent une sorte de démence.

« Pourquoi font-ils des choses pareilles, monsieur Truitt ? Pourquoi sont-ils aussi tristes et affectés par… ?

– Les longs hivers. La religion.

– Est-ce que cela nous arrivera, alors ?

– Non. »

Elle voulait se rendre en ville, bien sûr. Ç'aurait été le souhait de n'importe qui, de se promener dans les rues, de repérer la femme ordinaire qui la semaine suivante noierait peut-être ses enfants, le travailleur éreinté qui massacrerait en une nuit quarante têtes de son propre troupeau. Il ne voulait pas la laisser y aller, même si l'on y savait déjà qu'elle était arrivée chez lui. *Enfin*, se disait-on.

Si l'amour rendait fou, que pouvait engendrer le manque d'amour ? « Cette incomplétude-là m'engendrerait moi, pensait Ralph. C'est ce qui m'a produit. » Tandis qu'elle racontait ses histoires, Ralph glissait la main dans sa poche de pantalon. Doucement, il parcourait la longueur de son sexe.

Mais il ne la touchait toujours pas. Il séparait son désir pour elle, pour n'importe quelle femme, de l'être physique de Catherine. Il gardait ses distances. Il ne savait ni comment aimer, ni comment désirer, dans la vie réelle. Il avait perdu ses réflexes amoureux.

Mais chaque soir, entre ses draps propres sentant les nuits d'hiver piquantes, il pensait à elle, dans sa chambre au bout du couloir. Il se figurait, comme des croquis pornographiques, les parties cachées de son corps. Il ne se caressait pas. Il ne pouvait le supporter. Un adulte comme lui. Un homme presque vieux, quelle idiotie, avec elle juste au bout du couloir.

Son péché ne tenait pas dans des visions acrobatiques de pénétrations et d'humiliations. Sa perversion était le silence. Le silence et la distance.

Il restait allongé, sage et sobre dans son lit, et il pensait à Lady Lucy Berridge à Florence, trente ans auparavant, à ses caprices et à ses poses d'aristocrate. Tôt ou tard, dans le noir, le visage de Lucy, ou de Serafina, ou même d'Emilia, se transformait toujours en celui de Catherine. Catherine se moquant de lui.

Il se demandait, dans l'obscurité, aux heures les plus tardives, si elle pensait à lui en retour, juste au bout du couloir, si propre, si riche, si polie. Mais non. Ralph ne traversait même pas ses pensées.

Dans sa chemise de nuit nette et sobre, le regard tourné vers la lune aveuglante et la neige tourbillonnante, Catherine rêvait de cigarettes. Elle rêvait de fumer des cigarettes, et aussi du corps d'un moins que rien couché auprès d'une autre femme dans un autre lit, sur des draps froissés dans une ville corrompue, à des kilomètres et des kilomètres de là.

9

Il lui offrit une bague en diamant. Une pierre imposante, de couleur jaune, bordée de brillants plus discrets, comme une pâquerette scintillante. Il lui baisa la main.

Il lui offrit une croix en or accrochée à une fine chaîne en or. Il écarta les mèches de cheveux sur sa nuque pour la lui attacher autour du cou.

Elle repensait à ses pitoyables babioles, ensevelies sous la neige, son billet vers la liberté. Elles lui paraissaient maintenant dérisoires.

« Les hommes ne vous font de cadeaux, pensait Catherine en fixant cette neige incontrôlable et sans fin, que lorsqu'ils savent qu'ils ne peuvent vous donner ce que vous voulez. »

Ce qu'elle voulait, bien sûr, c'était un mariage rapide avec Ralph Truitt, suivi de son décès indolore. Elle convoitait à la fois l'amour et l'argent, et elle ne les aurait qu'à travers Ralph – qu'*après* Ralph, plus exactement. Ce qui importait, pour elle, c'était d'avoir la maîtrise de sa vie, de récupérer ses petits bijoux insignifiants, quelque chose qui lui appartînt, le clinquant de sa vie passée, et de dormir encore avec son perfide amant, loin d'ici. Elle avait mené une vie entière de souillure, d'abjection et de luxure. Ce à quoi elle aspirait aujourd'hui du fond du cœur, à sa grande surprise, c'était à un printemps aussi abondant et érotique que l'hiver était chaste et exsangue.

La lumière la gênait et lui donnait des migraines qui la torturaient pendant des jours. Elle avait les yeux fragiles, comme son père.

« Je voudrais des lunettes noires, pour le soleil.

– Vous ne trouvez pas que ce serait étrange ?

– La lumière me fait mal aux yeux.

– Ne regardez pas par la fenêtre.

– Il n'y a rien d'autre à faire. »

Il lui acheta des lunettes à verres fumés, qu'elle portait dans la maison, pendant la journée. Comme une aveugle, elle fixait la toile blanche et vierge qui constituait son unique passe-temps. Elle voyait des lapins, gelés dans la neige. Elle regardait les corbeaux, qui fondaient en piqué pour venir déchirer la chair. Elle pouvait observer Larsen, qui la surveillait en train de regarder dehors. Avec ces lunettes, la blancheur présentait du relief. Avec ces lunettes, personne ne voyait ses yeux briller.

Son colis arriva de Chicago. Dix mètres de soie sauvage gris tourterelle. Un patron de papier. Ralph lui offrit ce diamant exquis, et la croix, en lui jurant qu'ils ne venaient pas de sa première femme. Ralph l'emmena voir la maison. La vraie maison.

On lui avait déjà fait des cadeaux auparavant, bien sûr. Des bijoux de pacotille, donnés par des petits forains, même s'ils savaient qu'ils ne l'accompagneraient pas plus loin que la limite du champ de foire.

Mais là, ce n'était pas la même chose. Pour commencer, il ne s'agissait pas d'un cadeau au sens propre du terme, puisqu'il ne lui donnait pas la maison. Il la laissait seulement la regarder. Il lui faisait simplement savoir que cela deviendrait un jour son foyer, une fois qu'elle aurait accompli ce qu'il avait demandé, qu'elle l'aurait épousé et aurait ramené à la maison son garçon disparu.

C'était pourtant bien un cadeau, se disait-elle en voyant la maison émerger de l'interminable monotonie du paysage, en la regardant prendre forme devant elle. Il lui donnait là son meilleur espoir. Sa folie et le désastre de son échec. C'était donc la maison qu'il avait fait construire dans l'espoir que son cœur y trouverait un refuge, et il avait échoué, il s'était fait humilier entre ces murs, couvrir de honte. Pourtant, il la lui montrait, sachant que ce faisant, il lui dévoilait aussi son cœur et c'était là, après tout, le seul et unique présent qu'aucun homme ne lui eût encore jamais fait.

Ils traversèrent un champ, puis un bois, avant de s'engager dans une longue montée, au bout de laquelle la bâtisse leur apparut.

Elle était splendide. Plantée là dans toute sa beauté, massive et dorée, et à sa vue le cœur de Catherine s'envola. Elle n'avait jamais rien connu de pareil, d'aussi seul parmi ces vastes étendues, d'aussi majestueux au milieu d'un paysage aussi ordinaire.

Elle dut faire appel à toute sa volonté pour rester calme, pour garder les mains sagement posées sur le lourd plaid de laine, pour attendre que le cheval fût à l'arrêt avant de descendre du traîneau. Mais elle ressentait une joie profonde, son premier émerveillement depuis tellement d'années.

Ils s'engagèrent dans le large escalier à double révolution qui montait à la porte massive à deux battants. Truitt lui désigna un tableau au-dessus de la porte qui représentait, pensa-t-elle, la villa telle qu'elle apparaissait l'été, entourée de ses vergers et de ses jardins, de ses bassins et de ses longues et larges pelouses descendant jusqu'à l'étang et, au-delà, jusqu'au fleuve.

Une fois déverrouillées, les portes s'ouvrirent aisément à la volée, et ils pénétrèrent tous deux dans une vaste entrée circulaire, haute sous plafond. Incapable de se contenir plus longtemps, Catherine se retrouva bouche bée. Cette maison était si charmante, malgré sa taille et sa magnificence. Au plafond couraient des fresques représentant d'adorables bébés ailés avec des fleurs dans les cheveux. La pièce était éclairée par deux lustres en verre coloré suspendus à des cordons de velours jaune, chaque prisme était un bijou unique, chaque rayon de lumière douce, d'une couleur différente. De l'artisanat vénitien, lui apprit Ralph. Pour elle, on les avait descendus et allumés, en prévision de leur arrivée. Des fleurs de cristal, en suspens dans l'air, des fleurs irradiant de lumière.

Les murs étaient tapissés de soie rose. Des portraits, innombrables, contemplaient la scène d'en haut. Au sol, d'épais tapis anciens recouvraient le marbre en échiquier. Le long du mur étaient disposées de larges ottomanes à armature dorée. Des comtesses avaient déambulé là. Des ducs avaient lu des poèmes sur ces canapés. Les hautes baies inondaient la pièce de lumière.

De part et d'autre, des pièces, gigantesques. Il lui montra tout, avec cette même indifférence lente. Elle vit une salle de bal, un salon de musique, une bibliothèque, une salle à manger pouvant accueillir trente convives assis. Une serre où poussaient jadis des plantes exotiques, orchidées et palmiers. Des petits salons déclinés dans toutes les couleurs, remplis de vieux meubles précieux. L'un d'eux était tout en jaune pâle, comme du beurre. Un autre, turquoise, un troisième, vert. Dans un boudoir, les murs étaient treillagés, décorés de vigne vierge et de fleurs peintes. Les fenêtres ouvraient sur la blancheur à perte de vue, mais à l'intérieur, tout était chaud et doré.

« C'est chauffé en permanence. Mme Larsen vient faire le ménage. Je n'étais pas revenu depuis des années. » Truitt paraissait ne rien ressentir. Il jouait les guides, faisait remarquer une toile ou une table ici ou là, des objets qui malgré tout avaient gardé pour lui un sens particulier.

À l'étage, neuf chambres immenses, chacune dans une couleur différente, toutes chaleureuses et meublées avec une richesse au-delà de tout ce que Catherine avait jamais pu voir. Les lits étaient parés et enrubannés, les draps parfaitement disposés, comme si des invités de marque allaient arriver d'une minute à l'autre.

« C'était sa chambre. » Elle était somptueuse, bleu roi. Avec un salon, et un cabinet de toilette attenant. Sa brosse et son peigne reposaient toujours sur la coiffeuse, de même qu'une bouteille de cristal taillé contenant encore du parfum ambré. « Et celle-ci était celle de Franny. » Il se tenait à la porte mais ne voulait pas entrer. Ils demeurèrent tous deux dans l'embrasure, à contempler le lit minuscule, aussi sophistiqué que celui d'une princesse, ainsi que le mobilier d'enfant et les rideaux de couleur gaie. Un cheval à bascule patientait devant l'une des grandes fenêtres. « Elle passait des heures dessus, à se balancer en riant. Mon Dieu, quel délice que cette enfant. » Pour toute émotion, elle n'entendit qu'un infime tressaillement dans la voix de Ralph. « Elle est morte dans ce lit. Je la veillais nuit et jour, assis près d'elle. »

On aurait dit que la petite allait entrer dans la chambre d'un instant à l'autre, ramasser une des poupées impeccablement alignées sur le lit, figées dans leur expression d'extase et d'innocence. Catherine avait envie d'en prendre une, mais elle ne s'avança pas. Elle ne le pouvait pas. Au parfum de l'enfance, encore en suspens dans la pièce, se mêlait l'odeur âcre de la mort, et du chagrin, une odeur bien trop familière. L'agonie de l'enfance. La fin de la pureté.

Ils passèrent tout en revue. La chambre d'Antonio. Les chambres d'amis, l'office, la cuisine avec ses cuivres par douzaines, étincelants contre les murs de pierre.

À l'arrière de la maison, dehors, se trouvait un enclos muré, visible de la fenêtre de la chambre d'Emilia, et du large couloir.

« Son jardin secret. *Giardino segreto*. Une sottise italienne. Elle y faisait pousser des fleurs, des roses, entre autres. Elle prétendait que toute maison italienne en possédait un, et elle faisait venir des jardiniers de là-bas, pour l'entretenir. Elle avait des arbres qui s'enroulaient les uns sur les autres, des fleurs blanches qui la nuit dégageaient un parfum de femme. La petite maison, juste là, c'est là où elle faisait pousser des citrons et des oranges.

« Si ce n'est que cela n'a pas pris. L'été est trop court, et elle ne plantait jamais ce qu'il fallait. Ces jardiniers étaient des sots, habitués à un autre climat, je suppose. Les citronniers sont morts. Les fleurs ne sont jamais sorties, gelées dans le sol. Elle a fait venir des fleurs de serre, les a plantées dans la terre, et elles sont mortes. Les Italiens ne pouvaient rien y faire. Inutiles et stupides. C'était une idée. Cela n'a pas fonctionné. »

Une fois qu'ils eurent tout vu, Catherine étant demeurée tout le long aussi sobre et impassible que Truitt lui-même, ils rentrèrent. Dans la petite maison ordinaire parée des reliquats éblouissants de cet empire plus flamboyant.

Catherine rêvait de la maison. Elle se voyait déambuler dans ses larges couloirs, caressant de ses robes de soie brodée et de dentelle le marbre des marches immenses. Elle s'imaginait en maîtresse des lieux.

Catherine commença à se rendre là-bas un jour sur deux. Lorsque Mme Larsen s'occupait du ménage, que Truitt vaquait à ses affaires, elle allait s'asseoir dans chacune des pièces, jouer sur le piano désaccordé dans la salle de bal, fureter dans les tiroirs et les armoires. Elle passait des après-midi entiers à fixer la blancheur du jardin secret entre ses murs, à en imaginer les effluves de citrons et de lis, palpitant de vie sous le soleil d'août. C'était un lieu propice aux murmures secrets d'amoureux. Un lieu faisant partie du monde mais se tenant à l'écart, comme le cœur.

Il avait dit vrai. Tout était encore là, intact. Dans la chambre de Francesca, elle ouvrit l'armoire pour contempler les robes minuscules. Elle en toucha une et sentit la soie chuchoter entre ses doigts.

« La mère faisait faire pour la petite des reproductions de chacune de ses toilettes. Il y en avait même pour les poupées. Aujourd'hui elles font démodé, mais on se rend compte. Tout de même. C'était insensé. » L'absurdité de la chose mettait Mme Larsen dans tous ses états. « Regardez-moi ça. C'est une tenue pour une enfant, d'après vous ? Une enfant qui ne pouvait pas s'habiller seule, ou se nourrir seule, qui ne pouvait rien faire d'autre que vous regarder avec ce petit sourire perdu ? Regardez-moi ça. »

Elle décrocha une robe droite en lin blanc, toute simple, gracieuse. Sur le devant de la robe, des mots brodés, des mots étrangers.

« Elle ne savait même pas dire sa prière. Alors sa mère lui a fait faire ça, avec la prière en italien brodée dessus. "Pour qu'elle dorme avec Dieu", c'est exactement ce qu'elle a dit. Pour sa mère, Franny n'était qu'une marionnette, une marionnette sans tête. Mais elle avait un cœur. Elle adorait son cheval à bascule, et qu'on la prenne dans ses bras, ou entendre une voix d'homme chanter. Elle n'avait pas le cerveau que Dieu donnerait à un bébé. Mais c'était une personne. Un être à part entière. Lorsqu'elle est morte, il en a eu le cœur brisé. Il avait déjà le cœur brisé lorsqu'elle était en vie. Comme si c'était sa faute à lui.

– Ce n'était pas sa faute. Ce n'est pas possible.

– C'était cette femme. Si ça dépendait de moi, je vous débarrasserais toutes ces robes de là. Je ferais une flambée. C'est triste, mais cette enfant est morte. Ils sont tous morts.

– Pas le fils. C'est ce qu'il dit. C'est ce que Truitt dit.

– Si vous voulez mon avis, il est mort, lui aussi, Antonio. Mort, ou bon à rien, comme sa mère. Toutes ces recherches à travers le pays, ça ne lui apportera rien. »

Catherine ne parla pas à Truitt de ces visites dans la maison. Elle ne lui dit pas qu'elle portait les perles de sa femme, qu'elle posait ses diadèmes en diamant sur sa chevelure. Elle n'avoua pas qu'elle essayait les robes démodées, bien qu'elles fussent trop petites pour elle, qu'elle effleurait les parquets du chuintement doux de la soie froissée. Elle ne lui raconta pas qu'elle passait de longs après-midi dans la bibliothèque, à lire les romans, les pièces et les poètes. Mme Larsen sut garder son secret, supposa-t-elle, car la vie suivit son cours comme si de rien n'était. Elle tenait au bonheur de Truitt.

Ils dînaient. Il lui lisait dans le journal des histoires de folie et de crimes réels, commis par des gens qu'il connaissait. Elle sélectionnait pour lui des extraits de son Walt Whitman bien-aimé, le seul auteur qu'il lût, semblait-il. Elle lui lisait l'Amérique selon Whitman, ce vaste panorama vibrant, optimiste et désespérant, cette passion indistincte pour le vivant.

« Ne vous laissez point abattre, lisait-elle. L'affection encore viendra résoudre les problèmes de la liberté/Ceux qui s'aiment deviendront invincibles. »

Elle n'aimait pas Truitt, et chaque nuit le flacon bleu sortait de sa valise ; la fureur gagnait Catherine, lorsqu'elle le tenait dans sa main. Le flacon bleu lui infusait de l'énergie. C'était son plan simple, le seul qu'elle eût. La maison serait sienne. Les perles, les livres et les tableaux, les tapis précieux venus d'Inde et d'Orient, et Truitt serait sien, lui aussi. Mais il n'y aurait pas d'affection, pas de marche tranquille vers une douce vieillesse. Une goutte. Deux gouttes. C'était là tout l'avenir.

Elle rôdait en cachette dans les chambres, vagabondait dans le jardin secret, de la neige jusqu'aux genoux, des congères amoncelées au-dessus d'elle dans les coins du toit, tandis que Mme Larsen récurait les cuivres et secouait les lourds rideaux de brocart. Et pendant ce temps, elle n'oubliait rien. Sa fureur jamais ne faiblissait. Le flacon bleu était sa défense, sa clef vers l'infinie splendeur, vers la magnificence somnolente de la maison même.

Elle confectionna sa robe de soie grise, en suivant un patron innocent trouvé dans un ouvrage pour dames. En se regardant dans le miroir elle se trouvait idiote, comme si elle ne se rappelait pas pour quelle occasion elle s'habillait. Les jours passaient au ralenti. La neige ne cessait de tomber.

Ils furent mariés par un juge, dans le salon de la ferme. Une flambée de midi brûlait dans l'âtre. Le temps se fit plus clément pour la journée, et deux voitures attendaient dans la cour. Deux couples furent les témoins silencieux de l'échange. Ils signèrent comme tels le registre du juge. Ils se joignirent aux époux pour le déjeuner, puis repartirent. Ils auraient aussi bien pu être des inconnus.

Ralph Truitt ne lui adressa pas un regard. Elle n'était que la première étape. En elle-même elle n'importait pas, elle était pour lui insignifiante. Le fait qu'elle fût belle l'attirait et l'irritait également, ce n'était qu'un détail au regard de son utilité. Il allait récupérer son fils.

L'après-midi fut interminable. Ils étaient tous deux maladroits. Ils semblaient des étrangers, ne parlaient pas. Catherine tenta de jouer du piano, mais se découvrit tellement épuisée qu'elle pouvait à peine bouger les doigts. Le diamant jaune scintillait à son annulaire, premier profit de son larcin. Ralph lisait près du feu, gauche dans son habit de marié. La maison était froide. La neige reflétait l'éclat du soleil. Tandis que le jour déclinait, Truitt fixait le paysage infini. Ils picorèrent leur dîner, servi par une Mme Larsen silencieuse. Puis ils montèrent se coucher ensemble.

« Vous allez devoir m'aider. Je ne suis pas… »

Il ne l'entendit pas, ne pouvait l'entendre. Elle resta allongée, parfaitement immobile dans le lit du père de Ralph, tandis qu'il entrait en elle et crut presque qu'elle était vierge.

Elle était à lui, elle était immense, elle était un empire de senteurs et de surfaces et de petits soupirs.

Elle était sa femme. Il la touchait de ses mains, l'embrassait de sa langue, et elle bougeait sous lui avec la douceur de l'eau, la chaleur d'un bain. Le premier contact avec sa peau nue lui coupa le souffle, lorsque le souvenir le frappa de tout ce qu'il s'était refusé pendant tant d'années.

À chaque instant, il lui demandait la permission d'aller de l'avant, et elle lui murmurait un oui timide à l'oreille. Il avait vraiment oublié la profondeur et la complexité de sa propre passion, qui l'inonda de chaleur et de douceur.

Catherine combattit ses propres désirs. Elle oublia ses mille atouts d'experte. Il ne s'agissait pas d'elle et c'était là, pour une fois, un soulagement. Elle se rappela qu'elle jouait un rôle, et fut convaincante. Elle avait pris l'habitude d'être la femme que recherchaient les hommes, et elle savait que Ralph voulait repartir de zéro, recommencer avec une femme ingénue et timide, qui ne s'abandonnait que par petites touches discrètes, et elle la jouait bien, tellement bien qu'elle en croyait son propre mensonge. Il n'était pas le premier homme à vouloir que son désir à lui fût au centre, pas le premier à n'avoir pour elle que peu de considération, si ce n'était comme partie nécessaire de la possession. Elle devint la chose qu'il voulait et fut surprise de constater qu'en un sens, c'était aussi ce qu'elle désirait.

La chaleur de Ralph la submergeait. Son art des secrets et des manipulations de l'amour l'excitait. Même après le récit de ses excès de jeunesse, elle s'était attendue à s'ennuyer, comme toujours, mais les textures du corps de cet homme étaient riches et variées, excitantes d'une manière qu'elle ressentait sans y penser. Elle savait que, pour un temps, sa simplicité à elle exciterait Ralph, lui ferait croire qu'il était jeune à nouveau, toute cette douceur, ce charme de l'affection aveugle à sa disposition.

Il était le refuge. La sécurité. Il se montrait plus passionné et plus tendre qu'elle ne l'avait imaginé, et elle avait le sentiment diffus de perdre pied, de se perdre dans cette chambre sombre, sous ses mains chaudes. Surtout, ne pas oublier. Elle devait se battre contre l'oubli. Elle luttait contre son désir de lui prendre la main pour en embrasser la paume, d'effleurer sa chair du bout de la langue.

Ils faisaient l'amour toutes les nuits. Elle ne sortait plus le flacon bleu de sa valise, pour le tenir dans sa main, pour regarder le liquide clair miroiter à travers le cobalt. Elle n'oubliait pas ; elle différait.

Les jours paraissaient interminables, les dîners, un calvaire de formalisme et d'appétits refoulés. Mme Larsen ne voulait pas croiser leur regard. Après le dîner, ils montaient, et elle venait à lui nue depuis sa chambre pour s'allonger à ses côtés dans le lit de son père. Chaque nuit, ils créaient du mouvement et du désir à partir des seules exigences de la chair. Il trouvait sa bouche et l'embrassait, parfois jusqu'à lui faire oublier son propre nom ; d'autres soirs, il se contentait de l'embrasser simplement, puis il s'endormait sur son épaule.

Il ne lui parlait plus de ses chagrins. Il parlait rarement tout court, comme si la sexualité était entre eux la seule conversation nécessaire. Elle essaya de lui raconter l'histoire de son enfance qu'ellc avait méticuleusement inventée. Elle tenta de décrire l'horreur de l'abus qu'elle avait subi, les détails de la vie de missionnaire sur d'autres continents, autant dc précisions apprises dans des livres, à la bibliothèque. Il se montrait compatissant, mais la faisait taire en posant doucement la main sur sa bouche.

Il voulait un enfant. Il rêvait de petits-enfants qu'il ferait sauter sur ses genoux.

Peu à peu, par d'imperceptibles manipulations, elle devint plus experte, plus habile à déceler ce qui lui plairait. Parfois, pendant la nuit, tandis que Ralph dormait et qu'elle fixait le plafond, elle se demandait si elle n'avait pas déjà ce qu'elle s'était mis en tête d'obtenir. L'amour et la richesse d'un homme qui ne lui ferait pas de mal. Un homme qu'elle n'envisageait pas de trouver un jour cocasse.

Il était patent qu'il l'aimait. Ou bien, s'il ne l'aimait pas, qu'il était obsédé par elle. Il lui accordait tout ce qu'elle voulait. Elle se sentait vaciller, comme si un nouveau paysage s'ouvrait devant elle, comme si elle était trop épuisée par ces nuits de passion pour se concentrer sur ses pensées. Le flacon bleu reposait dans sa valise, et par moments elle se forçait à oublier qu'il s'y trouvait.

Elle se rendit en ville. Une ville tout à fait ordinaire, une route de terre flanquée d'une suite d'épiceries et de quincailleries, de boucheries et de salons de coiffure pour hommes. Derrière les vitrines sales, la viande avait l'air triste et sèche. On saluait Catherine avec curiosité et un dédain à peine dissimulé. Elle se coiffa de manière plus gracieuse. Elle rencontra les Swenson et les Carllson et les Magnusson. Elle chercha cette folie dont elle lisait les effets dans les journaux. Elle n'en trouva point. Elle chercha de la beauté et n'en trouva guère de nature à susciter son intérêt, hormis dans les visages intacts des enfants. Elle rechercha des plaisirs sophistiqués, mais il semblait y avoir peu de plaisirs, quels qu'ils fussent. Pourtant elle ne s'ennuyait pas. Chaque jour, elle attendait que le temps s'écoulât. Elle attendait le retour de Ralph.

Elle était médusée par son apparence sans ses vêtements. La main de Ralph ne quittait jamais la joue de

Catherine lorsqu'il lui faisait l'amour, il la caressait comme il aurait apaisé un cheval sauvage, et cela la mettait en extase.

Ils perdirent tout sens de la conversation. Elle lui jouait du piano, les morceaux qu'il aimait, celui qu'il ne se lassait jamais d'entendre. Elle lui lisait du Whitman, et ce pays électrique, blessé et fécond se déployait devant eux, dans l'élasticité du désir. Tout cela était un prélude à ce qui advenait dans le noir, à la lueur de la bougie, dans le lit du père de Ralph.

Le jour de l'an, dans sa robe de mariée de soie grise, ses lunettes noires lui protégeant les yeux, elle monta une nouvelle fois dans le tram. Le flacon bleu reposait toujours dans sa valise. Il patientait, tel un serpent. Les congères montaient à hauteur d'épaule d'homme. Ralph Truitt la fixa à travers la vitre, cherchant ses yeux camouflés. Lorsque le train s'ébranla, il ne fit pas signe de la main.

II

Saint Louis, hiver 1908.

1

La ville pénétra en elle comme une musique, comme une symphonie déchaînée. Le train entra dans Union Station, ce château géant aux couleurs criardes, et elle quitta le wagon de Truitt pour la plus grande gare du monde comme si toute la peau de son corps était en feu.

La gare sentait le bœuf et l'encre d'imprimerie, la bière et le fer. Catherine avait été privée de tout cela pendant trop longtemps. Replié tout ce temps dans l'immensité blanche, son cœur brûlait de retrouver les aventures, les amis, la nourriture et la boisson, la multitude d'événements que promettait la ville. Les gens y venaient pour le vice. Ils y venaient pour y faire ce qu'ils ne pouvaient se permettre chez eux. Fumer des cigarettes. Avoir des relations sexuelles. Se faire un nom.

Mme Larsen aurait dû l'accompagner, mais Larsen s'était gravement brûlé la main la veille, aussi Catherine était-elle partie seule.

Elle arrivait à Saint Louis avec en poche une lettre de crédit auprès d'une banque ainsi qu'une chambre réservée au nouveau Planter's Hotel. C'était une belle suite au sixième étage, composée d'une chambre austère et d'un petit salon décoré de meubles recouverts de mohair, dans des tons sombres, de rideaux de velours richement festonnés et d'une petite cheminée. Pas la suite la plus grandiose – Truitt n'aurait jamais fait une chose pareille –, une chambre adéquate, et elle imaginait la splendeur des suites des étages supérieurs, tout en papier tontisse, lustres et plantes énormes dans des pots de porcelaine ; des barons de l'élevage ou du pétrole, des rois de la bière, des hommes riches seuls dans des chambres d'hôtel, des hommes qui regardaient les femmes de la ville d'une certaine manière, qui voulaient certaines choses illicites pour lesquelles ils étaient prêts à payer, et elle aurait pu déménager, avec ses quelques effets, vers un ordinaire plus somptueux, avec salle de bains en marbre et tableaux originaux, mais elle voulait jouer le jeu, et le jouer bien, aussi resta-t-elle sagement assise dans sa chambre, à attendre la visite de M. Malloy et de M. Fisk, les détectives de l'agence Pinkerton que Truitt avait engagés pour retrouver son fils prodigue, dissolu et indocile.

Elle avait le sentiment d'être elle aussi surveillée, que des rapports seraient peut-être envoyés à Truitt, décrivant qui était cette Catherine Land, loin de l'immensité blanche. Elle prenait grand soin de ne rien laisser paraître, bien qu'elle ne sût pas encore si on l'observait vraiment.

Le directeur de la banque l'accueillait avec le sourire et accédait immédiatement à toutes ses demandes. Il s'enquérait de la santé de M. Truitt. Il lui offrait le thé. Elle ne demandait pas trop d'argent, jamais une somme qui aurait pu paraître suspecte. Elle allait faire les boutiques, afin de ressembler davantage à ces dames qu'elle voyait prendre le thé en échangeant des potins de leurs petites voix d'oiseaux, dans le hall de l'hôtel. Avec l'argent de Truitt, elle entrait chez Scruggs, Vandervoort et Barney, la plus grande boutique de Saint Louis et la plus raffinée, des rayons et des rayons de splendeur et de superficialité, et elle déambulait dans ce décor de modernité avec un sentiment de puissance jamais ressenti auparavant. Elle pouvait avoir tout ce qu'elle désirait. Elle n'avait qu'à poser la main ornée de son diamant jaune sur n'importe lequel de ces innombrables comptoirs, et un vendeur obséquieux y apparaissait comme par magie, et tout dans la vitrine pouvait lui appartenir. N'importe quel article qu'il lui prenait le caprice d'avoir, même un instant. Mais plutôt que de céder, elle mettait un frein à ses appétits de longue date et ne demandait que les accessoires nécessaires à ce rôle qu'elle n'avait jamais joué jusque-là.

Elle acheta des robes de ville, des robes simples, de petits chapeaux, raffinés et coûteux, mais réservés. Elle acheta un manteau noir en caracal à col de vison, excentrique pour la campagne, mais résolument approprié et anonyme à Saint Louis. Dans la rue, elle portait des gants en chevreau noirs. Pour prendre le thé dans le hall, elle choisissait des gants blancs en coton, comme les autres dames. Elle observait les femmes dans la salle à manger de l'hôtel et essayait de s'habiller, de se comporter et de sourire comme elles. Elles n'étaient qu'éclat et sérénité.

Le soir, dans ses robes sages et son manteau de fourrure élégant, elle marchait dans la rue à la nuit tombante, remontait Broadway à travers la neige fine, dans le halo des réverbères à gaz, dépassait l'arche où trônait un portrait de chaque président. Elle croisait des omnibus et des chevaux, des chariots remplis de tonneaux de bière, et assez d'automobiles pour transformer en embarras la fierté puérile de Truitt. À Saint Louis, Truitt n'aurait été qu'un homme parmi des centaines comme lui. Des hommes riches.

Elle passait par les marchés aux fruits, débordants de légumes éclatants de fraîcheur même en hiver, et les vendeurs, la tête enroulée dans un foulard pour se protéger du froid, les mains dans des mitaines, vantaient leurs marchandises en braillant avec l'accent allemand ou italien, assistés par de pauvres petits dans des habits de coton déjà portés par leurs frères. Elle traversait sans compassion cet océan d'indigence qui venait s'échouer à ses pieds.

Dans la campagne, il y avait la folie. Des incendies, des meurtres et des viols, des sévices inimaginables, commis pour la plupart entre gens qui se connaissaient. C'était au moins une affaire personnelle. Ici régnait le vrombissement sans cœur, efficace et anonyme de la machinerie moderne et désolée, les roues et les rouages, l'acier froid coulé dans la fonderie de Truitt. Ici s'étalaient la pauvreté et la vulgarité, effroyables. Catherine donnait des pièces aux enfants. Elle ne pouvait regarder les mères dans les yeux.

Elle se promenait entre les bâtiments et les statues monumentales, vestiges de l'Exposition universelle, le musée, la salle d'exposition japonaise, remplie de centaines de petits objets délicats, chefs-d'œuvre d'habileté, et de kimonos qui ressemblaient à des robes de chambre brodées avec recherche, lourdes et opulentes.

Elle se rendait à l'Odéon, pour y écouter des concerts symphoniques, assise seule dans une loge, sans attirer l'attention. Elle ne connaissait pas les compositeurs ; elle aimait simplement la douce majesté des notes. Elle aimait observer la foule d'en haut. Elle ne portait aucun bijou, pas d'éventail. Elle ne faisait rien pour se faire remarquer.

Le soir, elle parcourait les rues à pied, dans la musique qui s'échappait des bars lorsque les portes battantes s'ouvraient et se refermaient à la volée, les valses et les polkas entraînantes jouées sur de vieux pianos au son métallique, les éclats de rire des hommes et des femmes qui vaquaient à leurs plaisirs. Elle n'entrait jamais. L'idée ne l'effleura pas d'acheter d'autres robes, plus tapageuses, plus vulgaires, et de se joindre aux foules joyeuses, de devenir l'une de ces femmes qui riaient. Ses petits bijoux lui manquaient, car elle aurait pu les porter, au cou, aux poignets et aux oreilles. Elle aurait pu se parfumer, embaumer l'air sur son passage. Elle imaginait le goût de la bière au fond de sa gorge, pour se rendre compte qu'après tout, il ne lui manquait pas vraiment. Elle rêvait aux cigarettes, mais cette pensée lui paraissait lointaine, sans magnétisme. Elle s'imaginait, les paupières lourdes, en train d'écouter un Noir vulgaire au piano, chantant de sa voix grave et obscène. Elle allait par les rues froides avec la même discrétion que n'importe quelle autre épouse de nanti, et elle se trouvait heureuse dans son anonymat.

Elle prenait ses repas seule dans la salle à manger de l'hôtel, supportait de bonne grâce l'humiliation de la solitude, lisant dans l'attente d'être servie. La nourriture était délicieuse, pas aussi bonne que celle de Mme Larsen, mais riche et lourde, de sorte qu'elle se sentait somnolente et grisée. Elle mangeait des huîtres, du bœuf, des légumes et de grands poissons pâles fraîchement livrés de Chicago ou même de New York. Elle dégustait des plats aux noms français qu'elle ne pouvait ni prononcer ni comprendre, aussi le serveur devait-il prendre patiemment le temps, debout à côté de la table, de lui expliquer de quoi chacun était composé.

Le matin, elle passait de longues heures à se préparer pour la journée, à décider laquelle de ses robes neuves porter, à arranger ses cheveux de manière ni sévère, ni ostentatoire. Elle était comme une actrice se préparant à entrer en scène, et pas un détail de la représentation ne lui échappait. Elle avait l'habitude de tout observer, elle avait besoin de savoir ce qui se passait autour d'elle, et elle savait copier avec exactitude les manières de ses congénères. Elle retirait consciencieusement tous les cheveux de la brosse. Elle s'adressait avec gentillesse aux femmes de chambre qui venaient chaque jour s'occuper du ménage, laissant les lieux comme neufs.

Et elle pensait à Truitt, à sa simplicité et à sa confiance. Et, étrangement, elle pensait à son corps, et aux nuits qu'ils avaient passées ensemble. Son corps n'était pas jeune, mais riche dans son parfum et sa texture, et, sans qu'elle sût pourquoi, il lui était familier. Il avait un corps imposant, mais pas menaçant. Il ne lui avait jamais causé de douleur. Elle n'était pas certaine que ces nuits eussent été pour elle un plaisir, elle n'était plus sûre de connaître le sens du plaisir, mais elle savait que ces nuits avaient représenté pour Truitt une forme de soulagement à sa souffrance intime, comme s'il avait ouvert une fenêtre trop longtemps fermée. Un retour au pays.

Et, comme toujours quand elle avait donné du plaisir, elle était heureuse de l'avoir fait. Elle connaissait le prix de la consolation, dans ce monde. Elle en connaissait la rareté.

Truitt n'était que la porte qu'il lui fallait passer pour se rendre là où elle allait, mais elle se réjouissait après coup qu'il ne fût pas gras ou détestable, ou bien cruel et tyrannique, ou tout simplement ignorant, autant de traits de caractère partagés par presque tous les autres hommes qu'elle avait rencontrés.

Elle ne savait pas ce qu'elle était censée ressentir pour lui, ou même ce qu'elle était censée faire, à présent. Elle était sa femme, son épouse légitime. Il était riche au-delà de l'entendement de Catherine. Elle connaissait la fin de l'histoire. Elle savait que Truitt n'y apparaissait pas. Mais les moyens d'arriver à cette fin devenaient brumeux pour elle, les moyens d'atteindre sa récompense fastueuse et spectaculaire. Parfois, elle oubliait qu'elle travaillait. Elle œuvrait à un plan dont les règles ne lui paraissaient plus aussi claires.

Il lui semblait presque qu'elle vivait enfin simplement la vie que menaient les autres, allant d'événement en événement dans une sorte de brouillard, d'acceptation docile de l'ordre des choses. Elle était surprise de constater la facilité avec laquelle tout cela lui venait, et d'en ressentir un tel soulagement.

Elle passait ses après-midi à la bibliothèque de la ville, dont les hautes fenêtres laissaient entrer la lumière pâle et oblique de l'hiver sur de longues tables où des hommes et des femmes, des dames et des messieurs, ces derniers pour la plupart jeunes et beaux, cheveux brillants et joues rouges, venaient prendre place. Ils passaient l'après-midi à lire des romans ou le journal, ou bien à quelque recherche sérieuse nécessitant des cartes, des biographies et des dictionnaires. Elle se sentait semblable à ces gens, pour eux une étrangère comme ils l'étaient les uns pour les autres, et elle était contente.

Elle lisait tout ce qu'elle pouvait sur les plantes. Elle lisait Edith Wharton pour la verdure et le plaisir sans fin des jardins italiens, et des villas qu'ils entouraient. « Il y a cependant beaucoup à apprendre des vieux jardins italiens, et la première leçon est que, s'ils doivent être une véritable source d'inspiration, il faut les copier, non pas dans la lettre mais dans l'esprit. » Elle lisait les descriptions des fontaines chantantes de la Villa Gamberaia, de la Petraia avec son immense loggia, des longues pelouses et du confort d'I Mansi et I Tati, et des rues de Florence et de Lucques. Elle lisait des ouvrages sur la statuaire de jardin, sur le grotesque et le mythique.

Elle imaginait le jardin secret, la serre des citronniers, et dans son imagination elle les voyait pousser de nouveau, embaumant l'air du soir et offrant dans la journée un barrage de feuillage et de couleur. Elle lisait tout ce qu'elle trouvait sur l'hellébore, chargée de fleurs dans les neiges de fin d'hiver, sur la digitale pourprée et le delphinium, ainsi que les roses Bourbon anciennes. Sur l'héliotrope, l'amarante et le lis. Sur les funkias, qui avaient besoin d'ombre pour prospérer, sur la fougère peinte du Japon, dont les feuilles délicates se frangeaient de touches d'indigo. Elle s'en répétait les noms, inlassablement, en dressant un catalogue : calendula, coléus et coréopsis. Un véritable ravissement.

Elle lisait des livres et des catalogues sur la manière de préparer la terre, de bêcher trois fois le sol afin qu'il fût aussi fin et granuleux que du sable, de l'enrichir au moyen de fumier et de paillis. Ce n'était pas aussi poétique que les descriptions de fleurs, mais en un sens, c'était plus excitant, pour elle. Elle aimait les détails, la technique.

Elle n'était qu'une femme mariée comme les autres, se renseignant sur le jardinage. Ses gants en chevreau noirs et son sac reposaient sur la longue table de chêne à ses côtés, la lumière des fenêtres et les lampes de lecture en laiton faisaient étinceler la blancheur des pages.

Elle se fit apporter par les bibliothécaires d'énormes livres d'illustrations botaniques, de croquis coloriés à la main montrant les plantes dont elle avait lu les caractéristiques, et elle mémorisait ce qu'elle voyait, étamine et pistil, pétale et feuille. Elle commençait à entrevoir une idée. Une perspective qui lui semblait réconfortante, si petite et si simple, et pourtant rassurante, afin de rendre sa splendeur au jardin secret emmuré, de le voir pousser et de le faire sien. Un lieu où elle serait en sécurité, d'où le monde serait exclu. *Giardino segreto*, se répétait-elle inlassablement. Elle aimait les secrets.

Elle avait l'esprit en feu, elle retournait à son hôtel à la nuit tombée et, allongée dans son lit étroit aux frais draps blancs, elle le voyait : elle se figurait clairement ce qu'il allait devenir, une fois qu'elle aurait appris, non pas seulement à se le représenter en pensée, mais à le réaliser de ses mains. C'était la première chose qu'elle aimait, aussi loin qu'elle se rappelât.

La première chose qu'elle aimait de toute sa vie, depuis ce jour de promenade, dans la carriole avec sa mère et les jeunes soldats, depuis l'arc-en-ciel. Elle avait fini par voir le pot rempli d'or qu'on lui avait promis, longtemps auparavant, et il serait bientôt à elle, quoi qu'il arrivât. Elle avait presque oublié l'existence de M. Malloy et de M. Fisk.

C'est alors qu'ils apparurent. Un après-midi, tandis qu'elle se trouvait dans sa chambre, un portier docile lui apporta une carte. M. Malloy et M. Fisk se retrouvèrent assis dans son petit salon, leur chapeau brun à la main. Ils avaient presque la même taille et auraient pu être frères. M. Fisk avait le visage rougeaud et M. Malloy était d'une pâleur hivernale, mais ils avaient tous deux les mêmes yeux bleus fixes, et portaient un costume marron de coupe et de couleur impersonnelles.

Elle voulut leur servir du café. Du thé. Ils déclinèrent son offre. Elle faillit leur proposer un verre de bière, ce qui leur aurait peut-être plu – tout le monde à Saint Louis semblait boire de la bière, à toute heure –, mais elle avait l'impression que c'eût été déplacé de sa part, et que cette information pourrait parvenir aux oreilles de Truitt.

Ils ouvrirent leurs petits carnets identiques et entreprirent de lui lire les détails. Il se faisait appeler Tony Moretti. Un pseudonyme tellement peu travaillé qu'il en était ridicule. Son vrai nom, bien sûr, celui de son vrai père, était Moretti. Son nom de naissance, son nom légal, était Antonio Truitt. Il était cependant presque certain que Truitt n'était pas son père. Il avait raconté autour de lui que son père était un pianiste italien connu. Cheveux noirs. Teint olivâtre. Plus d'un mètre quatre-vingts. Sa pointure. Ses goûts en matière de chemises. De musique. Son penchant désastreux pour les femmes – sur ce sujet l'embarras les rendit presque muets. L'alcool. L'opium. Ses dépenses somptuaires avec le peu d'argent dont il disposait. Rien ne leur avait échappé.

Il jouait du piano dans un music-hall fréquenté par des femmes de la nuit, poursuivirent-ils, des dames du demi-monde, ainsi que des joueurs, sans doute l'un de ceux devant lesquels elle était passée. Il y interprétait des morceaux classiques faciles ainsi que des chansonnettes populaires, et y chantait les ballades sentimentales du moment, pour certaines en italien, langue qu'il semblait ne pas connaître. Il n'avait pas de grands talents de chanteur, précisèrent-ils. Il n'était pas Caruso.

Il avait voyagé. À l'intérieur du pays, de San Francisco à New York, toujours le même trajet, parfois sous un nom différent, à jouer du piano, à passer ses nuits paresseuses dans les bordels ou les fumeries d'opium. Et chaque ville avait fini par devenir amère, par en avoir assez de Tony Moretti, alors il avait changé d'air.

C'est pourquoi ils avaient eu tant de mal à le localiser. C'est pourquoi plusieurs fois ils avaient trouvé le mauvais bonhomme. Chaque fois, ils découvraient que M. Moretti venait juste de quitter la pièce, ne laissant derrière lui qu'une ombre qui lui ressemblait.

« Depuis combien de temps le cherchez-vous ? L'avez-vous suivi de ville en ville ?

– Depuis deux mois seulement, et rien qu'à Saint Louis. Pour ce qui concerne M. Fisk et moi-même. Il y a eu d'autres agents, des détectives, dans d'autres villes. »

Ce qui signifiait, dans ce cas, des hommes anonymes tels que M. Malloy et M. Fisk. L'homme qu'ils avaient identifié pouvait très bien être ou ne pas être celui que d'autres enquêteurs avaient traqué à San Francisco, ou à New York, ou à Austin, faisant remonter leurs informations au bureau central, lequel à son tour en informait Truitt.

« Ce n'est pas un homme bien, madame Truitt. » M. Fisk tenait son carnet ouvert dans sa paume, comme s'il avait consigné jusqu'à la trame de cette conversation afin de l'énoncer clairement, comme un télégraphe, sans qu'un seul mot se perde. « Il n'est ni bon, ni généreux, ni particulièrement talentueux. Il est paresseux. Il est débauché. Il est illégitime.

– Peut-être avez-vous des exigences morales très élevées. Quelqu'un de plus moderne, peut-être...

– J'ai bien peur que ce ne soit pas le cas, ici. » M. Malloy la considéra avec un sérieux dans lequel ne pointait pas la moindre trace d'humour. « Il ne vaut pas mieux qu'une marionnette. Qu'un jouet exotique. »

Elle prit garde de ne faire que de tout petits gestes, de ne pas exprimer de surprise en s'entendant énumérer le catalogue choquant des débauches du fils de Truitt.

« Il est le fils de mon mari.

– S'il l'est bien, vous voulez dire, madame Truitt. Fort peu probable. » Comme si elle-même n'était pas totalement légitime, pour une raison ou pour une autre. Elle le dévisagea avec ce qui ressemblait, espérait-elle, à du dédain. M. Fisk baissa de nouveau les yeux sur son carnet.

M. Malloy marqua une longue pause avant de reprendre : « Parfois, madame Truitt, on travaille très dur à quelque chose, on s'épuise à accomplir une tâche qui nous paraît vitale. » Il choisissait ses mots avec soin. « Notre plus grand espoir de bonheur. Et parfois, en creusant un peu, on finit par se rendre compte que tout ça ne valait tout bonnement pas la peine.

– Monsieur Malloy, il ne nous revient pas de choisir. C'est le souhait de mon mari. C'est le fils de mon mari. Vous en êtes certain. »

M. Fisk intervint pour redresser la barre. « Oui, c'est bien lui. Du moins Tony Moretti est-il le fils de la femme de Ralph Truitt. Nous l'avons trouvé, madame Truitt.

– Je veux le voir.

– Et vous allez le voir. Nous irons chez lui.

– Je veux le voir avant qu'il ne me voie. Je veux l'observer de manière anonyme, à l'autre bout de la pièce, ou dans la rue. Je veux comparer le fils au père.

– Le lieu où il joue, ce music-hall, ce ne serait pas convenable. »

Elle n'y avait pas réfléchi. Elle n'avait pas pensé si loin.

« Voilà qui me paraît évident.

– Il y a un restaurant. Fréquenté par des gens comme il faut. Vous n'auriez pas à avoir honte. Ni à vous sentir mal à l'aise. Il s'y rend, le soir, avant d'aller travailler, si on peut appeler ainsi son activité, pour y manger des huîtres et boire du champagne. On dirait que c'est tout ce qu'il consomme.

– Alors c'est là que nous irons. »

M. Malloy et M. Fisk patientaient, comme s'ils avaient quelque chose à ajouter. Il n'y avait pas un gramme de poussière dans la pièce. C'était une belle suite, pas la meilleure, mais agréable. Le genre de suite dans laquelle elle aurait pu servir le thé ou le café, habillée pour sortir dîner ou au théâtre, où elle aurait pu avoir un canari, si elle avait vécu ici. Mais elle ne vivait pas ici et on n'entendait aucun chant d'oiseau.

M. Fisk et M. Malloy patientaient.

« Nous irons demain soir. »

2

Il y avait des jacinthes, si éphémères, à l'entêtante senteur poivrée. Des jonquilles. Des campanules. Des œillets. Il y avait de l'ail à fleurs de narcisse, qu'on trouvait dans les Alpes, aux clochettes mauves pendantes et à l'odeur prononcée, du lilas au parfum fugace, et des violettes, dont les jeunes filles recevaient de petits bouquets de leurs prétendants. Et puis les herbes aromatiques, sauge et romarin.

Il y avait des tulipes, dont la beauté avait jadis rendu les hommes fous. Si délicates, si rares et évanescentes. Elle lut l'histoire de ce sultan, à Istanbul, qui avait fait pousser plus de cent mille tulipes, rapportées comme cadeaux des steppes sauvages de l'Orient. À chaque printemps, il organisait une soirée afin de les exhiber. Les tulipes, lut-elle, celles qui dégageaient un parfum, n'étaient odorantes qu'à la nuit tombée. On accrochait des chandelles sur le dos de tortues, lesquelles déambulaient parmi les fleurs, tandis que les courtisans se promenaient en habits ornés de pierreries, chuchotant dans ce décor de beauté et ces senteurs d'un raffinement insoutenable, effluves fugitifs venus d'Orient. Catherine voyait leurs bijoux et leurs diadèmes, la soie la plus fine dont ils étaient vêtus, elle entendait le murmure du plaisir, leurs voix douces et chantantes flottant à la belle lueur vacillante des bougies, tandis qu'ils buvaient des jus de fruits glacés à la menthe.

Il fallait sept ans à une graine pour faire un bulbe de tulipe. Elle se demandait si les tortues portant les chandelles avaient été blessées.

Il y avait des hortensias, que les Italiens faisaient pousser dans des pots de terre géants, des hortensias qui changeaient de couleur selon la composition chimique du sol. Un sol acide produisait des fleurs bleu de Prusse. Un sol alcalin les faisait virer au rose, dont le camaïeu pouvait aller jusqu'aux extrémités mièvres du coucher de soleil.

Il était à la portée de chacun d'apprendre. De lire et d'apprendre. Le plus difficile était de faire, d'agir – de parler français, d'aller en Afrique, d'empoisonner un ennemi, ou de planter un jardin. En attendant M. Malloy et M. Fisk, Catherine passait les heures en s'absorbant dans l'apprentissage, elle étendait son savoir et perfectionnait son plan, même si elle ne savait plus exactement en quoi il consistait réellement. Un fils. Celui, vraisemblablement, d'une catin et d'un professeur de piano. Et, elle en était certaine, Truitt le savait, il le savait même depuis le début. Ce souhait impensable de Truitt, de le faire revenir à la maison pour l'adouber héritier de tout ce qu'il possédait. Il y avait tant. Et s'il venait ? Oui, son flacon bleu rempli de sa substance secrète et subtile était bien caché dans sa valise, il étincelait dans sa mémoire de son bleu cobalt profond. Mais commettre un acte pareil sous les yeux d'un tiers, d'un fils, le risque était trop grand. Elle ne pouvait hériter de tout avec un fils dans les jambes. Elle commençait à se dire qu'elle ne pourrait hériter de rien du tout, avec si peu d'efforts. La tâche aurait dû être plus ardue. Tout ne pouvait lui tomber aussi facilement dans les bras. Jamais de sa vie Catherine n'avait été dans la confusion. Assise là, elle attendait que son plan retrouvât toute sa clarté, toute sa force et son brio.

Elle portait une jupe noire raide et une veste courte, noire également. Elle avait choisi un chapeau à voilette. Bien qu'elle n'eût aucune raison de rechercher l'anonymat, elle voulait dresser un écran entre elle et l'homme qu'elle avait attendu si patiemment de voir. Prise en étau entre ses propres désirs et le besoin de Truitt de donner vie à un rêve qui ne pourrait jamais se réaliser à nouveau, quoi qu'il fît, elle ressentait une angoisse profonde et complexe. Avant l'arrivée de Fisk et de Malloy, elle commanda un verre de sherry, qu'elle avala d'un trait, et elle sentit la chaleur et le calme inonder son corps. Elle fut parcourue d'un frisson presque érotique, ce goût d'autrefois, cette onde de chaleur, et elle en voulut un autre, un autre puis encore un autre. Au lieu de quoi, elle lava le verre et se rinça soigneusement la bouche jusqu'à ce qu'il n'y eût plus aucune trace, et elle attendit le coucher du soleil.

Ils étaient inexplicablement en retard. Elle faisait les cent pas dans sa suite ; elle essaya son chapeau et toucha le tissu de ses robes raffinées. Ce contact au moins était certain, la matière qu'elle sentait sous ses doigts ne la trahirait pas. Elle s'assit et attendit. Ses livres de jardinage, livrés à l'hôtel par les libraires dans des paquets de papier kraft, étaient ouverts sur la table près de la fenêtre. Les illustrations, le rêve italien la calmaient.

Ils arrivèrent avec la nuit, gauches et vigilants. Elle mit son chapeau et suivit ses deux chiens de garde dans les rues de Saint Louis, jusqu'à un restaurant proposant bœuf et huîtres fraîches, éclairé de l'intérieur par la lueur chaude des becs de gaz, le genre d'endroit dont le sol était parsemé de sciure de bois et dont les serveurs corpulents portaient de longs tabliers blancs autour de la taille. Ils s'assirent et commandèrent de petits steaks. M. Malloy et M. Fisk refusèrent de boire, et déposèrent leurs carnets sur la table.

Il pénétra dans les lieux à sept heures, élégamment vêtu d'une tenue immaculée, à la coupe impeccable, une canne à la main et au visage un air d'insolence et d'aisance. Tout en lui respirait le propre. Il arborait une aura de propriétaire qui impressionna profondément Catherine. Il s'installa sans qu'on lui indiquât sa table, et avant même qu'il fût assis, les serveurs lui apportaient des huîtres et du champagne.

Il mangeait ses huîtres comme si chacune était un moment précieux et unique. Son visage et ses longs cheveux dégageaient une impression de luxe, Catherine ne trouva pas d'autre mot. Elle l'espionnait à travers sa voilette, notant chaque détail, l'angle de la chevelure qui se cassait sur le col lorsqu'il inclinait la tête en arrière pour gober une huître, sa manière de se pencher vers son champagne, ses yeux fermés lorsque l'alcool glissait dans sa gorge, et ses cils d'une longueur indécente, des cils de femme. Une mèche de cheveux lui glissa dans les yeux, qu'il écarta d'un mouvement de tête vers l'arrière. Le plastron de sa chemise étincelait, la soie sombre de sa cravate était exquise, il avait l'air à la fois artistique et antique. Il était splendide, d'une beauté que Fisk et Malloy n'auraient jamais consignée dans leurs petits carnets, d'une beauté à couper le souffle, pour une femme. Il était envoûtant sans être le moins du monde féminin, et ses longues mains puissantes virevoltaient comme de grands oiseaux agités au-dessus de son assiette.

Aucune ressemblance entre le père et le fils. Mais elle se rappelait bien sûr que Truitt n'était très vraisemblablement pas le père. Truitt était l'Américain par excellence, d'une beauté ni extrême ni dérangeante, il était robuste, fort, sain. Le fils était européen, avec ce nez aquilin, ces pommettes rehaussées, cette barbe sur la peau brune, l'ombre bleutée du creux des joues, les dents pointues et étincelantes et les yeux presque huileux, aux paupières lourdes. Il était mince. Sa silhouette svelte aurait tenu tout entière dans la charpente du corps de Truitt.

Il avait les yeux aussi noirs que la glace sur le fleuve Wisconsin, et tout aussi froids. Il n'existait, ou ne paraissait exister, que pour lui-même, pour cet instant où il mangeait des huîtres et buvait du champagne, conscient d'être le point de mire de toutes les femmes alentour, qui se délectaient de chaque détail de son visage comme lui sirotait son champagne, avec un plaisir patent. Les hommes le considéraient avec condescendance, comme s'il n'était qu'une poupée. Ce n'était pas une personne. C'était un objet de beauté, qui n'existait que pour cette raison, et pour lui seul.

Il engloutit trois douzaines d'huîtres. Lorsqu'il eut terminé, l'un des serveurs corpulents vint le trouver et lui chuchota un mot à l'oreille. Tony Moretti sourit et acquiesça. Il se leva lentement, avec la langueur d'un chat au soleil, et se rendit au piano, disposé à l'arrière de la salle. Il ne prononça pas un mot, ne se retourna pas, il s'installa simplement et fixa le clavier. La salle se tut subitement. Les dames reposèrent leurs fourchettes. À travers sa voilette, Catherine ne voyait de lui que la peau blanche et les cheveux noirs, comme une photographie, une ombre qui avait du grain dans un halo de lumière éblouissante. Il leva enfin la main et se mit à jouer.

Il choisit une chanson populaire, mais la joua lentement et tristement, comme si on ne l'avait jamais interprétée auparavant. Les notes, si légères et superficielles, prenaient un poids et une résonance totalement nouveaux, indiscutablement sa patte à lui. Il y avait dans cette interprétation quelque chose de ténu mais de magnifique, un petit joyau, une invention de l'amour. Il jouait chaque note comme s'il pouvait physiquement la toucher, la tenir dans sa main tel du mercure, un effleurement à éclipses, un miracle en mode mineur.

Lorsqu'il acheva, les applaudissements éclatèrent, mais il n'en tint aucun compte. Il se contenta de reprendre sa canne et de se lever, le visage imprégné de la tristesse de son morceau, de cet air savamment calculé qu'il avait dû répéter mille fois devant un miroir.

Il rajusta sa cravate, baissa les yeux et se mit à inspecter le sol du restaurant. Il se dirigea lentement vers la porte, le regard à terre. Les clients retournèrent à leur repas, les dames non sans jeter des regards admiratifs par-dessus leur épaule. Il n'y avait visiblement pas de note à régler pour Tony Moretti. Ou bien il avait un compte, ou bien ce bref morceau avait suffi. Lorsqu'il arriva à hauteur de la table de Catherine, il s'immobilisa et s'accroupit au sol, parcourant la sciure de la pointe en argent de sa canne.

Catherine sentit la panique la gagner. Malloy et Fisk regardèrent consciencieusement ailleurs, tout en glissant habilement leur carnet dans leur poche. Tony Moretti releva la tête et dévisagea Catherine de ses yeux liquides.

« Puis-je vous aider ? » L'air manquait dans ses poumons pour faire sortir les mots, pourtant elle y parvint, dans un petit souffle doux.

« J'ai égaré mon épingle. Mon épingle à cravate. Une fantaisie en diamant qui m'avait été offerte par quelqu'un que j'ai aimé. J'ai cru l'apercevoir par ici. L'auriez-vous vue ?

– Non, je n'ai rien vu.

– Eh bien, j'imagine qu'elle est perdue. Êtes-vous en deuil ? »

L'effronterie de l'homme étonna Catherine. Elle adressa un regard nerveux à Fisk et à Malloy. Ils contemplaient leurs mains.

« Non. Je viens de me marier, pour tout dire.

– Vous êtes heureuse en ménage, j'espère. À vous voir on aurait cru que vous aviez perdu quelqu'un, tout comme j'ai perdu mon épingle. Je suis heureux d'apprendre que ce n'est pas le cas.

– Je suis navrée que vous ayez égaré votre épingle.

– C'est sans importance. Sans aucune sorte d'importance. C'est une fille qui me l'avait donnée. Elle ne signifie plus rien pour moi. J'ai simplement horreur de perdre quoi que ce soit. »

Il se releva, inclina légèrement le haut du corps, et quitta le restaurant.

C'était un arum, pur et blanc, destiné à la solitude et à la mort. Elle se tourna vers Malloy et Fisk. « Je ne pourrai jamais croire qu'il est le fils de Truitt.

– N'ayez crainte. C'est bien l'homme que recherche Truitt.

– C'est bien le fils de M. Truitt. À Chicago, à New York. C'est un menteur et un propre à rien, mais c'est bien le fils de M. Truitt, ou celui que Truitt considère comme tel, et à présent nous le tenons. »

Fisk lui adressa un regard triste. « C'est une cause perdue. »

Malloy surenchérit. « Et il ne rentrera pas. M. Truitt a dépensé une grosse somme d'argent pour rien.

– Qu'en savez-vous ?

– Il y a trop de plaisirs dont il ne saurait se passer. Il est la création pure et simple de sa mère. Raffiné à l'excès. Immoral en tout. Un ravissant rien. Truitt ne l'aimera pas. Il ne le supportera pas plus de cinq minutes sous son toit. Ils n'ont rien à se dire, ils ne parlent pas la même langue.

– Personne ne l'aimerait.

– Et pourtant… » Elle sentait son cœur tambouriner. Et la musique dans ses veines, comme un alcool, lui réchauffant le sang.

« Exactement. Et pourtant.

– La musique manque à mon mari. Son fils lui manque. Il a une idée, un rêve. Nous sommes ici pour faire en sorte que ce rêve se réalise. » Elle prenait soin de ne pas paraître trop excitée. Elle n'était qu'une femme à qui l'on avait confié une transaction délicate, rien de plus.

« Et c'est ce que nous ferons.

– Comment nous adresser à lui ? Il importe de ne pas l'effrayer. Il faut qu'il écoute calmement la requête de son père. Il a plus à y gagner qu'il ne l'imagine. Qu'il ne l'imaginera de prime abord.

– Nous y allons dimanche. »

3

Elle fit les cent pas dans ses appartements. Elle ne se rendit pas à la bibliothèque. Elle oublia ses jardins et ses manières de dame. Elle pensait à Tony Moretti, elle imaginait son corps au lit, elle s'imaginait au lit avec Tony Moretti, et le désir qu'elle ressentait pour lui était comme une drogue dans ses veines. Il était plus jeune qu'elle ; il serait la dernière aventure de sa jeunesse. Elle se consumait au souvenir de Tony Moretti assis dans ce restaurant avec ses huîtres, ses yeux liquides, ses longs doigts jouant la ballade triste et futile, et ce regard qu'il avait planté dans le sien pour lui demander si elle avait vu cette stupide épingle. Elle essayait de trouver où s'asseoir, un livre à lire, et où qu'elle se perchât elle se sentait mal à l'aise. Au restaurant de l'hôtel, son livre inutile fermé sur la table, elle avait le sentiment que tout le monde la fixait, comme si l'on voyait non pas les manières policées et la tenue convenable, mais son désir à l'état pur. Elle n'était plus que nue et dévergondée, allongée aux côtés de Tony Moretti, le fils de son mari.

En le voyant, elle avait senti le pouls sexuel de la ville se remettre à battre. Elle n'avait d'abord rien remarqué. À chaque heure du jour et de la nuit, elle se demandait combien de gens faisaient l'amour, à cet instant précis. Derrière chaque fenêtre s'accomplissait l'acte sexuel, seconde après seconde. Chez les pauvres, dans des grognements d'extase, des bruits d'animaux ; chez les riches, dans des perversions et des raffinements inimaginables.

Elle ne pouvait dormir. Elle sentait Truitt qui la surveillait, Truitt qui savait depuis le début ce qui allait advenir.

Puis soudain, ce fut dimanche. Le temps était éclatant, dur et froid, avec la neige dans l'air. Ils avaient dit deux heures. Il serait levé, sobre, peut-être seul. Elle était prête. Elle mit sa tenue de soie grise, sa robe de mariée et sa bague de fiançailles en diamant, ainsi que le long manteau de fourrure qu'elle avait acheté. Comme si tout cela pouvait la protéger. Elle se sentait dans le rôle de la mère de famille respectable rendant visite à un parent éloigné.

M. Malloy et M. Fisk la guidèrent silencieusement dans les rues éclatantes, lisses et luisantes qui menaient de l'hôtel et de ce monde neuf et moderne à d'autres rues, sordides, silencieuses en ce dimanche. Ils quittèrent les belles boutiques si puissamment éclairées à la nuit tombée pour rejoindre un quartier de bâtisses basses en grès brun, dans un état fort dégradé. Pas de cour ou même de jardinières, rien que des vérandas en pierre miteuses. Catherine s'imaginait les pièces derrière les fenêtres crasseuses, des pièces comme celles où elle avait vécu elle-même, basses de plafond, exiguës, les murs rendus graisseux par des années de négligence. Les meubles, eux aussi, étaient vieux et inconfortables, le sol n'avait pas été balayé, l'air sentait l'oignon frit et le cigare bon marché, les fenêtres demeuraient toujours fermées, dans la pièce à l'arrière dormaient le père et la mère, dans l'autre les enfants, peu importait leur nombre, et çà et là, un ou deux objets chéris rapportés du pays. Des vies tristes, difficiles, sans autre perspective que l'instant présent, à endurer plutôt qu'à savourer. Le seul rythme de ces vies était le mouvement incessant des machines à l'usine où ces gens travaillaient, et ils rêvaient la nuit des petites villes d'où ils étaient venus, du lever et du coucher du soleil, de la valse des saisons, des récoltes à planter, à faire pousser et à moissonner.

Lorsqu'ils se réveillaient, ils ne se rappelaient pas leurs rêves, mais alors qu'ils s'épuisaient, jour après jour, à leurs tâches implacables, leur cœur pleurait quelque chose qu'ils n'auraient su nommer.

Les visages étaient parfois aussi usés que les meubles, sans amour, endurcis. Parfois, le soir, la nostalgie venait effleurer les femmes, et elles avaient un geste tendre pour l'une des filles, un mot gentil. Les pères étaient saouls, graves, ou les deux, parfois violents, les enfants idiots, paresseux, sans instruction et sans soin, hormis dans ces brefs instants vides où les mères pouvaient échapper à leur rude labeur. Ce n'étaient pas là les rues de l'Amérique ambitieuse, robuste et sans bornes, mais celles de la fatigue, de la chute et de la crasse.

Catherine se sentait à un million de kilomètres de là, dans son manteau de fourrure bien chaud et sa robe de soie grise, qui traînait dans la neige bien qu'elle la relevât de ses mains gantées. Dans la campagne, la neige était aussi immaculée qu'un drap propre. Ici, elle était souillée. Le froid s'insinuait dans ses bottines, malgré ses bas de laine. Elle se sentait à l'écart de ces maisons, de ces habitudes et de cette vie. Depuis toujours, elle avait joué les caméléons, prompte à prendre les accents et les manières appropriés à sa situation, mais à présent, elle avait la sensation de s'être transformée en quelque chose de nouveau, et d'irréversible.

Son pouls battait à tout rompre. Le sang lui cognait aux oreilles. Elle allait enfin se dévoiler à Tony Moretti.

Ils quittèrent ces rues-là pour d'autres, encore plus accablantes. Il n'y avait plus même de chaussée ou de pavés, rien que des ornières, des allées de terre longeant des maisons en bois dont très peu étaient peintes. Aux fenêtres parfois brisées, des rideaux poisseux et en lambeaux pendaient misérablement dans la lumière crue. Linden Street, pas un arbre en vue. Malloy et Fisk lui adressaient de temps à autre un coup d'œil, comme pour s'excuser, mais elle fixait la rue droit devant elle, refusant de les regarder. À présent, elle était absorbée dans sa propre histoire. Son histoire qui se déroulait à chaque pas.

Ils s'immobilisèrent devant une maison à trois étages, peinte en rouge terne, comme si quelqu'un, longtemps auparavant, avait vainement tenté de lui donner un air plus respectable, plus raffiné. Malloy vérifia l'adresse dans son carnet. « Numéro 18. On y est. »

Un frisson parcourut Catherine, et elle resserra le col de son manteau autour de son cou. M. Fisk et M. Malloy hésitèrent – ils étaient venus jusque-là, avec leur profusion d'informations, et pourtant ils se retrouvaient dans l'incapacité de savoir quoi faire.

« Eh bien, j'ai froid. Entrons, lança Catherine, brisant le silence. Nous y sommes. Il est temps pour nous de savoir. Finissons-en. » Malloy et Fisk dans son dos, elle monta l'escalier et poussa la porte. Elle n'était pas verrouillée, et s'ouvrit d'elle-même sur un escalier sombre.

« Troisième étage, madame Truitt. Il fait sombre. Je suis désolé.

– Je ne vois pas en quoi ce serait votre faute. »

Elle s'écarta pour laisser passer les deux hommes, qu'elle suivit dans l'escalier. La seconde d'après, ils frappaient à la porte ; au bout de plusieurs coups qui lui firent claquer les nerfs un à un, la porte s'ouvrit, et en face d'eux apparut Tony Moretti.

Il avait l'air ravagé. Il avait l'air pur. Il resplendissait comme un saint. Il se tenait là, dans un peignoir de soie rouge à motif cachemire, entrouvert. À l'évidence il ne portait rien en dessous, et à l'évidence, il s'en moquait.

« Monsieur Moretti. Il y a une dame, ici.

– Je vois ça. Je ne laisse jamais une dame devant la porte sans la prier d'entrer. »

Malloy sortit son carnet, comme si cela devait les aider à s'y retrouver. « Monsieur Moretti... Monsieur Truitt, nous sommes venus vous ramener chez vous. Votre père... »

Un frisson traversa le front du jeune homme, comme un voile fugitif. « Quel nom dites-vous ?

Je ne connais personne de ce nom. Je m'appelle Moretti. Tony Moretti.

– … M. Ralph Truitt. Du Wisconsin, là où vous êtes né.

– Vous ne voulez pas entrer ? J'ai du brandy. Il fait froid, dehors. »

Ils n'en avaient aucune envie, mais la puissance de son regard et la blancheur de sa peau les attirèrent à l'intérieur, dans son salon. Il était élégamment arrangé, avec des meubles français et italiens d'une qualité certaine, en complet décalage avec la maison elle-même. Le plafond était tendu de soie orange, comme une tente, et des lanternes marocaines pendaient çà et là. La lueur des chandelles vacillait, sans doute depuis la veille au soir. Au-delà, on apercevait les ruines d'une chambre tendue de brocart, comme un palais abandonné à la veille d'une révolution.

La pièce était jonchée de vêtements, parmi lesquels il en préleva quelques-uns avec désinvolture, comme pour faire de la place où s'asseoir. Personne ne s'installa. Il se tourna vers Catherine et sourit.

« Quel nom disiez-vous ? »

De nouveau, elle se retrouva le souffle court, et la voix lui manqua presque. « Truitt. M. Ralph Truitt.

– Et vous êtes… ?

– Mme Truitt. La nouvelle Mme Truitt.

– Je vous souhaite d'être très heureuse.

– Merci.

– Je ne connais personne de ce nom. »

Malloy se racla la gorge. « C'est votre père. » Moretti éclata de rire, exhibant ce faisant sa gorge d'albâtre et ses joues assombries par la barbe de la veille.

« Mon père se nomme Pietro Moretti. Ma mère, Angelina. Il jouait de l'accordéon à Naples, où je suis né. Quand j'avais trois ans, mes parents sont partis pour l'Amérique, pour Philadelphie, dans le quartier italien, où mon père a joué de l'accordéon dans les mille restaurants italiens qui s'y trouvent. Il a fini par en posséder un, qu'il possède toujours, et c'est mon cousin Vittorio qui cuisine, très bien, d'ailleurs. Mon père joue de l'accordéon, et ma mère ramasse l'argent. »

Malloy l'interrompit. « Vous êtes né dans le Wisconsin. Votre père est Ralph Truitt.

– Qui êtes-vous ? » demanda Antonio d'un ton ferme.

C'est alors que Fisk entra en piste. « Votre père nous a engagés pour vous retrouver.

– Vous me surveillez ?

– Depuis plusieurs mois, oui.

– Voilà qui me déplaît fort. »

Malloy et Fisk se remirent à contempler leurs mains. Antonio posa le regard sur Catherine.

« Je suis allé au conservatoire de Philadelphie, j'étais l'un de ces morveux des classes pauvres qui se retrouvent là parce que les gens propres sur eux constatent que ça ne coûte rien et qu'ils dorment mieux la nuit. Enfin, j'avais du talent, en quelque sorte. Depuis, je joue du piano dans les restaurants. En fait le terme de *restaurant* est quelque peu exagéré. Je n'avais pas assez de talent pour devenir concertiste, et j'en avais trop pour enseigner. Par ailleurs, je déteste les enfants. J'aime la compagnie des adultes. De la plupart des adultes, du moins. Me voici donc. Je ne connais pas de M. Truitt. Je n'ai jamais mis les pieds dans le Wisconsin. C'est peut-être un endroit agréable. C'est si loin.

– Tout cela n'est que mensonges. Nous avons les faits.

– Vous n'avez qu'à vérifier. Moretti. J'ai des papiers, des documents, un chéquier de ma banque. Il n'y a pas beaucoup d'argent, mais vous pouvez vérifier. Mon père vit toujours à Philadelphie. Ma mère s'appelle Angelina, et c'est toujours elle qui ramasse l'argent. Un peu de brandy ? »

Il s'en servit un verre, et fit tourner l'alcool dans la lumière chétive.

« Votre mère était la comtesse Emilia Truitt. Votre père était Andrea Moretti, professeur de piano engagé par le mari de votre mère, M. Truitt.

– Une vraie comtesse. Comme c'est charmant. J'aimerais beaucoup, je l'avoue, échanger ma vie dans les restaurants contre un titre royal, mais j'ai bien peur qu'il n'y ait rien de vrai dans votre histoire. Pas un mot. Je pourrais vous lire les lettres de ma mère. Elle me supplie de rentrer à la maison pour trouver une gentille fille. Une gentille fille comme la nouvelle Mme Truitt, sans aucun doute. Pourquoi ce M. Truitt voudrait-il me voir, s'il n'est pas mon père ?

– Parce qu'il s'en veut.

– Parce que sa femme était une catin infidèle ? »

Malloy adressa à Catherine un regard de côté.

« Parce qu'il a été, à cause des circonstances… il a le sentiment d'avoir été dur avec vous, et il veut se faire pardonner.

– En me faisant quitter Saint Louis pour le Wisconsin ? Comme privilège, c'est un peu léger.

– C'est votre père. Il s'est comporté comme tel depuis votre naissance. »

Un voile de colère passa sur le visage de Tony Moretti. « C'est *mon* père, qui s'est comporté comme tel depuis ma naissance. Vous voulez voir des photographies ? Je n'en ai pas. Mes affaires de bébé ? Elles sont à Philadelphie. Il est simple de prouver qui l'on est. Ce qui est plus difficile, c'est de prouver que l'on n'est pas quelqu'un d'autre. Je ne suis pas le fils de cet homme, peu importe qu'il le veuille à tout prix. Je suis désolé de ce que ressent M. Truitt. En général, je suis d'un naturel accommodant. J'aimerais pouvoir le dépanner. J'aimerais pouvoir vous dépanner vous aussi, mais par ici l'hospitalité est quelque peu chaotique. Tout ce que je peux vous proposer, c'est du brandy, or vous ne voulez pas de brandy, et moi je veux que vous partiez. »

Catherine était assise sur une chaise, de laquelle il avait écarté les vêtements d'un revers de main, et elle remarqua à ses pieds une paire de bas de femme noirs.

« Monsieur Moretti, intervint-elle d'une voix douce.

– C'était vous, n'est-ce pas ? La dame en noir, au restaurant. La dame en deuil.

– Oui. » Sa main tremblait. « Je ne suis pas en deuil, comme je vous l'ai dit. Vous jouez merveilleusement. »

Elle se l'imagina au lit. Elle l'imagina nu, reposant contre des coussins recouverts de soie, à attendre. Il sentait l'eau de Cologne de la veille et la chaleur de son lit. Elle imaginait tout. Elle savait où il était allé, ce qu'il avait fait. Elle sentait le parfum de la femme qui venait de partir.

Elle s'adressa à lui d'une voix claire, directe, et il l'écouta avec beaucoup d'attention. « Vous avez souffert. Il le sait. Il sait que vous devez être en colère. Il a souffert, lui aussi. Son cœur saigne encore de toutes les nuits qu'il a passées dans la douleur. À présent il veut se racheter. Il veut vous ramener à la maison, celle dans laquelle vous êtes né, la grande maison, pour la faire revivre. Je ne dirais pas qu'il vous aime. Pas encore. Il veut vous aimer. Être bon pour vous. Se faire pardonner pour… pour tout. Je vous en prie. Je ne sais pas…

– Et vous, madame Truitt numéro deux, que seriez-vous prête à faire pour exaucer ce rêve ridicule ?

– Je lui ai fait une promesse. Je vous le dis. Je ferais n'importe quoi.

– Donnez-moi votre bague.

– Je vous demande pardon ?

– J'ai égaré mon épingle, vous vous souvenez ? J'aime les diamants. Donnez-la-moi. Je l'offrirai peut-être à une bonne amie. Ou peut-être la porterai-je moi-même, ce sera une de mes extravagances. Ou je pourrais faire monter le diamant en épingle. Voilà qui attirerait l'attention pendant que je jouerais, vous ne pensez pas ? Avec la lumière. Ou bien je la jetterai dans le Mississippi. Ou je l'avalerai. Donnez-la-moi.

– Madame Truitt », intervint M. Fisk, l'air sincèrement alarmé.

Elle hésita un long moment, puis elle secoua la main pour en déloger le diamant jaune, et le déposa dans la paume tendue de Moretti.

« Tenez. Il m'a dit de faire tout ce que je pourrais. J'ai promis. Elle est à vous, je vous la donne volontiers. Rentrez à la maison.

– Si c'était bien chez moi, si ce lieu avait le moindre lien avec moi, je le ferais à la seconde, pour vous, et je n'aurais aucun besoin de vous faire retirer cette bague de votre jolie main. » Il se la glissa au petit doigt. « Petite, mais jolie. » Elle étincelait à la lueur des chandelles suspendues, qui pétillaient, près de s'éteindre.

« Maintenant, je veux que vous sortiez. Laissez-moi en paix. Vous croyez que ma vie est si belle que ça ? Vous pensez que je nage dans l'amour ? Eh bien non. Mais j'en reçois suffisamment pour ne pas avoir à me prêter à cette mascarade. » Il rendit sa bague à Catherine. « Ou à vous prendre votre petit diamant de provinciale. Allez au diable, tous autant que vous êtes. »

Malloy n'en avait pas terminé. « Monsieur Truitt, nous ne nous trompons jamais. »

Moretti se tourna vers lui, fou de rage. « Ne m'appelez plus une seule fois par ce foutu nom, je vous préviens. Je m'appelle Moretti. C'est mon jour de congé. Je me suis montré assez civil avec des étrangers pour aujourd'hui. Remballez donc votre histoire de fous et rentrez trouver votre cul-terreux, qui qu'il soit, et dites-lui que vous vous êtes trompés. Non, encore mieux, prenez le train pour Philadelphie. Demandez à qui vous voudrez. Ils vous diront où habitent les Moretti, et là, interrogez-les au sujet de leur fils ; ils n'aiment pas ce que je fais de ma vie. Ils pensent que jouer du piano, c'est bon pour les filles. Eux aussi veulent que je rentre à la maison. J'aimerais beaucoup mieux rentrer dans un foyer où je connais du monde. Mais j'ai un chez-moi ici. Et vous vous y trouvez. Maintenant sortez. »

Il ouvrit la bouteille et se servit un grand verre d'alcool. Catherine en sentait la chaleur exploser dans ses veines comme une flamme.

« Nous reviendrons », annonça Fisk d'une voix douce, où filtrait à peine la menace. Juste ce qu'il fallait.

« Je ne pense pas. Je ne vois vraiment pas pour quoi faire. » Antonio s'assit dans un fauteuil recouvert de velours bleu, et son peignoir écarlate s'ouvrit sur sa poitrine. Catherine avait une vue complète de son torse jusqu'au nombril.

Il n'y avait rien de plus à faire. Ils partirent, et tandis qu'ils descendaient les escaliers en trébuchant dans la semi-pénombre, ils l'entendirent éclater de rire. Humiliés, les deux agents de chez Pinkerton. Catherine ne put s'empêcher de sourire en remettant sa bague. Elle se trouvait étrangement transportée.

Sur le chemin du retour, en traversant le marché du dimanche, au milieu des robes à bas prix, des manteaux peu épais et des bagues en fer-blanc, des choux gelés et des casseroles en cuivre, elle passa devant un oiseleur. Des canaris jaunes, bleus et rouges. De petits oiseaux chanteurs. Ils avaient l'air à moitié transis de froid, mais elle en acheta un, ainsi qu'une cage en métal ouvragé, et elle les emporta à l'hôtel. Par ce dimanche glacial, elle rentra par les rues de Saint Louis, l'oiseau au chaud au creux de sa main gantée, et elle souffla son haleine tiède sur le petit corps frigorifié.

4

Elle attendrait cinq jours. Son cœur était en feu, pourtant elle attendrait. Passé ce délai, toutefois, elle ne pourrait plus patienter. Pas une seconde de plus.

Pendant cette attente, elle écrivit à Truitt. Avant de lui parler d'Antonio, elle lui fit part de ses projets pour le jardin. Elle lui détailla ses lectures, ses longs après-midi de recherche, à la bibliothèque. Elle lui décrivit les hautes fenêtres et les longues tables silencieuses, et la lumière oblique. Elle lui dressa la liste de tous les changements possibles pour le jardin, elle raconta comment elle le ferait refleurir. Elle se montra même tendre, mais pas plus qu'il n'était nécessaire. Après tout, elle le connaissait à peine.

Elle demanda l'autorisation d'acheter des graines et de commander des plantes pour le printemps, pour accueillir Antonio à la maison. Elle connaissait d'avance la réponse, qu'elle pouvait avoir tout ce qui lui ferait plaisir, et elle sourit, sachant que c'était vrai.

Elle passa des heures au Jardin botanique du Missouri, debout, à contempler ces incroyables orchidées, toutes blanches et élégantes comme Tony

Moretti, ces fleurs d'une délicatesse et d'une beauté outrageuses. Peut-être pousseraient-elles, dans la serre. Elle attendit derrière les comptoirs, pendant que les jardiniers lui dressaient la liste de ce qui pourrait ou ne pourrait pas s'épanouir, dans le climat qu'elle décrivait. Combien de temps durait le printemps ? L'été était-il chaud ? Elle n'en savait rien. Elle projetait une réalité imaginée, et achetait avec soin et espoir. Elle payait en liquide, et retournait à la banque dès qu'il lui en manquait. Elle arrangea la date d'arrivée. Elle acheta un petit stylo-plume en argent ainsi qu'un carnet florentin à couverture rouge et blanc, où elle nota soigneusement le nom et les caractéristiques de chacune des plantes qu'elle commandait.

Elle réfléchissait à son jardin. Elle pensait à sa vie, à sa vie comme une courtepointe bigarrée, faite de chutes de tissu disparates cousues tant bien que mal entre elles ; l'expérience, le savoir, la clairvoyance. Rien de tout cela n'avait de sens pour elle.

Elle n'avait aucune conscience du bien. Elle n'avait pas de cœur, et donc aucun sens de ce qui était bien, de la chose à faire, et elle n'avait nul terrain où projeter la bataille qui, de fait, faisait rage en elle.

Un jardin, voilà qui du moins avait un ordre. Un jardin *donnait* de l'ordre à la sauvagerie désordonnée. Elle appelait tout cela de ses vœux. Son oiseau posé sur l'index, elle espérait de l'ordre dans son petit carré secret entre ses murs, elle espérait ressentir ce que pouvait être le bien. L'attente ne lui valait rien de bon, elle le savait. La réflexion non plus. Elle rappelait les souvenirs du passé, et le passé était bien le dernier endroit où elle souhaitât aller.

Tony Moretti lui ressemblait. Il était comme un jardin secret. Il croyait les mensonges qu'il racontait. Pas un faux pas, pas une hésitation. Et il avait remporté la partie.

Elle écrivit de nouveau à Truitt pour lui suggérer qu'elle rendît visite seule à Moretti, sans sentir autour d'elle la tension aiguisée de Malloy et de Fisk. Elle écrivit qu'une approche plus douce lui ouvrirait peut-être les yeux. Elle était convaincue, ajouta-t-elle, que les agents de chez Pinkerton avaient raison ; cet homme qui se faisait appeler Moretti était son fils. Son fils se faisant passer pour un autre. Elle avait vu des signes, rapporta-t-elle, un tic à la paupière, une manière de retrousser la lèvre, qui lui avaient indiqué qu'il mentait. Il était certain qu'il nourrissait beaucoup de rancœur, du regret aussi, prit-elle soin d'ajouter, mais il dissimulait la vérité derrière son charme condescendant et son insolence, et de manière peu crédible.

Elle détailla à Truitt le mode de vie dispendieux et indolent de Moretti, ses meubles recouverts de velours et son peignoir de soie. Elle lui parla de son jeu au piano. De l'obscur appartement, aux pièces arrangées avec une élégance tellement exotique, et un goût si sûr.

Elle demanda à Truitt s'il était bien décidé, sûr et certain de vouloir ce fils incertain sous son toit. Elle savait qu'il fallait parfois tourner la page sur des éléments précis du passé, que, même si c'était bien triste, certains territoires étaient irrémédiablement perdus, et pour toujours. Elle termina en disant qu'elle attendrait sa réponse avant d'agir.

Il répondit qu'il ne voulait que cela. Il voulait son fils ; c'était son seul vœu. Elle devait faire tout ce qui serait nécessaire. Aller le trouver chez lui. Le suivre dans la rue. Lui donner de l'argent, tout ce qu'il demanderait.

Catherine elle-même n'était qu'un moyen de parvenir à cette fin. Il ne le disait pas ouvertement, mais elle le savait ; c'était clair depuis le jour où il lui avait annoncé qu'elle irait à Saint Louis. Elle était à la fois l'appât et l'instrument du désir profond de Truitt. Aussi ridicule que fût ce désir.

Elle saurait toujours, désormais, que Truitt n'était qu'un idiot sentimental. Le voyant agir face à un tel ravissement, elle savait qu'il ne pourrait jamais imaginer ses désirs à elle.

Là. Du moins s'était-elle couverte. Du moins n'y aurait-il aucune question concernant sa conduite. Malloy et Fisk, même s'ils la suivaient, n'auraient rien à mettre dans leur rapport.

Sa propre intelligence ne cessait de la stupéfaire et de la ravir. Nul plan qu'elle ne sût percer à jour. Nulle issue qu'elle ne pût façonner selon son bon vouloir. En faisant de Truitt son complice, elle devenait du même coup l'héroïne de ses propres tromperies, et elle en éprouvait une liberté et une voracité qu'elle n'avait jamais expérimentées auparavant. Au départ, elle n'était pas assurée de son emprise sur Truitt. À présent, elle savait qu'elle le tenait.

Elle traversa les rues au crépuscule, son manteau en caracal bien serré autour de la gorge, une voilette dissimulant son visage. Elle vérifia qu'elle n'était pas suivie, bien que ce fût finalement sans importance. Elle dépassa les bâtisses en grès brun, tourna dans une rue bordée de maisons à bardeaux miteuses, et se retrouva au pied du bâtiment rouge.

Il devait être en train de s'habiller. Encore tout enveloppé de la chaleur du bain, ses vêtements étalés sur son lit. Il entendrait frapper à la porte et rangerait à la hâte la pipe à opium, la seringue, les instruments de stupeur, d'imagination et de musique qu'il gardait toujours à portée de main. Il entendrait frapper, et serait prêt à la recevoir. Il saurait qui venait, avant même d'ouvrir la porte.

Elle frappa. Il ouvrit. Il la dévisagea pendant un long moment, puis sa langue se retrouva à fouiller la bouche de Catherine, sa langue glissante et salée comme une huître. Il l'attira à l'intérieur, fit claquer la porte d'un coup de pied, et l'embrassa avec une férocité familière à la jeune femme.

Il posa le doigt sous son manteau, juste sous le col de sa robe, sur la veine qui lui battait à la gorge. Elle déchira les vêtements de Moretti, déjà flottants et déboutonnés, dans le désir frénétique de toucher la peau douce et blanche de son torse, de son ventre plat, soyeux sous les doigts. Sous la main de Catherine, cette peau semblait toute neuve, comme si jamais personne ne l'avait touchée.

Tout le long, il ne cessait de l'embrasser, de lui écraser les lèvres, de fouiller la bouche de Catherine de sa langue jusqu'à buter contre ses dents, et sa langue à elle en faisait autant, s'enroulait autour de l'autre, allant chercher le voile du palais, goûtant les débauches de la nuit passée, champagne, cigare et haleine fétide, le goûtant lui, et l'esprit de Catherine se vida, sa peau s'enflamma et elle se retrouva perdue, de nouveau égarée dans l'éclat aveuglant de ce qu'il était, dans la terreur de son âme. Plus rien n'avait d'importance. Le temps n'existait plus. Ni le chaud, ni le froid, ni le passé, ni l'avenir. Il n'y avait plus que cela, la main de Catherine sur sa peau, son doigt dans son nombril, sa main sous la ceinture de son pantalon, l'index de Moretti sur sa veine pulsatile.

Le sang de Catherine s'était transformé en eau. Ses yeux étaient devenus aveugles. Elle n'était pas Catherine. Elle n'avait plus d'identité. Personne ne savait où elle se trouvait. Personne ne saurait jamais où elle était allée. Elle se tenait là, au milieu du royaume des sens, en pleine extase.

Ils firent l'amour comme si on les regardait. Sans draps sur eux, insensibles à leurs propres mouvements, à leurs propres caresses, comme si tout était fait pour d'autres yeux, une démonstration de leur facilité à inventer les plaisirs du corps. Ses vêtements éparpillés au sol, elle était allongée sur son lit, lui nu près d'elle, couchée sur le côté, ne sentant plus ses os, et lui bougeait au-dessus, sur elle et en elle. Sa langue experte emmena Catherine à un orgasme si rapide et si profond qu'elle tanguait encore de plaisir lorsqu'il la pénétra et alla chercher son propre plaisir, laissant échapper un cri dans la jouissance, le seul son qui sortit de ses lèvres. C'était à sa propre virilité qu'il faisait l'amour, elle qui le portait tandis qu'il allait et venait en elle comme s'il chevauchait l'intérieur de son sexe, enivré par sa propre habileté, ses propres plaisirs, la tendresse, la sauvagerie qui déchiraient Catherine de l'intérieur comme pour la première fois.

Il lui fit l'amour jusqu'à ce qu'elle eût les lèvres gonflées d'avoir été trop embrassées, la peau recouverte de marques, les entrailles douloureuses et à vif. Elle était complète. De nouveau entière.

« Truitt », lâcha-t-elle d'une voix qu'elle eut du mal à reconnaître.

Elle avait connu tant d'hommes. Elle ne se rappelait pas leurs visages. Moretti avait connu tant de femmes. Il avait leurs noms sur le bout de la langue, elle le savait. Peu importait qu'elle fût là, qu'elle fût celle-là, rien de tout cela ne comptait.

Faire l'amour à Moretti n'était pas une nourriture. L'acte ne la remplissait pas. C'était semblable au feu. Lorsqu'il avait terminé, elle était réduite en cendres.

Après, elle somnola, totalement abandonnée. Elle flottait dans les eaux tièdes d'une mer étrangère, ne se rappelant plus son propre nom, se moquant de tout, ayant tout oublié.

« Ma petite chérie. » Sa voix était lointaine, comme une bourrasque remontant vers elle depuis la forêt tropicale. « Mon oiseau. Mon chocolat. »

Elle rit doucement. Elle se lova contre lui, avec une conscience aiguë de chaque point de contact entre leurs deux peaux. Elle n'aimerait jamais quelqu'un comme elle l'aimait lui, avec égarement, perplexité et impuissance. Ses défenses, rodées jusqu'à devenir des instruments parfaits, ne lui étaient alors d'aucun secours. Son esprit, son discours ne lui serviraient à rien. Elle n'était que sensation, et soif de plus de sensations.

« Ma musique. Parle-moi. »

Elle ouvrit les yeux. Elle se trouvait dans cette chambre française qu'elle connaissait si bien, tendue de soie bleu ciel, avec son lustre français, dans les bras du seul amant qui peuplât ses rêves, qui lui offrît la définition précise de ce qu'elle savait de l'amour. « Comme c'est misérable, pensa-t-elle. Comme c'est triste. »

« Oui. Quoi ? Quoi ? »

Il la dévisageait, les yeux débordants de tristesse et d'égoïsme mêlés.

« Pourquoi n'est-il pas encore mort ? » Sa voix glissa sur la peau de Catherine comme un glaçon, tandis que les yeux de Moretti fixaient sa nudité. Elle se recouvrit d'un châle gisant sur le lit, sa belle étole brodée qu'elle avait laissée derrière elle pour partir vers le Nord, lorsqu'elle s'était transformée pour Ralph Truitt.

« Impossible. Je n'ai pas trouvé… Quand voudrais-tu que j'aie pu le faire ? Comment ? Que veux-tu ?

– Tu sais très bien ce que je veux. Tu sais de quoi nous avons convenu. Je veux tout. Je veux le partager avec toi.

– Et tu auras tout. » Elle se redressa en position assise. « Comment voulais-tu que je devine qu'il te ferait demander ? Ce n'était pas dans le plan de départ. Comment pouvais-je prévoir qu'il te retrouverait ? Et quand bien même, il ne peut pas mourir sur-le-champ, tu le sais. Il faut continuer. Faire les choses dans l'ordre. Lentement. Il faut qu'il tombe malade, qu'il s'affaiblisse, puis qu'il meure, et il mourra, mais pour l'instant c'est impossible. »

Il lui prit la main et la posa sur son sexe, puis la retint dans cette position. Elle le sentait bouger dans sa paume, à présent amolli, souple comme un poisson, se soulevant et s'abaissant comme dans une respiration. « Jure-le.

– Je te le promets. »

Il se leva, attrapa une serviette et entreprit de se laver. Il avait laissé dans le lit une auréole humide. Il ne jouissait jamais en elle. Il était terrifié à l'idée d'avoir des enfants.

Il entreprit de ramasser ses vêtements et les lança dans un coin, en choisit d'autres dans une armoire, tout aussi parfaits que les premiers. « Comme si la promesse d'une putain voulait dire quelque chose. Il faut que j'aille travailler, maintenant. »

Elle se mit à pleurer. Jamais auparavant il ne l'avait traitée de putain, et la cruauté abrupte de cette injure tranchait comme une lame. Elle s'était juré que jamais il ne la verrait pleurer, personne ne l'avait jamais vue dans cet état, pourtant elle ne put s'en empêcher. Elle ne pouvait s'arrêter.

« Mais *qu'est-ce* que tu veux ?

– Je veux qu'il meure. Je veux son argent. Qu'il meure, sans que j'aie à revoir son visage. Je veux entendre à quoi ressemblait son visage à l'instant où la mort s'en sera emparée, mais je ne veux pas le voir. Je veux que son ventre se fige et se glace. Que ses dents pourrissent dans sa bouche. Je veux vivre dans la maison de ma mère, entouré de choses exquises. Tu sais *très bien* ce que je veux.

– Et tu l'auras. Tu auras tout. Mais en temps voulu. Tu l'auras de telle sorte que personne ne saura jamais ce que nous aurons fait. » Elle parlait d'une voix douce. « C'est ainsi que fonctionne l'arsenic. C'est lent et invisible. C'est là toute sa beauté. »

Le regarder s'habiller était tellement enchanteur, ce corps adolescent qui se dissimulait sous les couches progressives de vêtements splendides, aussi sensuel et élégant qu'une femme dans sa manière de faire glisser l'étoffe sur ce corps dont Catherine avait le savoir secret, son unique possession, même si une autre l'avait vu et étreint la veille encore, tandis que Catherine dormait dans son lit de vieille fille au Planter's Hotel. Personne ne le connaissait comme elle, et lui n'aimait qu'elle, même s'il ne le disait jamais, même s'il ne l'aimait que parce qu'elle était la clef vers ce qu'il avait attendu toute sa vie.

Il n'était lié qu'à elle, car personne d'autre qu'elle ne pouvait lui apporter ce qu'il voulait. Ils avaient tout calculé ensemble, comme l'intrigue d'un mélodrame, un engrenage atroce, mais à leur portée, si Catherine se montrait habile. Et elle n'avait jamais douté de sa propre habileté.

« Tout se passera comme prévu. Tu le sais.

– Raconte-moi comment. Raconte-le-moi encore.

– Il ressentira du plaisir. Une nostalgie exquise, mais il ne se rappellera pas la nostalgie de quoi. Ce désir se transformera en poison dans son esprit, et il sera hanté par des cauchemars. Son sang deviendra plus fluide, il aura froid tout le temps. Des couvertures en nombre ne suffiront pas à le réchauffer. Il commencera à perdre ses cheveux. Et alors il tombera malade, jusqu'à la mort. » Moretti l'écoutait comme un enfant savourant son histoire avant de dormir. « Tu n'es pas curieux d'en savoir plus sur lui ? Tout ce que je t'ai dit est vrai. Il veut que tu rentres. Il veut faire pour toi un foyer plus beau que tu ne… que je ne peux l'imaginer. Mais j'oublie que tu l'as vu.

– Je m'en rappelle chaque détail, chaque jour de ma vie. Et lui n'est pas dans le tableau.

– Il t'aime, il veut t'aimer. »

Moretti se retourna subitement, et s'accroupit, un genou en appui sur le lit. Il attrapa Catherine par les épaules et la secoua comme une poupée de chiffon. Elle voyait ses vêtements défaits. Elle apercevait la peau blanche, en sentait la chaleur, même dans cet accès de violence.

« Il m'a battu. Il a tué ma mère.

– Il…

– Il a pris ma mère, si belle, et il l'a frappée jusqu'à ce que ses dents tombent et qu'elle crache son sang. Je l'ai vu de mes yeux. Il m'a emmené jusqu'à Chicago pour que je regarde. Il est fort. Du moins il l'était. Il l'a prise et il a mis ses mains hideuses autour de son cou délicat, et il l'a étranglée, jusqu'à ce qu'elle meure. J'ai tout vu. J'avais treize ans et j'ai tout vu. » Il la repoussa sur le lit. « Pourquoi voudrais-je de son amour ? Ce que je veux, c'est sa mort. »

Elle avait entendu cette histoire cent, mille fois, et elle ne l'avait jamais réellement crue, pas une seule fois. Il était convenu entre eux qu'il s'agissait de la vérité, c'était une des causes principales de tout ce qui advenait, et elle faisait de son mieux parce qu'elle l'aimait, elle tentait de le croire, mais en vain. Et à présent qu'elle connaissait Truitt, maintenant qu'elle était sa femme, elle ne croyait plus Antonio.

Elle savait que ces choses-là arrivaient. Elle se les imaginait dans les taudis sordides et les bâtisses miteuses en grès brun. Chez d'autres. Elle ne pouvait croire à un accès de délire aussi terrifiant, à une telle perte de raison, chez Ralph Truitt. Elle avait essayé de se le représenter. De se figurer Antonio, le premier duvet aux joues, témoin d'une telle horreur, mais l'image ne voulait pas venir.

Des choses pareilles lui arrivaient à elle, s'étaient déjà produites, les éclats subits de fureur incontrôlable, mais elles étaient impossibles chez Ralph Truitt, Truitt qui avait abandonné l'alcool pour la prière le jour où le regard de sa fille était devenu vide, Truitt qui avait vu de ses yeux sa femme coucher avec un professeur de piano, qui avait refermé la porte plutôt que d'aller chercher son fusil.

Antonio lui déposa un baiser furtif sur la joue, ses lèvres sèches effleurèrent la peau de Catherine comme des plumes. « C'est notre avenir. C'est notre avenir. »

Elle se redressa sur le lit, furieuse.

« Et toi, tu n'as rien à faire du tout ? Rien du tout. Tu bois, tu te prostitues, tu vas dans les fumeries et tu dépenses jusqu'à ton dernier penny chez les tailleurs, qui te font crédit sans fin parce qu'ils te sont redevables de bien vouloir porter leurs vêtements en public, et c'est moi qui dois tout faire.

– Moi, me prostituer ? Comme tu es bien placée.

– Je t'aime. Je ferai tout pour toi.

– Et tu crois sincèrement que c'est là la chose la plus rare et la plus belle au monde. C'est pour cela qu'on te paie.

– C'est tout ce que j'ai à donner.

– Non. C'est faux. Donne-moi mon père, offre-moi la surprise de la mort de mon père, et ton amour prendra subitement une toute nouvelle valeur.

– Je le ferai. Je l'ai dit. Je le ferai.

– Eh bien, ne tarde pas trop. »

Il était habillé. Il était déjà loin d'elle, qui gisait nue et gauche dans ce lit froid et mouillé. Son départ était pour elle une petite mort.

Il se tourna vers elle, les yeux remplis de larmes.

« J'aurais voulu que tu la voies. Ma mère. Elle était tellement ravissante, sa voix si douce, ses mains si menues. Elle me prenait sur ses genoux quand elle jouait du piano, et elle me chantait d'anciennes chansons italiennes. Elle était à peine sortie de l'enfance. »

Il s'assit sur une chaise près de la fenêtre, dans la pénombre naissante.

« Après son départ, après qu'il a jeté ma mère dehors, après la mort de ma sœur, j'allais en douce dans l'ancienne maison, dans la villa, je montais l'escalier, jusqu'à sa chambre. J'entrais dans son placard et j'enfouissais mon nez dans ses robes, je respirais le parfum de ma mère. Elle avait le parfum d'un autre pays, un pays où la danse et la musique ne cessaient jamais. Un pays éclairé à la chandelle.

« Elle n'était qu'une enfant. Elle est tombée amoureuse. Ça arrive tous les jours. Ce n'était pas sa faute. Peut-être Truitt est-il mon père. Peut être pas. Personne ne le saura jamais. Mais il paiera pour ce qu'il lui a fait, pour ce qu'il m'a fait à moi, après son départ.

« Toute ma vie, j'ai grandi dans la haine de cet homme. J'en ai assez. Je ne pourrai pas avoir une vie normale tant qu'il ne sera pas mort. Fais cela pour moi.

« Tu m'as fait penser à elle, la première fois que je t'ai vue. Tu m'aimes, à ta manière. Par petites touches, tu ouvres mon cœur endurci. Fais ça pour moi.

« Les gens pensent que je suis un homme mauvais. Un bon à rien. C'est peut-être vrai. Mais je ne le crois pas. Je ne suis qu'un petit garçon de dix ans, planté dans le noir dans le placard de sa mère, à respirer ses robes. Je pourrais être mauvais. Mais je pourrais être bon. Je le saurai quand je le verrai dans la tombe. »

Il se leva. Il faisait presque noir. La porte s'ouvrit, il disparut.

Catherine déambula dans les pièces. Elle ouvrit l'armoire et y vit ses robes raffinées, les perles et les plumes, et ses chapeaux, des oiseaux gracieux et des pierreries, et ses chaussures délicates, rouges, vertes, en cuir doré du Maroc avec de ravissants talons hauts, des boucles et des boutons rutilants, et soudain elle eut envie de repartir de zéro. Le contact et l'odeur de ses vêtements, de ses tenues parfumées, réveillèrent son envie de paresser au lit jusqu'à midi, d'entendre les rires, les plaisanteries salaces et les chansons paillardes, de se donner à des hommes qu'elle ne reverrait jamais. Elle voulait le cliquetis des pièces dans son aumônière de soie, le frisson du champagne, cette douceur écœurante lorsqu'il était éventé, l'haleine repoussante au matin, opium et champagne. Et ces nuits à l'étage avec les femmes, dans leurs dessous à rubans de soie, à se caresser paresseusement et à parler doucement et facilement, toute la nuit, de ce qui allait se passer et, moins facilement, de ce qui s'était passé, et bizarrement, tout devenait acceptable. Elle voulait revenir en arrière et passer la matinée du dimanche au lit, à s'amuser des annonces personnelles sans voir celle de Ralph

Truitt. Elle aurait voulu ne pas reconnaître le nom et ne pas le prononcer à voix haute pour Antonio Moretti, ne pas surprendre cette lueur dans son œil quand il lui avait arraché le journal des mains. Elle aurait voulu ne jamais avoir passé cette journée à recenser à voix haute les moyens d'exploiter cette triste information. Ralph Truitt. Rien qu'un nom, la fin d'une vieille histoire.

Elle ne pourrait jamais revenir en arrière. Et si elle le pouvait, jusqu'où remonterait-elle ? Jusqu'à cette promenade en carriole, avec sa mère si jolie dans cet orage d'été, entourée de cadets ? Jusqu'à la douceur du regard de sa petite sœur ? Jusqu'à l'instant précédant le début de toute cette histoire ?

Catherine referma l'armoire. Elle se lava soigneusement avec l'eau de la cruche en terre de fer, et cessa de réfléchir. Elle nettoya les traces du sexe de Moretti de sa peau à vif, se livrant aux délices de ce souvenir, ne regrettant rien.

Elle se glissa de nouveau dans son costume de dame et repartit sans crainte dans les rues sombres de ces quartiers de Saint Louis où nul ne venait hormis par nécessité. Et elle s'endormit comme une petite fille innocente dans son lit étroit du Planter's Hotel, bercée par le chant de l'oiseau qui la mettait aux anges.

5

Elle ne pouvait s'arrêter. C'était comme une drogue dont elle se serait privée trop longtemps. Elle écrivit à Truitt pour lui dire qu'elle progressait, mais lentement. Elle lui promit qu'Andy, comme elle l'appelait dans ses lettres, rentrerait à la maison.

Elle allait voir Antonio tous les jours. Elle ne redoutait plus Fisk et Malloy. Elle ne les voyait jamais. Elle supposait qu'ils rampaient dans l'ombre, mais elle était déjà allée bien trop loin pour s'en soucier.

Antonio et elle faisaient l'amour, parfois sauvagement en dix minutes, parfois jusqu'au lever puis de nouveau au coucher du soleil, et alors elle attrapait une robe dans l'armoire et ils sortaient. Ils mangeaient des huîtres et buvaient du champagne.

Libéré de son obsession singulière pour Truitt, Moretti jouissait d'un charme enfantin et indélébile. Auprès de lui elle se sentait de nouveau comme une jeune fille, à l'époque où tout était nouveau et possible. Il lui répétait inlassablement le récit de ses voyages, les bizarreries comiques des gens qu'il avait rencontrés en chemin, et tout lui semblait chaque fois frais et innocent, les aventures sans fin d'un garçon qui n'avait jamais grandi. Son rire était une onde pure, étincelante de soleil, rebondissant sur les rochers dans une forêt au printemps.

Il la faisait rire. Avec Truitt, elle ne riait jamais. Truitt avait beaucoup de qualités, solides et appréciables, mais il ne la faisait pas rire.

Elle savait aussi, car il le lui disait parfois, la nuit, lorsqu'il baissait la garde, nu et élancé et enfin vulnérable entre ses bras, que la vie de Moretti était en réalité une course solitaire à l'argent et aux femmes, au moindre dollar et à n'importe quelle femme, la quête effrénée d'un jeune homme seul au monde sans mère ni père, sans jamais un foyer où aller se réfugier. Pourtant, à le voir déguster avec elle ses huîtres et son champagne, on aurait pu croire que sa vie n'avait été remplie que de soleil et de draps propres.

Il lui parlait de sa beauté, lui promettait que jamais il ne s'en lasserait, et elle le croyait.

Elle se rendait dans le bar vulgaire où il jouait du piano, et elle flirtait avec d'autres hommes sous ses yeux, sachant qu'il n'esquisserait pas un geste. Parfois il y avait de la bagarre, des travailleurs endimanchés qui explosaient de colère, et elle ne bougeait pas même de sa table.

Plus tard, ils se rendaient dans les fumeries, où des Chinoises les dévêtaient, les drapaient dans de la soie, massaient leurs corps nus avec des huiles tièdes et parfumées et leur donnaient les précieuses boules, noires et rebondies comme du caoutchouc. Ils rentraient à l'aube et elle enfilait ses autres habits, ceux qu'elle portait pour le rejoindre, et elle retournait au Planter's Hotel. Parfois elle n'arrivait pas à faire entrer la clef dans la serrure, et un gardien de nuit ensommeillé devait lui venir en aide. Elle dormait jusqu'à midi et se réveillait au son d'un chant d'oiseau.

Elle buvait du café noir bien fort et ne mangeait pratiquement rien, du pain grillé avec de la confiture. Elle dormait peu, seulement quelques heures entre le lever et le milieu du jour. Parfois, à la bibliothèque, l'après-midi, ses gants en chevreau posés près de la pile de livres, elle manquait de défaillir de faim.

Elle étudia l'horticulture, l'entretien des roses. Elle en sentait les épines lui déchirer la peau, elle respirait presque l'odeur métallique du sang sur le dos de sa main. Elle n'était pas ce qu'elle donnait à voir à Ralph Truitt, mais elle n'était pas non plus ce qu'elle donnait à voir à Tony Moretti, et elle se demandait sans cesse lequel des deux était son être véritable, et lequel, le faux.

Elle vit une foule d'anciens amis. Hattie Reno, Annie McCrae, Margaret, Louise et Hope, Joe l'Amour, Teddy Klondike. Partout, dans chaque chambre, elle cherchait sa sœur Alice, Alice qui vivait quelque part dans cette vaste ville, qui évoluait dans ces cercles lorsqu'elle se sentait en forme, Alice qu'elle emmenait jadis au cirque et à l'opéra. Mais Alice demeurait invisible, et personne ne savait où la trouver.

Elle avait offert à Alice des livres qu'elle n'avait jamais lus. Elle lui avait acheté des bijoux qu'elle avait perdus ou donnés. Catherine avait essayé, de tout son cœur, de sauver quelque chose, de faire en sorte que sa sœur réussît dans la vie, d'être son amie, et même en cela elle avait échoué.

Catherine voulait retrouver Alice pour l'emmener dans le Wisconsin, pour l'envelopper dans la mousseline blanche de cette lointaine campagne, jusqu'à ce que la petite fût guérie et en pleine forme. Elle voulait lui faire porter les toilettes raffinées d'Emilia et la regarder descendre le long escalier de la villa d'une démarche de dame, jusqu'au vestibule à haut plafond orné de fresques. Elle serait comme une enfant au milieu d'un chef-d'œuvre, le chef-d'œuvre de Catherine. Elle croyait toujours pouvoir la sauver.

« Oublie-la, lui dit Hattie Reno. Des mois que personne l'a revue. Et la dernière fois, elle avait une sale tête. Personne lui parlait, et elle s'en fichait. J'avais honte pour elle.

– C'est ma sœur.

– Et elle est vicieuse, et dure et malade. C'est le genre de fille qui veut pas d'un toit au-dessus de sa tête. Elle est déchaînée. Même les hommes en veulent plus.

– Elle n'a jamais eu de vrai toit au-dessus de la tête.

– Et toi tu veux lui en donner un. Avant qu'elle meure. Toi et qui d'autre ? Qui est-ce qui va le payer, ce toit ? »

Catherine ne parlait jamais de Ralph Truitt. Elle n'expliquait pas davantage son absence de Saint Louis. On la croyait à Chicago. On croyait en deviner la raison. Du sang frais. Des hommes nouveaux, avec de l'argent.

« Oui. Avant qu'elle meure. »

Elle savait qu'Antonio avait besoin d'elle, d'une manière indicible qu'elle prenait pour de l'adoration. Ce n'en était pas. C'étaient du besoin et de l'habitude, une dépendance, mais ce n'était pas de l'amour, bien qu'il le prétendît fréquemment.

Parfois, au début de l'après-midi, assise en chemise de nuit dans le silence de sa chambre d'hôtel, son oiseau écarlate posé sur l'index à picorer de petits morceaux de brioche qu'elle lui donnait à la becquée, parfois elle en avait une conscience claire qui était comme un coup de poignard en plein cœur. Mais Antonio était différent.

Pour lui, Catherine était la seule et unique femme qui ne cessait jamais de l'exciter, car elle avait un besoin démesuré de lui, car ce besoin la rendait vulnérable, soumise et sans défense, contrairement aux autres. Antonio était bien plus jeune que Catherine. Il était, pour elle, la dernière bouffée d'une jeunesse qui la trahissait déjà.

Il pouvait faire tout ce qu'il voulait, l'aimer, la fesser, lui embrasser les pieds, et elle était prête à faire tout ce qu'il lui demandait. Elle était plus âgée. Elle perdait sa jeunesse, et c'était une composante de l'intérêt qu'elle lui manifestait, comme si elle buvait le fond de la coupe. Et elle tuerait son père et lui donnerait tout. Elle ferait n'importe quoi. Elle ferait cela. La mort de son père était devenue pour Antonio comme une démangeaison obsédante, la main impossible au poker, celle qu'on ne pouvait battre. Il était décidé à patienter, mais pas longtemps.

Il s'endormait avec les doigts encore en elle, et léchait le musc en se réveillant. Il couchait avec elle quand elle saignait, quand elle était ivre, quand elle dormait. Son appétit à lui et son désir à elle d'être contentée étaient tout aussi infinis. Il trouvait excitant de la voir arriver dans ses robes sérieuses et convenables, c'était comme faire l'amour avec une inconnue, quelqu'un d'étranger.

Elle planait dans un rêve. Elle avait du mal à se rappeler où elle se trouvait.

Elle écrivait à Truitt tous les jours. Elle s'inventait une vie, dont elle lui décrivait jusqu'au moindre détail imaginaire. Elle ne voulait pas qu'il oubliât l'emprise qu'elle avait sur lui, ce pouvoir de mettre fin à sa solitude, de ramener son fils à la maison, de faire refleurir son jardin.

« Parle-moi de lui », exigea un jour Antonio, après l'amour. Sa tête reposait sur les seins de Catherine, sa chevelure noire titillait la peau de sa poitrine, au point qu'elle en était comme enivrée. Elle ferma les yeux pour convoquer l'image de son visage. Elle ne vit rien, alors qu'elle était capable de se rappeler avec une précision parfaite les traits de gens qu'elle connaissait à peine.

« Je veux tout savoir. Raconte-moi encore.

– Il est grand. Fort.

– Gros ?

– Pas du tout. Puissant. » Elle était prudente, désormais. Elle voulait faire plaisir ; c'était sa profession. Elle tenait à ne lui dire que ce qu'il souhaitait entendre. « Il a beaucoup d'argent, je crois. Je le sais. Il fait beaucoup d'affaires. Surtout dans le fer, pour les chemins de fer, pour les machines, pour tout. Tout le monde travaille pour lui. Beaucoup d'argent. Je ne sais pas combien. Il a un wagon de train. Il pense que posséder une automobile est remarquable. Et puis il y a la maison, mais tu la connais. Il y a son silence. Il lit de la poésie. Je lui fais la lecture, le soir. Il est très triste. Triste au fond de lui, dans son cœur. Imagine, quand nous vivrons dans cette maison. Imagine les fêtes. »

Il les imaginait sans peine, ces fêtes ; elle n'avait pas à les lui décrire. Elles étaient devenues toute sa vie, mais avec plus de monde et plus d'argent, plus de champagne et plus de tout : voilà qui pourrait lui donner du plaisir, même passager. Il y aurait des femmes pour prendre soin de lui, pour ramasser et laver ses vêtements souillés. Il y aurait la tombe de son père, près de celle de sa sœur. Il irait cracher dessus.

D'où viendraient les gens ? Ils les feraient venir par le train, de Chicago, de Saint Louis, une interminable succession de gens prêts à tout pour lui, s'il le désirait, selon son bon vouloir. Il ferait l'amour à quelqu'un d'autre sous le regard de Catherine. Il se raserait devant un miroir tout en dorures, venu de France. Il dormirait dans le lit doré que sa mère avait rapporté d'Italie. Ils prendraient de la drogue de Chicago et marcheraient au milieu de la rue en pleine ville, en riant de tout et de rien, et personne ne pourrait rien faire contre eux. Et l'argent coulerait à flots, encore et encore. Le luxe serait sans fin.

« Tes jouets sont toujours là-bas. Les armoires sont pleines des robes de ta sœur. De celles de ta mère, aussi. Elles sont magnifiques.

– Tu les porteras.

– Je les ai essayées. Elles sont trop petites. Elles iraient à Alice. Elles sont désespérément démodées, comme exposées dans un musée. Il y a une boîte à bijoux sur sa coiffeuse. Des perles, des émeraudes et des rubis. Des nœuds de diamants à porter dans les cheveux. Une montre en diamant. Des choses qu'elle a oubliées, ou n'a pas pu prendre, en partant.

– Il a battu ma mère. Jusqu'au sang. Elle ne savait plus ce qu'elle faisait. Elle est partie avec la robe qu'elle avait sur le dos, rien d'autre.

– Tout est encore intact, là-bas.

– Et je ne veux pas d'Alice. Qu'elle ne s'approche pas. »

Elle était lasse de raconter cette histoire. Lasse de le réconforter. Il n'était qu'un garçon, un petit garçon bloqué dans l'enfance, un paradis perdu qu'il ne pourrait jamais retrouver. Elle le savait. Elle était persuadée que la mort du père, les nœuds en diamant et tout ce dédain insensible et luxurieux ne lui rendraient jamais ce qu'il avait perdu, car ce qu'il avait perdu, c'était le temps et ce qui lui restait, c'était la fureur.

Il le savait, lui aussi. Il essayait de se rappeler. De se remémorer sa sœur, ou sa mère, et rien ne lui venait. Sa colère était cette pointe brûlante et immobile sur laquelle était empalée sa vie.

« Tu lui manques, il est très sincère. Il est désolé de ce qu'il t'a fait. La douleur ne s'efface pas.

– Et tu crois que ma douleur à moi s'efface ? Tu crois qu'elle me plaît, cette vie d'ignorance ? »

À chaque étape, elle se devait d'être très prudente, comme une funambule dans un cirque.

Il ne dormait pas la nuit. Son cœur cognait à tout rompre et le sang lui battait aux tempes. Il sentait une pression à l'intérieur de son corps, et il se tournait et se retournait jusqu'à l'heure où il faisait trop jour dehors pour rester au lit. Quand il ne supportait plus le manque de sommeil, il choisissait l'inconscience, la morphine, l'opium, le vin, mais au réveil il ne se sentait pas reposé.

Il était persuadé que son âme, sa fureur se lisaient de manière limpide sur son visage. Il en imaginait la peau qui craquait, et le pus de sa fureur qui dégoulinait le long de ses pommettes hautes et raffinées.

Il ne mangeait que pour rester en vie, et que des nourritures parmi les plus rares. Des huîtres et du champagne. Du homard et du caviar. Des melons, importés d'Amérique du Sud, hors saison, qui avaient remonté le fleuve. Du jambon de Parme. Des mets comme la caresse d'une femme morte depuis longtemps, une femme dont il imaginait qu'elle l'avait aimé, enfant.

Il faisait l'amour parce qu'il était beau. C'était là le fardeau de la beauté, de se rendre disponible. Il n'avait des rapports sexuels que pour cet instant où il oubliait qui il était, où il oubliait tout, son père et sa mère et sa minuscule sœur débile, il oubliait les coups et les jurons que Ralph avait imprimés dans sa chair, Ralph d'une froideur sobre, Ralph sobre et froid, encore et encore, qui l'envoyait au diable, lui qui n'était qu'un enfant de huit ans, au commencement. Dans le rapport sexuel, il cessait de penser pour se contenter d'être, il n'était plus que mouvement, plaisir et dextérité. Il vivait dans une véritable frénésie sexuelle car parfois, après, il parvenait à dormir une heure ou deux.

« Ne me dis rien. Ne me parle pas de lui.

– Comme tu voudras. »

Catherine était une exception, la femme à laquelle il revenait, encore et toujours. La femme qui incarnait tout ce qu'il comprenait de l'amour. Elle avait été rudoyée par la vie qu'elle avait menée, pourtant son visage était encore beau, son corps épargné par la maladie. Elle savait dans quoi elle s'engageait ; elle voyait en son âme et son feu ne la brûlait pas.

Alice était une autre exception. Un soir, alors que Catherine était loin, en train d'épouser son père, Antonio s'était saoulé ; à l'aube, il rentrait chez lui en titubant lorsqu'il avait aperçu Alice. Elle se tenait debout, comme pétrifiée, au coin d'une rue sombre ; il s'était approché et ils avaient échangé deux mots. Il l'avait prise, et cela avait duré moins de temps qu'il n'en fallait pour jouer le premier mouvement de la *Sonate au clair de lune*. Ils n'avaient pas prononcé une parole, comme si lui s'ennuyait et comme si Alice était tout bonnement muette.

« Je sais où elle est.

– Qui ?

– Alice. Elle est à Wild Cat Chute [1]. »

Catherine se détourna et enfouit le visage dans ses mains. Tony Moretti eut un sourire.

1. Wild Cat Chute (littéralement : « Rapide du Chat sauvage ») : quartier du nord de Saint Louis ayant accueilli les travailleurs immigrants à partir de 1840. Après la guerre de Sécession, la zone se détériora rapidement et sombra dans le crime, la misère et la maladie. On y vécut dans des conditions d'insalubrité et de promiscuité extrêmes jusqu'à la reconversion du quartier en zone industrielle, dans les années 1930. *(N.d.T.)*

6

Alice.

Lorsque Catherine avait huit ans, alors que sa mère venait de mourir de la grippe et qu'Alice savait à peine marcher, son père avait perdu la raison. Il ne supportait plus la lumière du jour, ou le contact de ses vêtements sur sa peau, ou le goût de sa salive dans sa bouche lorsqu'il ne se la brûlait pas à l'alcool bon marché. Il avait perdu son travail, puis ses amis.

Un jour, ils s'étaient retrouvés sans un sou. Un autre, sans maison. Leurs meubles, les meubles de sa mère, gisaient en tas dans la rue, dans la neige.

Et puis il était mort, lui aussi. Il avait fallu six ans. Catherine n'était jamais allée à l'école, parce qu'ils n'étaient jamais restés assez longtemps nulle part pour l'inscrire à l'école, et parce qu'il n'y avait personne pour s'occuper du bébé.

Son père était mort de l'alcool, bien sûr. Il s'était saoulé à mort, jusqu'à en mourir, mais Catherine savait secrètement que c'était son cœur brisé qui l'avait tué. Ce sont des choses qui arrivent. Elle le savait et l'avait observé, et ce n'était ni beau, ni romantique, ni même triste. C'était aussi pitoyable, disgracieux et dur que le spectacle de chevaux en train de tirer une carriole dans la boue.

Et un jour, elles s'étaient retrouvées sans personne. Et sans toit. Catherine avait à peine quatorze ans ; Alice, sept.

Elles s'étaient rendues à l'hospice des indigents. Catherine leur avait fait traverser les docks jusqu'au hangar sordide qui dissimulait les plus pauvres aux yeux des moins pauvres. Alice était allée à la petite école, œuvre de bienfaisance dans l'œuvre de bienfaisance, et elle avait appris à lire à Catherine. Catherine quant à elle acceptait toutes les corvées qu'on voulait bien lui confier, laver le linge, récurer les sols à quatre pattes. Elle prenait aussi un peu de couture, et elle devint très douée, pour la première fois elle avait des raisons d'être fière de son travail.

Pendant qu'Alice était à l'école, Catherine allait s'asseoir dans un petit square près du parc, à regarder l'eau étinceler dans la lumière blafarde. Elle restait assise là, simplement à regarder, jusqu'au jour où un homme était venu s'asseoir près d'elle, lui avait touché la main et l'avait emmenée dans sa chambre d'hôtel miteuse. Elle y avait découvert quoi faire de sa vie, ce qu'elle allait devenir et comment sauver Alice.

Elle ne savait pas ce qu'elle faisait. Elle ne savait pas pourquoi il le demandait et pourquoi elle faisait ce qu'on lui demandait. Pour elle, cela ne signifiait rien.

Elle comprit que son corps était sa banque ; c'était tout l'argent dont elle disposait. Tout ce dont elle aurait jamais besoin.

Elle avait travaillé, appris à lire, et la nuit, avant la fermeture des portes, elle parcourait les docks et gagnait de petites sommes de la seule manière possible, se donnant sous des portes cochères, dans de gigantesques caisses vides, ou sur une pile de manteaux dans une arrière-salle de bar.

Parfois Catherine restait dehors toute la nuit, passant d'homme en homme à mesure qu'avançait inexorablement l'heure, et elle rentrait au matin, lorsqu'on déverrouillait la lourde porte à double battant. Elle avait le corps fourbu, comme si elle avait passé la nuit à récurer les sols.

Tandis qu'Alice apprenait les chiffres et les lettres, Catherine éprouvait sa puissance à travers la faim des hommes. Son pouvoir sur eux, sur leurs désirs, le pouvoir de sauver sa sœur. Elle savait désormais qu'elle avait un moyen de mettre Alice à l'abri, de la protéger des rats, de la vermine et de ces petits idiots édentés qu'on avait abandonnés, eux aussi. Au moins Alice et elle avaient-elles été aimées, autrefois, dans un lieu qui ressemblait à un pays vu en rêve.

Dans ces lits étrangers, elle s'imaginait la maison dans laquelle elle vivrait, avec Alice, quand elles auraient l'argent. Elles y seraient parfaitement heureuses, se suffiraient à elles-mêmes. La maison serait toujours propre, et la lumière du soleil inonderait les pièces, même en hiver.

Elle avait seize ans. Lorsqu'elle eut récolté assez d'argent, elles partirent s'installer à Philadelphie. Elles emménagèrent dans une seule pièce, dans un taudis sur le fleuve Schuylkill. Catherine rentrait tard le soir, et dormait dans le même lit qu'Alice. Elle était toujours là le matin pour la réveiller d'un baiser.

Elles n'avaient guère progressé depuis leurs débuts à Baltimore, mais Alice allait dans une vraie école, une œuvre de bienfaisance catholique aux règles strictes et aux fenêtres sales. Alice détestait cela, mais tous les soirs, avant de sortir, Catherine l'aidait à faire ses devoirs, aussi finit-elle par apprendre de petites choses, de-ci, de-là.

Alice portait de vrais vêtements, que Catherine lui confectionnait. Elle avait un manteau chaud pour l'hiver, et Catherine se rendait au marché pour flâner au milieu des rouleaux de tissu, les touchant tous. Elle cousait, et elle découvrit la grande bibliothèque. Elle se rappela sa mère lui disant qu'elle trouverait dans une bibliothèque tout ce qu'elle aurait jamais besoin de savoir, sur l'histoire, les arts et les sciences.

Au début, l'endroit la terrifiait. Lors de ses premières visites, elle se contenta de fixer les rayons, ne sachant ni quoi demander, ni où aller. Elle avait fini par réclamer un livre, un ouvrage sur la couture, qu'elle avait lu, assise aux longues tables, prenant des notes avec un crayon à papier qu'elle avait volé sur l'un des étals, au marché.

Apprendre lui plaisait. Elle aimait l'odeur des livres sur les étagères, les caractères sur les pages, ce sentiment que le monde était un endroit infini mais qu'elle pouvait découvrir. Chaque fait qu'elle enregistrait semblait déboucher sur une nouvelle question, et à chaque question pouvait répondre un nouveau livre. Elle apprit le fichier. Elle n'emmagasinait jamais plus de connaissances que nécessaire.

Elle lut des romans sentimentaux, en s'imaginant que les hommes et les femmes assis aux tables de lecture étaient les personnages de ces intrigues. Des vies heureuses et passionnées – comme tout paraissait simple, pour les autres. Elle lut Jane Austen, Thackeray, Dickens, ces histoires dans lesquelles la vie des pauvres loqueteux devenait merveilleuse, à la fin.

Elle lut des ouvrages sur les capitales du monde entier, les cathédrales et les minarets, les larges avenues, et sur le monde des sciences, toujours mouvant et en expansion.

Lorsqu'elle eut dix-huit ans, elle devint la maîtresse en titre d'un homme marié. Elle était adulte ; Alice n'était encore qu'une enfant. Elles vivaient près de Rittenhouse Square, dans un vrai logement situé dans une vraie rue. Le logement dont Catherine avait rêvé, dans ces hôtels. Elle apprit l'art de contenter un homme sans avoir de relations sexuelles avec lui, assise sur ses genoux, à parler de choses et d'autres, à lui couper son cigare. Elle comprit qu'elle était intelligente. À la bibliothèque, elle s'était instruite de nombreux sujets dont elle savait discuter avec charme et aisance. Les hommes aimaient ce genre de chose. Elle était comme les geishas dont elle avait lu les aventures, comme les courtisanes, les maîtresses des grands. Elle s'habillait avec goût, de robes de soie qu'elle cousait elle-même en s'inspirant de livres de patrons, de robes qu'il lui faisait venir de Paris ou des boutiques chic de Broad Street, enveloppées de ruban gros-grain. Elle distrayait ses amis lorsqu'il organisait des parties de cartes, elle racontait des histoires amusantes, leur servait du vin, riait de leurs plaisanteries grossières.

La simplicité du procédé la stupéfiait. Il venait le dimanche après-midi, lui apportait toujours un petit présent, signe de sa gratitude envers cette jolie jeune fille qui l'autorisait à la toucher, il posait la main sur la poitrine de Catherine. Puis il rentrait retrouver sa femme et ses propres enfants, dans une autre maison qu'elle ne verrait jamais.

Alice n'avait ni patience, ni aptitudes scolaires. C'était une enfant amère, récalcitrante et égoïste, sans qu'il y eût la moindre raison à cela. Catherine avait tout fait pour elle. Elle disposait de beaucoup de temps, aussi passait-elle des heures assise auprès d'Alice, à essayer de lui inculquer ses leçons. Alice n'était que ressenti, un être sans raison ni intellect. Un jour, elle refusa de retourner à l'école. Elle aimait les jolies robes, se promener en public, vêtue des toilettes que le protecteur de Catherine leur offrait, et elle l'aimait, l'oncle Skip, comme elle l'appelait, avec sa carrure et sa face rubiconde. Au bout d'un an, Catherine les surprit ensemble au lit. Alice avait douze ans.

Ce ne fut pas un choc. Catherine ne fut pas surprise que l'oncle Skip, ayant acheté deux femmes, eût voulu profiter des deux, mais sa colère n'en fut pas moins incontrôlable. Elle vola et revendit tout ce qu'elle put dans leur joli appartement, et elles embarquèrent toutes deux à bord d'un train pour la deuxième fois, en direction de New York.

C'était une nouvelle ville, vaste et grouillant de possibles, une toile vierge. Mais l'histoire se répéta. Catherine cousait, se prostituait et passait ses journées à la bibliothèque. Alice avait des allures de petite princesse et aspirait à la liberté. Elle aimait par-dessus tout attirer sur elle les regards des hommes, puis se détourner avec un rire de dédain.

Alice dit à Catherine qu'elle la détestait. Qu'elle avait passé sa vie enfermée dans une prison. Catherine n'en fut pas étonnée. Alice proclama que, dès qu'elle aurait quelque part où aller, elle abandonnerait Catherine sans même se retourner. Catherine n'avait que vingt-deux ans, et le sentiment d'être sur terre depuis cent ans.

Puis Alice disparut. Catherine la retrouva dans Gramercy Park, promenant un petit chien blanc, gamine de quinze ans au bras d'un homme de quarante, alors Catherine baissa les bras. Elle ne pouvait rien faire de plus.

Alice était désormais devenue ce dont Catherine avait voulu la préserver ; elle était devenue Catherine, mais en pire, car Alice n'avait pas de raison. Elle n'était pas contrainte à cette vie ; c'était la vie qu'elle voulait. L'attention vaine d'hommes seuls et stupides. Cela dépassait l'entendement.

Catherine quitta New York pour Chicago, où elle vécut pendant des années sans recevoir la moindre nouvelle d'Alice.

Puis, en 1901, elle s'était mise à lire les journaux, au sujet de l'Exposition universelle qui se préparait à Saint Louis, et elle avait décidé de s'y rendre. Elle savait qu'il y aurait beaucoup d'hommes, sur les chantiers, venus d'Italie et d'Allemagne pour gagner de l'argent, en laissant leur famille au pays. Il ne lui restait plus une once de gentillesse dans le cœur.

Et là, un jour, elle avait vu Alice.

Elle s'était approchée doucement.

« Alice. Petite sœur. »

Alice s'était retournée. Le choc des retrouvailles s'était immédiatement transformé en amertume.

« Qu'est-ce que tu… ?

– La même chose que toi. L'exposition. Les hommes. L'argent. »

Alice avait éclaté de rire.

« Et New York ? Gramercy Park ? Qu'est-ce qui s'est passé ?

– Le chien est mort. William m'a battue. Je suis venue ici. Il y a longtemps, je me rappelle plus quand. À la conquête de l'Ouest.

– Je… »

Alice l'avait giflée, en plein visage. Elle lui avait laissé une zébrure écarlate sur la joue, avant de descendre la rue en courant, riant à gorge déployée.

Catherine ne l'avait plus jamais revue, n'avait plus cherché à la retrouver. Mais à présent le besoin lui en brûlait les entrailles. Elle avait de l'argent. Un endroit où la loger. Elle voulait sauver sa sœur. Ce n'était pas par bonté d'âme. C'était un besoin désespéré et indestructible de donner un ordre au chaos du passé. Alice trouverait peut-être la paix, dans le Wisconsin. La pureté et la blancheur aveuglante de la neige pourraient laver son amertume, sa cruauté et la dureté de son âme.

Wild Cat Chute était un lieu sordide. Un lieu où l'on échouait quand on ne voulait plus vous laisser entrer nulle part. Où proliféraient les rats, les détritus, les maladies et les mourants. Une étape sur le chemin du fleuve, où autrefois transitaient les cargaisons à destination de la ville, et où s'agglutinaient désormais des cabanes de fortune, et des sans-abri qui n'avaient même pas de cabane, des gens qui ne pouvaient même plus dormir entre quatre murs, dans la prison d'une pièce fermée. Des gens qui entendaient des voix. Des gens qui mouraient.

Pourtant, en tournant au coin de la ruelle de terre battue, dans l'obscurité, tout ce que voyait Catherine, c'étaient les enfants. Ils étaient elle. Ils étaient son enfance et son passé, la faim et la peur, le deuil, sans manteau pour empêcher le froid de s'infiltrer dans les os. Ils n'avaient pas de nom. Pas de lueur dans le visage. Personne ne les attendait et ils n'avaient nulle part où aller.

Alice était introuvable.

Certains lui dirent se rappeler une fille qui lui ressemblait, partie avec un loueur de canots. D'autres évoquèrent une pauvresse qu'on avait traînée à l'hôpital, hurlant et donnant des coups de pied, chez les fous peut-être bien, ou dans un hôpital qui vous remettait d'aplomb. Catherine inspecta tous les hôpitaux, sans succès. Passé un certain stade, on n'avait plus de nom. Plus d'histoire, plus de traits distinctifs et plus d'amis, et Alice avait atteint la Chute, le bout de la ligne, la fin de l'espoir et de tout ce qui faisait la singularité d'une personne, en ce monde.

« Où est-elle, Tony ? » le supplia-t-elle. Il était censé le savoir. C'est ce qu'il avait prétendu.

« Les choses changent. Les gens bougent. Ils passent leur temps à bouger, dans le coin, ils dorment dans le lit les uns des autres, ils battent leurs enfants entre eux. Elle est là-bas. Continue à chercher. Fais-toi mal, si c'est ce que tu veux.

– J'y retournerai ce soir. Tous les soirs. Maintenant. »

Il était nu, face à elle, les derniers rayons du soleil rougeoyaient sur ses omoplates tandis qu'il se lavait, ses vêtements raffinés posés sur un fauteuil. Il lança sa serviette par terre et se retourna subitement, exaspéré. « Pourquoi tu t'en soucies ? On perd des choses, Catherine. Ça arrive. Les gens perdent à longueur de temps ce qu'ils aiment.

– Je tiens à elle.

– Tu ne tiens à rien du tout. Tout ce qui compte pour toi, c'est de récupérer quelque chose que tu as perdu. Un parapluie égaré dans l'omnibus. Un médaillon tombé dans la rue. C'est tout. Mais je vais te dire. Elle n'est plus cette chose que tu as perdue. C'est une sorcière, elle n'est plus *rien*. Elle n'a pas de visage, pas de nom, pas d'endroit où vivre. Et cette tentative pitoyable de retrouver ta sœur ne va rien changer. Tu tueras quand même mon père, tu vivras toujours dans son palais avec moi et tout cet argent. »

Ses beaux vêtements. Sa belle chevelure, sa main sur la brosse à cheveux en argent, son beau visage dans le miroir argenté craquelé. Cette manière qu'il avait de tenir à elle et en même temps de s'en moquer éperdument.

« Tu es d'une cruauté sidérante. Alice…

– Était jolie et fraîche, et adorable et pas très maligne, mais rien qu'en s'asseyant sur les genoux d'un homme, rien que ça, elle savait le faire jouir. Même à l'époque, elle n'avait pas un soupçon d'âme. Et elle est en train de mourir, parce qu'elle n'a pas été assez rusée, pas assez prudente et intelligente comme sa grande sœur, et c'est ce qu'elle veut. Tu la dégoûtes. Ton simple nom la met dans une rage folle. Tu crois qu'elle n'est pas là-bas ? Tu as laissé ton nom à tous les ivrognes et elle reste introuvable. Parce que c'est là qu'on va quand on ne veut pas être retrouvé. Jamais. Il n'y a qu'une seule façon d'y entrer, et qu'une seule façon d'en sortir, alors laisse-la en paix. Va-t'en. Retourne dans le Wisconsin. Oublie Alice. Tiens ta promesse. Tu es née pour ça. »

Mais Catherine ne pouvait oublier Alice, et elle finit par la trouver. Elle s'était appuyée contre un mur, dans son manteau de fourrure tout neuf, et elle s'était mise à brailler à pleins poumons. Une petite fille à l'air sévère était venue la prendre par la main pour l'emmener au bout de la rue.

Elle était en train de tailler une pipe à un marin ivre, à minuit, sous un réverbère, et les passants lui jetaient des pièces de rien, sur les pavés. Quand elle eut terminé, elle cracha par terre, sur les chaussures du marin, qui s'éloigna en titubant, sans même refermer son pantalon. En levant les yeux, Alice vit Catherine, puis se pencha lentement pour ramasser la petite monnaie éparpillée dans le noir.

« Je veux pas te voir ici.

– Je suis venue te chercher… pour t'emmener dans un bel endroit.

– Je veux pas en entendre parler. Je veux pas savoir.

– J'ai de l'argent. J'ai de l'argent pour toi. » Elle attrapa son sac à main.

« J'en veux pas. Qu'est-ce que j'en ferais ?

– Je suis venue te chercher. Allons chez… là où tu vis, qu'on puisse parler. » Elle balaya du regard la rangée de taudis, d'appentis où des bougies coulaient dans l'obscurité. « C'est lequel ?

– Celui qui sera vide. Je veux pas de toi ici. » Elle comptait son argent. « Un homme riche, j'imagine.

– Oui. Il est riche.

– Là. » Alice entra dans une cabane vide, à peine quelques planches empilées contre un mur. Catherine se baissa pour la suivre. Alice fouilla dans sa poche, en sortit un cierge à deux pence volé dans une église et l'alluma d'une main tremblante. « Voilà. On est à la maison. »

À la lueur vacillante de la bougie, le visage d'Alice avait retrouvé ses traits enfantins, plus doux, nimbés d'un voile doré. La peau qui se tendait sur ses pommettes lui donnait un air cadavérique. L'air de quelqu'un qui allait mourir. Peu importait de quoi.

Catherine repensa à ces jolies robes qu'elle avait confectionnées, ces robes à smocks, avec dentelle et longs ourlets plissés. Elle repensa aux devoirs, à la calligraphie soignée et ravissante d'Alice, à la sécurité de leur appartement de Philadelphie. Elle se remémora le chien minuscule, à Gramercy Park. Tout cela, perdu. Tant de choses disparues en ce monde. Tellement de deuils.

« Je ferai venir des médecins. Je te ramènerai à la maison et…

– Oh ! À la maison. Je parie que tu as plein d'argent dans ce sac.

– Je t'en donnerai. Je te donnerai tout ce que tu voudras, pourvu que tu m'accompagnes. »

Alice s'appuya contre le mur de la cabane pour se rouler une cigarette. Ses mains tremblaient de froid. Elle l'alluma et leva les yeux vers Catherine.

« Tu sais, je me sens si paresseuse. Je travaille dur, tout le temps, et je suis pas fatiguée, j'arrive pas à dormir la nuit, mais je me sens paresseuse. On pourrait me faire n'importe quoi, je serais trop paresseuse pour m'en soucier. Mais je peux pas venir avec toi. Je sais pas où c'est, mais en tout cas c'est trop loin.

– Je t'y emmènerai en train. »

Le visage d'Alice se durcit de nouveau. L'espoir de Catherine n'avait été qu'une étincelle, vite étouffée. La cigarette rougeoyait dans le noir.

« Catherine. Essaie de te mettre ça dans le crâne. Je t'ai jamais aimée. Je te l'ai dit, une fois. Je te le répète maintenant. Jamais.

– Je…

– Tu pourrais m'emmener jusqu'à Paris, ou dans une station thermale au bout du monde pour que j'aille mieux, je resterais mauvaise.

– Je n'ai pas cessé de t'aimer, pas une seconde.

– Comme une petite poupée, oui.

– Tu étais tout ce que j'avais au monde. Tout ce que j'aimais. Je voulais que pour toi la vie soit différente. Plus douce. »

Le cierge cracha puis s'éteignit. Elles restèrent assises dans l'obscurité, percée seulement par la pointe rougeoyante de la cigarette d'Alice. Catherine avait envie de s'approcher, pourtant elle s'en abstint. « Il n'y a rien que je puisse faire pour toi ? »

Alice hésita, puis saisit la main de Catherine, en caressa la peau soyeuse de ses doigts rêches et crasseux.

« Sœurette, reste là. Pardon. Je suis mauvaise, et malade, et parfois je dis des choses. Mais reste là, près de moi. Je suis jamais seule, pourtant je me sens toujours tellement seule. Tellement loin de tout le monde. Personne pour me prendre dans ses bras.

Personne pour me toucher, pour dire mon nom. Reste avec moi jusqu'à ce que je m'endorme. C'est tout ce dont j'ai besoin, c'est tout ce que tu auras à faire. Je t'en prie.

– Je peux t'emmener quelque part ? Hors d'ici ? Dans un hôtel ? Un bain chaud, des draps propres ?

– Tu sais, c'est drôle. Même si j'étais en bonne santé, toute propre, avec un petit chapeau et une belle robe de soie, je partirais jamais d'ici. Toute ma vie est là. J'ai enfin trouvé un endroit qui me ressemble. »

Catherine se leva, retira son beau manteau de fourrure et le posa délicatement sur le corps de sa sœur.

« C'est gentil, dit Alice. Tu as toujours pris soin de moi.

– J'ai essayé.

– Pourquoi tu étais si bonne pour moi ? Je le méritais pas.

– Tu étais tout ce que j'avais au monde. J'ai essayé de t'épargner un peu de malheur.

– On peut sauver personne. Tu l'as compris maintenant. »

Alice ferma les yeux, et lissa la fourrure du manteau de sa sœur.

« Je me rappelle les bateaux. Sur le fleuve, à Philadelphie. Ces hommes magnifiques qui ramaient, comme des araignées glissant sur les flots, et le soleil qui chauffait les épaules brunes. Ils allaient si vite, une seconde après ils avaient disparu. Tu crois que j'ai oublié, et j'ai essayé, mais je m'en souviens. Ces belles robes que tu me faisais, elles devaient être magnifiques, tout ce que tu faisais était beau. Et ces petites chaussures, et le tire-bouton. Ils sont où, aujourd'hui ? Qu'est-ce qu'ils sont devenus, ces objets ? Tu étais bonne avec moi. Si bonne et si gentille.

– Je n'ai été ni bonne ni gentille. Quelle drôle de paire on fait.

– Quand je ferme les yeux, quand j'ai les idées assez claires, je me dis que tu as fait de ton mieux, que je te détestais et que j'étais odieuse. Tu es la seule bonne chose qui me soit arrivée, et je te reverrai peut-être jamais, alors je te dis merci. J'ai jamais dit merci à personne, pour quoi que ce soit, mais je te le dis maintenant.

– Je t'en prie.

– Comme si ça pouvait suffire. Tu devrais t'en aller, maintenant. Il est tard. Ça peut mal tourner, ici. Retourne dans ton bel hôtel, auprès de ton homme riche. Tu as essayé de me sauver et tu as pas réussi. C'était pas ta faute. »

Elles restèrent ainsi jusqu'à ce que la cigarette se fût éteinte et Alice endormie, ses pièces de monnaie dans son poing serré. Dans le noir, des rats se mirent à ramper autour d'elles, le froid s'insinua entre les planches et la neige redoubla d'intensité. Catherine contemplait le profil fin de sa sœur en se disant que son cœur allait se briser.

C'est à ce moment-là qu'elle l'aperçut. Elle vit une ombre descendre, un ange, c'est le seul nom qui lui vint, la grâce rendue visible, comme une brume, comme un brouillard. Avec ses ailes d'or, sa peau et sa chevelure blanches, l'ange descendit en flottant, comme sorti d'un livre d'images, un de ces livres de contes de la bibliothèque, créature de lumière et d'air glissant du ciel avec la discrétion et l'évanescence d'un souffle. Elle reconnut cet ange, cette réponse à sa prière qui venait à elle et à sa sœur, et les planches s'écarteraient pour que l'ange pût emmener Alice dans ses bras, la promener tout autour du monde, jusqu'à Londres, et Rome, et les montagnes d'Amérique du Sud, dans la matrice bleue et tourbillonnante, brillante et gracieuse, et il déposerait doucement Alice dans un lit blanc et propre aux draps immaculés, elle serait bien portante, et en sécurité. L'ange s'approcha. Catherine percevait le battement soyeux des ailes, rien d'autre dans le silence que ce battement lent. Elle voyait les pieds blancs de l'ange, purs et transparents, elle sentait son souffle tiède sur sa joue gelée.

Puis Catherine vit l'ange s'élever dans le ciel nocturne, les bras vides. Alice gisait là, aussi inerte qu'une poupée de chiffon abandonnée, et son âme n'était pas rachetée. Catherine sut qu'il était trop tard ; l'espoir avait fui. Sa sœur ne pouvait être sauvée.

Et elle sut qu'elle ne pourrait tuer Ralph Truitt. Qu'elle ne pourrait plus faire de mal à une créature vivante. Plus maintenant.

L'ange avait disparu, le frôlement de ses ailes avait cédé la place au vent glacial remontant le fleuve sale et gelé, pour s'insinuer dans Wild Cat Chute, où Alice Land gisait sur le sol, mourante.

La neige tombait de plus en plus dru. Le froid traversait la peau de Catherine et s'infiltrait dans ses os. Elle frissonnait. Elle ouvrit la main de sa sœur et y glissa tout l'argent qu'elle avait, dollar après dollar, des billets chiffonnés, de l'argent de putain, de l'argent sale, autour duquel elle referma la main de sa sœur. Elle l'embrassa sur le front, moite de la sueur de la maladie, de la débauche et du désespoir. Elle écarta une mèche de cheveux de ses yeux. Elle regarda la neige tomber à travers le toit ouvert, sur son beau manteau de fourrure noir tout neuf, qui recouvrait le corps de sa sœur endormie. Elle savait que l'argent et le manteau auraient tous deux disparu avant même le réveil de la petite.

Voilà les vies qu'elles s'étaient faites, Alice et elle. Ces choses-là arrivaient.

7

Lorsqu'il fut clair pour elle qu'Alice était perdue pour toujours, que si elle avait été jadis à sa portée, elle avait désormais basculé vers le désespoir et la mort, Catherine resta couchée à l'hôtel et pleura pendant deux jours entiers. Elle était dévastée de chagrin. Elle portait ses robes austères et toutes simples du Wisconsin. Les femmes de chambre lui montaient du bouillon et s'inquiétaient de son état, lui demandaient si elle était malade, changeaient ses draps, lui faisaient couler un bain chaud dans l'après-midi, regonflaient ses oreillers. Elles nourrissaient l'oiseau.

Alice avait été son enfant, sa chérie. Catherine avait vécu une partie de sa vie dans l'espoir que les choses seraient différentes pour elle, qu'elle trouverait un homme bon et qu'ils auraient une petite maison, rien de bien grandiose, mais une vie normale, et qu'Alice serait travailleuse et maternelle. Elle s'était faite à l'idée de ne plus la revoir ; à l'idée que leurs vies seraient irrémédiablement séparées ; mais jamais elle n'avait imaginé une fin pareille.

Elle alla à l'église. Elle ne savait pas prier, aussi demanda-t-elle à l'un des prêtres de l'aider. Elle s'agenouilla, le visage blafard, et elle implora le pardon, une raison de continuer, et rien ne vint. Dieu, comme toujours, demeura silencieux. Elle ne vit pas descendre les anges, pas plus qu'un Enfant Jésus à chevelure d'or, elle n'entendit pas de voix réconfortantes et aucun miracle ne vint la rappeler à la vie. Elle était morte, comme Alice le serait bientôt.

Le prêtre la bénit, lui pardonna ses péchés, et lui fit le signe de croix sur le front. Elle eut honte de lui avouer qu'elle ne comprenait pas ce qu'il faisait, que cet acte n'avait pour elle aucun sens.

Parfois, elle ne fermait pas l'œil pendant des jours. Parfois, elle faisait le tour du cadran. Elle ne savait jamais, en allant se coucher, s'il ferait jour ou nuit quand elle rouvrirait les yeux.

S'il faisait nuit, elle allait rejoindre Antonio. S'il faisait jour, elle restait assise dans sa chambre au milieu du ballet des femmes de chambre, à lire les recueils de poésie que lui avait donnés son mari, un long poème d'amour à chaque élément de cette planète, et à rêver du jardin qu'elle composerait lorsque viendrait le printemps.

Elle écrivit à Truitt pour lui annoncer qu'elle rentrait, en se montrant volontairement évasive quant à la venue ou non d'Antonio. Elle lui dit qu'elle espérait que son fils l'accompagnerait, qu'il paraissait plus sensible à ses arguments. Elle s'excusa de s'être absentée si longtemps. Elle espérait qu'il se portait bien, demandait des nouvelles de Mme Larsen. Elle raconta n'avoir rien mangé à Saint Louis qui approchât de près ou de loin les délices de Mme Larsen, ce qui était au moins en partie vrai. Il lui semblait que sa vie, son ancienne vie, disparaissait en flammes sous ses yeux. Puis elle demandait à Truitt de faire envoyer le wagon.

Lorsque le wagon se trouva à la gare à l'attendre, elle se rendit une dernière fois à pied chez Tony Moretti, entre chien et loup. Le fond de l'air était moins mordant, le frisson moins vif. L'hiver était rompu.

Elle frappa à la porte de Tony, et s'aperçut qu'elle tremblait. Elle reconnut les trépidations d'une ancienne colère familière. Où était le miracle ? Pourquoi se trouvait-elle toujours sur la corde raide, prise entre le commencement et le dénouement ?

Il l'accueillit fin prêt pour sa soirée, lisse et brillant, avec des allures de tigre. Il la haïssait. Il avait pitié d'elle. Il avait besoin d'elle. Il fut frappé par le calme qu'elle dégageait, par la simplicité de sa beauté, qu'il n'avait jamais remarquée auparavant. Mais elle avait l'air habitée, animée d'un sentiment nouveau.

« Je suis venue t'annoncer quelque chose. Te demander quelque chose.

– Tu ferais mieux d'entrer. Au moins. »

C'était d'une simplicité enfantine, pourtant elle ne savait pas comment le lui dire. Il était ce qui dans toute sa vie avait le plus ressemblé à un bien-aimé, et elle ressentait pour lui une affection ancienne. Elle aperçut l'armoire ouverte, ses toilettes raffinées et inutiles, les chapeaux et les sacs, les robes extravagantes, et il lui semblait qu'elle les avait portés des siècles auparavant. Dans une autre vie, aujourd'hui perdue. Ces frusques n'étaient que de tristes pense-bêtes, comme les assiettes sales d'un dîner qu'elle aurait dégusté.

« Libère-moi de ma promesse. Je ne peux pas le faire. Je ne le ferai pas.

– Tu ne feras pas quoi ? » Il reposait sur un fauteuil à dossier incurvé, de toute la longueur de son grand corps svelte, si musclé et si beau, avec ses élégantes chaussures bien cirées.

« Je ne tuerai pas Truitt. »

Il sourit. « Si, tu le tueras. Écoute-moi, Catherine. Tu comptes beaucoup pour moi, mais pas autant que tu le penses. À une époque, tu étais tout à mes yeux, la lune et les étoiles. Tu t'en souviens ? On rentrait à l'aube, on se réveillait dans l'après-midi, et on faisait l'amour jusqu'au coucher du soleil. Mon corps, ton corps, baignés par le clair de lune et la lueur des lanternes chinoises. Tu m'as trouvé dans un bar, je n'étais qu'un petit dur, et tu m'as donné l'impression d'être gracieux, doux, tu m'as rendu fou d'amour. On pourrait retrouver tout ça. Le garder pour toujours. Et c'est ce qu'on fera. Une fois sortis de cette ville sordide, loin de ces gens froids et mal embouchés. Notre vie ne sera que musique, luxe et délices infinies. Tu m'as fait une promesse. Pour nous. Je ne t'en libérerai pas.

– Je ne peux pas. C'est un homme bon, Tony.

– Alors tu l'aimes, maintenant ?

– Non. Je ne sais pas si j'aime qui que ce soit, mais si c'est le cas, c'est toi que j'aime. Comme si je t'avais toujours aimé.

– Alors pourquoi ?

– Il s'est engagé dans cette histoire avec un cœur intègre, et il ne mérite pas ça. Rentre à la maison. Il se montrera généreux envers toi. Il l'est envers moi.

– Je m'en moque. Cette maison et tout son argent sont sans valeur pour moi, tant qu'il est en vie. Et je ne vais pas attendre qu'il meure de manière naturelle. Je ne vais pas patienter sagement, pendant que tu couches dans son lit. Il a tué ma mère. On ne peut pas se serrer la main et pardonner. On ne peut pas oublier.

– Nous avons vécu la vie que nous avions choisie. Tu as perdu. J'ai perdu. Ce souvenir dont tu parles. L'état de grâce n'a pas duré longtemps. Nous nous sommes mal comportés. L'un envers l'autre. En public. C'est terminé. Nous sommes finis. Il faut que ça s'arrête.

– Et ça s'arrêtera. À la seconde où Truitt mourra. Dès que tu m'enverras un mot m'annonçant sa mort, toute cette vie ne sera plus que de l'histoire ancienne. Je serai doux comme un agneau. Nous aurons tout.

– J'ai tout. J'ai plus que je ne mérite. »

Il bondit de son cabriolet. Il saisit Catherine par les poignets et planta dans ses yeux un regard rempli d'une rage et d'une détermination de fer.

« Je m'en fiche complètement, de ce que tu as. Tu débarques ici avec ton air contrit, torturée par le remords, complètement retournée comme un débile qui aurait vu le visage du Christ dans une patate, et tu espères pouvoir rentrer gentiment dans le Wisconsin, redevenir une bonne petite femme dans une ville qui porte le nom du père de mon père, comme si rien de tout ça ne s'était produit. Tu penses avoir acheté ta liberté. Tant que je vivrai, tu ne seras pas libre, et tu feras ce que tu as promis. Tu feras ce que je te dirai de faire. Tu sais pourquoi ? »

Elle ne le savait que trop bien, mais elle ne pouvait supporter de l'entendre. Elle tordit les poignets et se dégagea de l'emprise des belles mains de Moretti. Elle traversa la pièce pour aller bêtement toucher le tissu de ses robes, l'étoffe d'une ancienne vie, comme s'il s'agissait d'une exposition au Pavillon japonais. Elle n'avait pas la force de croiser son regard.

« Parce que si tu t'y refuses, si tu ne le tues pas, je lui écrirai une lettre. C'est aussi simple que ça. Une lettre. Tu crois vraiment qu'il aura envie d'entendre ton histoire ? Tu crois qu'il voudra apprendre que sa femme baise avec son fils ? Que sa femme n'est rien d'autre qu'une putain qui ne sait faire que ça, encore et encore, depuis ses quinze ans ? Je voudrais bien voir sa bonté et sa gentillesse, à ce moment-là.

– Je ne pourrai pas le supporter. J'en mourrai.

– Tu n'en es pas encore morte. Et tu ne vas pas en mourir maintenant. On ne meurt pas de honte.

– Je vais rester ici, avec toi. Je n'y retournerai jamais.

– Pour vivre dans cette fange ? Cette vie infecte ? Je ne voudrais pas de toi. Pas maintenant. Jamais. Non, Catherine. Tu vas retourner là-bas, et tu seras le contraire de ce que tu es, tu joueras les vierges, si c'est ce qu'il veut, les duchesses, les pieuses, et tu verseras le poison dans sa nourriture, comme tu as dit que tu le ferais, et alors il mourra. Je peux attendre. J'ai passé toute ma vie à ça. Sinon, je te mépriserai, tu perdras tout et tu te retrouveras dans le caniveau. »

Elle s'agenouilla par terre, entraînant avec elle une des robes accrochées dans l'armoire. « Je t'en conjure.

– Remonte dans ton wagon pour riches, et rentre auprès de ton riche mari pour te débarrasser de lui. Mort. C'est le seul intérêt qu'il aura à mes yeux.

– Je t'en supplie.

– On ne peut rompre certaines promesses. C'est allé trop loin. Nous sommes trop près du but, dans l'eau jusqu'au cou. Relève-toi et sors d'ici. Je ne veux plus entendre parler de toi jusqu'à ce que tu m'annonces sa mort.

– Je…

– Plus un mot, Catherine. Tu n'as pas mérité le droit de supplier. Pas de liberté, pour toi. Nulle part où aller. Tu détruis tout ce que tu touches. Je m'en vais. Je ne veux pas te trouver ici quand je rentrerai. Je ne veux pas te voir où que ce soit dans Saint Louis. »

Elle se releva. Il disait vrai, bien sûr. Aucune issue possible.

Avant de sortir, il se retourna une dernière fois. Sa voix était presque douce, à nouveau. « C'est vrai. Je t'ai aimée. Je pourrais t'aimer encore. Nous savions tous les deux dans quoi nous mettions les pieds. C'est par amour que nous l'avons fait. Tu le savais depuis le début. »

Quand il fut sorti, elle déambula dans l'appartement. Son esprit ressassait de vieilles pensées qui l'accablaient. Des images de cadavre empoisonné au fond de la baignoire. De l'arsenic, du laudanum, de l'acide muriatique. Une corde soyeuse pendant d'une large poutre. Et la longue chute, comme un oiseau noir, depuis la fenêtre de sa chambre si calme du Planter's Hotel. Il faudrait qu'elle libère le canari. Elle voyait sa mort sous les roues d'un wagon de train, par balle, ou seringue, ou rasoir.

Puis elle entr'aperçut sa survie. Le cours des choses, inchangé. Elle se vit tenir bon, comme elle l'avait toujours fait, sans grande joie, contre sa volonté et ses instincts, sans en avoir vraiment le cran. Car il avait bien fallu tenir, sans soulagement, sans libération, sans une main posée sur son cœur. Sans douceur et sans réconfort. Avancer, coûte que coûte.

Contrainte à une telle pauvreté, piégée dans un tel désespoir, elle n'avait plus qu'une seule certitude. Celle de pouvoir survivre.

III

Wisconsin, fin de l'hiver,
début du printemps 1908.

1

Lorsqu'il se couchait, il aimait avoir un verre d'eau pure et fraîche près de son lit. Un grand verre, à bord droit, gravé de végétaux entrelacés, que Mme Larsen lavait chaque matin et remplissait chaque soir au robinet d'eau froide pour le replacer sur la table de nuit. C'était un bel objet, venu d'Italie, et Ralph aimait la manière dont la lumière jouait à travers l'eau et le verre ciselé. Quand il était seul, pendant les vingt années où il avait vécu en ermite, toutes ces nuits solitaires entre ses draps immaculés, parfois il basculait les jambes par-dessus le bord du lit, posait les pieds bien à plat au sol, et avalait une gorgée d'eau fraîche et pure. Il s'asseyait bien droit de peur de s'étouffer, abandonné dans cette grande et vieille maison, sans personne pour l'entendre.

Ses draps étaient changés deux fois par semaine, et il lui arrivait de contempler avec tristesse l'autre côté du lit, et l'oreiller sur lequel ne reposait plus aucune tête. Il était embarrassé de voir Mme Larsen changer deux fois par semaine des draps qui servaient si peu. C'était l'un des aspects de sa vie par lesquels sa solitude se manifestait au monde, et il en avait honte.

Ce verre d'eau le rassurait, aussi s'accrochait-il avec ténacité à cette habitude. L'eau en elle-même ne signifiait rien. Il avait rarement soif. C'est le rituel qui comptait, une manière de clore la journée, ce voile humide sur ses lèvres sèches, comme un baiser doux.

Il sentait l'odeur de ses chemises blanches propres dans l'armoire, la lessive, l'amidon et le produit blanchissant. Il apercevait ses vêtements du jour, soigneusement pliés sur une chaise à attendre Mme Larsen, qui dès le lendemain matin les nettoierait et les repasserait. Tout ce qu'il possédait était dans un état de propreté permanente. Dans la nuit immobile il sentait le labeur de l'industrieuse Mme Larsen, le savon, l'encaustique des meubles et des sols, et il lui était reconnaissant de s'occuper si bien de lui. C'était réconfortant. Certes, il la payait, et prenait bien soin d'elle et de M. Larsen, mais ce n'en était pas moins une bonté de sa part. Il payait bon nombre de gens, parmi lesquels pas un ne ressentait le besoin de se montrer plus que cordial.

Il ne l'avait jamais appelée par son prénom, qu'il avait dû connaître jadis, avant de l'oublier. Quand il l'avait rencontrée, Mme Larsen n'était qu'une jeune fille, Jane, Jeanette, un nom de ce genre, pas de mari, pas jolie. Elle avait traversé les années en se consacrant à lui, en apprenant ses manies et en lui faisant une vie confortable. Ralph avait le sentiment qu'elle n'avait jamais aimé Emilia. Elle n'avait manifesté aucun chagrin, à son départ.

Il songeait aux innombrables repas qu'elle lui avait concoctés et servis. Il repensait aux chemises et aux pantalons, aux chaussures cirées et aux accrocs reprisés, à la boue de ses bottes qu'il avait fallu gratter, et il aimait Mme Larsen pour sa bonté. Elle était la seule à veiller à son confort matériel et, en l'absence de passion dans sa vie, ce confort signifiait tout pour Ralph. Elle avait été témoin de sa tristesse insondable, de l'odieuse trahison, et elle le traitait aujourd'hui comme si ce passé n'avait jamais existé ; pourtant son cœur n'avait cessé de le soutenir. Elle connaissait son atroce solitude, et n'y prêtait pas attention. Chaque soir, elle cuisinait pour quatre ou six, car la vue de la nourriture plaisait à Ralph, puis elle et Larsen dînaient plus tard, quand il avait terminé son propre repas et s'était retiré dans son bureau. Il leur avait proposé de dîner à sa table, mais ils avaient toujours refusé. Cela n'aurait pas été correct. Ils ne se seraient pas sentis à l'aise.

Il avait eu tellement de projets. Il avait rêvé d'être poète. Amateur et collectionneur d'art, mécène encourageant de jeunes artistes qui se seraient réunis autour de lui. Il avait voulu mener sa vie dans une véritable orgie de sensations, selon les règles de la sensualité et de la séduction. Il avait voulu devenir père, avoir des enfants qui auraient hérité de sa passion pour l'art et la chair. Au lieu dc quoi, il avait perdu les passions les plus profondes de son cœur ; il avait compris en se réveillant un matin que ces passions s'étaient éteintes, qu'on les lui avait amputées comme on l'aurait fait d'un bras, tranchées net par la mort de sa petite fille et par les infidélités de sa femme, et par cette rage implacable à l'égard de son fils bâtard. Il avait remplacé ses affections et ses obsessions par des chemises propres et des draps à peine salis, par des bottes cirées et du potage. Le monde du corps et de ses plaisirs s'était refermé, comme une croûte sur une blessure.

Catherine Land descendit de ce train en provenance de Saint Louis, plus douce, avec plus de chaleur dans les traits du visage et cette beauté inattendue, et alors la plaie se rouvrit, et la douleur envahit de nouveau Ralph. Antonio ne l'accompagnait pas, et aucun d'eux ne prononça un mot à son sujet.

Debout là au milieu de la gare, il sentit que quelque chose en lui se briserait s'il ne la touchait pas. Il tendit simplement la main pour caresser timidement le col en fourrure de son manteau. Rien de plus. C'était suffisant. Il était éperdu de douleur et de désir, aussi exalté qu'il l'avait été dans les premiers temps, avec Emilia. Catherine était tout. Ce n'était pas une femme ; c'était tout un monde. Elle avait le pouvoir de le blesser, de lui mentir, et pourtant il aurait tout fait pour l'entendre prononcer un seul mot de tendresse, pour sentir sa chair contre la sienne sans en être humilié. Il comptait fermement tenter sa chance. Simplement parce qu'elle était descendue de ce train avec un petit oiseau écarlate dans une cage, et qu'elle rentrait auprès de lui, chez eux, avec cette vie virevoltante. Il attendait enfin quelqu'un dont il connaissait le nom. Les gens la voyaient rentrer, les habitants de sa ville la voyaient rentrer chez lui. Elle lui sourit, et il sut alors qu'il mourrait pour elle.

Il avait la peau aussi douce qu'un chamois propre. Il était fort, il était élancé. Mais il n'était pas jeune. Pendant si longtemps, son cœur ne s'était ouvert qu'à l'amertume et au regret, mais à présent sa passion sexuelle, enterrée si profond, faisait de nouveau rage en lui.

Elle avait l'air austère, presque accablée. L'oiseau gazouillait doucement. Elle embrassa Ralph sur la joue d'un air grave, c'était aussi simple que cela. Elle était rentrée.

Sur le chemin du retour, la neige recouvrait toujours les alentours, et ils restèrent silencieux. Le cœur de Ralph tambourinait dans sa poitrine. Il la désirait. Il voulait des nouvelles de son fils, pourtant il ne parvenait ni à parler, ni à faire le moindre geste. Il aurait voulu dire quelque chose, lui faire remarquer combien cette arrivée-ci était différente de la première, si spectaculaire, alors qu'aujourd'hui tout était calme et paisible. Il aurait souhaité se montrer affectueux et intime, mais il était incapable de formuler une phrase. Le regard droit devant lui, il palpa la pâle cicatrice sur son front.

Une fois arrivés, ils s'assirent au coin du feu, l'un en face de l'autre. La coiffure et le visage de Catherine s'étaient adoucis. Avant même qu'elle ouvrît la bouche, il sut ce qu'elle allait lui annoncer, car Antonio n'était pas venu, et il lisait dans les yeux de sa femme qu'elle le regrettait.

« Ce n'est pas votre fils. Il jure qu'il n'est pas votre fils.

– Et vous, qu'en pensez-vous ?

– J'en dis que ce qu'il affirme est tout ce que nous avons, pour l'instant. Il n'y a rien de plus. Il dit s'appeler Moretti. Que ses parents tiennent un restaurant, à Philadelphie. Qu'il ne vous a jamais vu et n'a jamais entendu parler de vous, qu'il n'a jamais mis les pieds ni dans le Wisconsin, ni à Chicago. Malloy et Fisk affirment que ce n'est pas un homme bien, qu'il n'a ni scrupules ni morale, ni la moindre décence. Je... Il ne restait plus grand-chose à faire. J'ai essayé.

– De quoi a-t-il l'air ? »

Elle dut se montrer prudente. « Il a l'air italien. Exotique. Il est raffiné, comme un aristocrate, en quelque sorte.

– De quoi vit-il ?

– Il joue du piano dans... dans un music-hall, un lieu peu reluisant. Je n'y suis jamais allée. Il aime cette vie. Je lui ai rendu visite, là où il vit, pour lui dire qu'il aurait tout ce qu'il demanderait, s'il acceptait de venir. Il s'est contenté de répondre que ce n'était pas chez lui, qu'il ne savait pas de quoi je parlais. Son appartement ressemble à un chapiteau de cirque. Il s'habille comme un élégant. Comme un dandy.

– Et sa voix ? À quoi ressemble-t-elle ?

– Malloy et Fisk disent qu'il n'est qu'un bon à rien, un bel objet. Ils l'ont suivi pendant des mois. Ils disent que la trouvaille n'en vaut pas la peine.

– Et vous ? Qu'en pensez-vous ?

– Je pense qu'il est le fils de votre femme et de Moretti. Je ne sais pas. Il est ce que vous voudrez qu'il soit. Je pense qu'il ment. Je pense qu'il ne parvient pas à vous pardonner et qu'il ne rentrera pas. Ni maintenant, ni jamais. Je pense que c'est une cause perdue. J'aurais voulu...

– Vous auriez voulu quoi, Catherine ?

– J'aurais voulu faire plus. J'ai essayé. Je suis allée le trouver. J'ai vu passer une lueur dans son regard, la première fois qu'il a entendu prononcer votre nom, un signe qui l'a trahi. En tout cas c'est ce qu'il m'a semblé. Et j'ai su qu'il mentait, alors j'y suis retournée et je lui ai offert de l'argent. J'ai passé des heures à lui parler de vos regrets, je lui ai dit combien vous étiez désolé. Que vous ne vous étiez jamais pardonné votre comportement à son égard. Il s'en moque. Il m'a rendu ma bague. Votre bague. Il me l'a demandée et je la lui ai volontiers donnée, sur-le-champ, mais il a ri et me l'a rendue. Il ne veut pas se laisser convaincre. Même si…

– Même si quoi ?

– Même s'il est votre fils.

– Et vous dites qu'il l'est.

– Moi oui. Lui s'en défend.

– Andy.

– Il se fait appeler Tony.

– Il vous a demandé votre bague ?

– Je la lui ai donnée. Il me taquinait. »

Elle lisait la torture sur le visage de Ralph. Ce qu'il voulait, c'était l'objet même de sa frayeur la plus intime et la douleur était insupportable, pire que la blessure à son front, lorsqu'elle avait dû le recoudre. Elle espérait qu'il croyait ce qu'elle racontait. Elle comptait sur sa crédulité.

« Nous allons emménager dans la grande maison. Dès la semaine prochaine. Je laisserai celle-ci à Larsen et à sa femme.

– Rien ne nous y oblige. Il n'y a aucune raison. Plus maintenant.

– Elle est prête pour lui depuis des années. Malloy m'écrit qu'il est âpre au gain, qu'il n'a jamais d'argent devant lui. Il viendra quand tout le reste aura échoué. Nous emménagerons là-bas et nous attendrons. »

Elle songea à son jardin, et au bonheur qu'il allait lui donner. Elle repensa aux vestibules si hauts de plafond et aux lustres de cristal, et à tous ces portraits d'inconnus. Elle se vit, avec ses jupes balayant le marbre, déambulant dans les longues galeries à balustrade, et elle sut que c'était ce qu'elle désirait, qu'il le faisait pour elle, après la faillite de son propre espoir.

« J'ai été heureuse ici, depuis mon arrivée. Nous pourrions continuer ainsi.

– Je veux un enfant. Je ne mourrai pas sans avoir eu un enfant. Si vous le voulez vous aussi. Si Dieu le permet et que vous avez la bonté d'accepter, j'en serais reconnaissant.

– Bien sûr.

– Cette maison est faite pour les enfants. Un véritable palais plein d'aventures et d'escaliers secrets, et… J'étais moi-même un enfant, lorsque je l'ai fait construire, un enfant gâté, entêté et stupide. Nous allons continuer, comme vous dites. »

Le dîner se déroula en silence, Mme Larsen apportant et remportant les plats. Ils mangèrent peu. Même après ce long voyage en train, Catherine respectait le chagrin de Truitt, et son propre appétit lui semblait peu de chose. Comment ne pas ressentir d'élan vers lui, sachant ce qu'elle savait, aguerrie comme elle l'était ?

Il ne maîtrisait pas les mécanismes pour exprimer sa peine. En vingt ans, il n'avait pas ressenti une seule joie qui fût sans mélange, et à présent voilà qu'il était frappé d'un véritable chagrin, sans explication ni protection, qui le rendait muet. Son fils perdu. Le rêve de sa vie, sauver quelque chose dans ce marasme terrifiant, son propre comportement odieux, et même ce rêve s'était envolé.

Et elle, devant sa tasse de café qui refroidissait, elle ne pouvait s'empêcher d'en parler, tant sa compassion était grande.

« Nous l'avons vu. Dans un restaurant. Nous l'avons entendu jouer.

– Et comment joue-t-il ?

– C'était charmant. Triste. Mais je suis mauvais juge.

– Vous jouez merveilleusement.

– Je suis mauvais juge. »

J'ai tout perdu, voilà ce qu'il avait envie de dire. Je me suis renié, je me suis torturé, j'ai fait tout ce que l'on attendait de moi, et tout cela pour rien. Mes chemises sont propres. Mon comportement est sans reproche. Et rien n'a de sens. Il se sentait piégé dans les recoins les plus vulnérables de son cœur et il contemplait le visage de Catherine. Il sentit les débuts d'une tendresse envers elle, car elle était rentrée et il était heureux de la revoir, tel un oiseau chantant dans sa cage. À cela s'ajoutaient l'émotion, les souvenirs angoissés des cruautés qu'il avait fait subir à son garçon, qui reniait aujourd'hui son existence. C'était trop lourd à porter. Il fut frappé de mutisme.

Le café était froid. Ils avaient terminé de dîner, il était tard. Alors qu'ils gravissaient l'escalier, il lui demanda d'une voix douce si elle préférait dormir dans sa propre chambre.

« Mais pourquoi donc ?

– Le voyage a dû vous fatiguer.

– Vous êtes mon mari. »

Son verre d'eau fraîche l'attendait près du lit, cadeau de bonne nuit de Mme Larsen tandis qu'ils s'attardaient tristement autour de leur café froid. Il se rendit à la salle de bains, pour laisser à Catherine le temps de se préparer, et s'agenouilla au sol, le front appuyé contre la céramique froide de la chaise percée, jusqu'à ce que sa fièvre fût apaisée. Il revint dans la chambre, se déshabilla et plia avec soin ses vêtements à l'intention de Mme Larsen, puis il retourna le drap. Il fut stupéfait, excité et touché de constater que pour la première fois elle était nue dans son lit, prête à l'accueillir, qu'elle l'attendait nue, sachant son besoin.

Il lui fit l'amour avec une férocité qui le surprit lui-même, au point que des gouttes de sueur lui coulaient sur le dos et le torse, sa bouche collée à celle de Catherine, ses mains posées sur la courbe douce de sa cuisse, le frisson de son propre poids en appui sur les bras, ses mains partout. Lui faire l'amour était comme se baigner dans une eau tiède. Elle déferlait sur lui. Elle se montrait docile et coopérative, ne prenant pas d'initiatives mais sachant les encourager, et il fut heureux de pouvoir la satisfaire tout en se contentant lui-même. Il sentait l'action, la passion et la chair de son propre corps, sa sueur, la manière dont il jouait avec les désirs d'une femme, tout cela au-delà du langage – au point qu'il n'était plus à la fin que pur mouvement, pur désir, qu'il oblitérait son corps, cette affaire et son terrible calvaire, et jusqu'au visage et au corps de Catherine. Le corps de Ralph, son besoin et son chagrin muet étaient devenus tout ce qui existait dans ce vaste monde. Il entendit le doux gémissement de plaisir de sa femme et l'espace d'un instant, d'un instant seulement, il se sentit en paix, respirant par longs soupirs paisibles, les mains immobiles, ses colères oubliées et ses passions dissipées. Il la prit dans ses bras, se laissant cette fois reposer de tout son poids sur elle. Il écarta doucement les mèches folles de son front.

« Merci », dit-il. Elle détourna la tête en silence et alors il sut qu'il avait eu tort. C'était là le genre de choses qu'il avait dites, dans une autre vie, à des femmes dépravées dans des chambres d'hôtel. Ce n'était pas ce qu'il avait voulu dire. Ce qu'il avait cherché à lui faire comprendre, c'était que son cœur avait fini par se briser, par se briser au-delà de tout réconfort ou de toute consolation, ne laissant derrière lui que le chagrin et la fureur pour seuls tuteurs. Mais Ralph Truitt ne pouvait parler des rouages de son cœur, ce n'était pas dans ses habitudes. Aussi la remercia-t-il pour le regretter sur-le-champ, comme il regrettait de n'avoir pu verser de larmes sur la perte de son fils. Les sanglots rugissaient en lui. Mais, n'ayant pas pleuré une seule fois pendant toutes ces années, il n'avait plus de larmes, désormais. Plus de larmes pour lui-même. Plus de larmes pour Antonio. Ou pour sa femme qui, au bout du compte, devrait supporter le poids inhumain de l'homme qu'il serait devenu. Et elle dormirait à ses côtés, elle saurait et serait sans recours, et il en viendrait à la détester pour son impuissance.

Elle était de retour, bien sûr, cette souffrance, il souffrait pour un garçon qui n'était même pas sa propre chair et il se demandait, quand tout était à portée de main, avec cette femme sous son toit et dans ses bras, pourquoi il tenait tellement à récupérer Andy. Pourtant il portait ce rêve dans son cœur depuis si longtemps que rien ne pouvait plus venir le remplacer, rien ne venait compenser sa perte et son désir de réparation. Ce garçon, cet enfant qu'il avait trahi, qu'il aurait pu aimer et voir devenir un homme, un homme qui peut-être se serait révolté et aurait fini par quitter sa maison, mais qui aurait pu revenir comme Truitt lui-même l'avait fait, pour gérer les affaires, apprendre les secrets de la production et des comptes, et comment diriger les gens qui travaillaient pour lui, leurs histoires, leurs épreuves, leurs petites victoires. Antonio. Andy. Tony Moretti. Un étranger, devenu aujourd'hui cet homme beau et désinvolte que Truitt essayait de se représenter. Cet homme qu'il ne connaissait pas, qu'il avait battu. Le fils de sa femme. Son fils prodigue, à qui il aurait ouvert grand sa porte.

Catherine dormait près de lui. Sa respiration lente remplissait l'air de douceur. L'ombre les entourait et elle dormait du côté du lit resté vide pendant vingt ans. Mme Larsen verrait les traces de leurs ébats, les draps souillés, et elle saurait qu'il n'était plus seul. Le constat la ferait sourire. Cette idée le rendit timide. On en apprenait tant, à partir de détails minuscules.

C'était peine perdue. Il se redressa et posa les pieds bien à plat par terre. Son corps nu frissonna de froid. Bien que sa charpente fût solide, que sa chair fût douce, il n'était plus jeune. Il ne pouvait retrouver cette jeunesse ; elle était désormais plus derrière lui que devant. À cet instant, il mesura que la fin de sa vie approchait. Il le sentit dans son cœur. Il l'entendait à la gêne dans son souffle. Son sang bondissait de joie, et son esprit s'appesantissait sur la mort. Il serait enseveli près de ses parents. Il irait en enfer, où il brûlerait éternellement avec sa mère, l'aiguille plantée dans la chair de sa main.

À présent qu'Antonio était irrémédiablement perdu, il sentait qu'une partie de lui s'était éteinte, avait abandonné l'espoir qui lui avait fait supporter toutes ces années de solitude. Il ne comprenait pas ce sentiment. Il possédait tant… Il ne s'expliquait pas pourquoi il avait autant misé sur ce but unique. Cette annonce et cette épouse qui n'était pas qui elle prétendait être, ces détectives, tout cet argent, cet espoir et cette attente, tout cela pour une seule et unique raison, pour le rêve d'Antonio, et Ralph venait enfin de comprendre qu'il ne rentrerait plus jamais à la maison.

Le clair de lune filtrait par la fenêtre. La lueur bleu pâle glissait sur le verre d'eau près du lit, et soudain Ralph eut si soif qu'il crut qu'il allait en mourir. Il saisit le verre et le tint entre ses mains un long moment. Il en renifla le contenu et marqua un temps d'arrêt, une seconde à peine. Puis il but, jusqu'à la dernière goutte, et dès la première gorgée, à l'odeur discrète et à l'arrière-goût amer, il sut que cette eau était viciée. Il inspecta le fond du beau verre italien. Il contempla sa ravissante épouse, qui dormait paisiblement, comme une enfant, au clair de lune. Il se remémora Florence, et ses jours d'indolence.

Il savait qu'on l'empoisonnait.

Et il s'en moquait.

Plus rien n'avait d'importance.

2

Il y en avait partout. De l'arsenic. La poudre de succession, comme l'appelaient les anciens. Il y en avait dans sa nourriture, dans l'eau qu'il buvait, sur ses vêtements. Sur sa brosse à cheveux, lorsqu'il s'en servait le matin. Il en reniflait l'odeur. Il en sentait le goût sur sa langue et dans sa gorge. Pas tout le temps, pas tous les jours, mais toujours là. Au début, l'effet fut tonifiant. Il se sentait extraordinairement fort. Il avait le teint rouge et frais. Son cœur battait puissamment dans sa poitrine. Il avait la chevelure brillante et une lueur perçante dans ses yeux bleus. Les gens lui faisaient des commentaires sur son apparence, eux qui n'auraient jamais osé une remarque personnelle à Ralph Truitt lui disaient à présent qu'il avait rajeuni de dix ans. Ils pensaient que c'était son récent mariage qui lui réussissait.

En dépit de son chagrin insondable, il continua comme si de rien n'était. Il se montrait cordial, courtois et équitable avec ses employés. Il était en train de mourir, il le savait, et la bonté semblait être tout ce qui lui restait.

Catherine était extrêmement tendre. Elle l'écoutait attentivement lorsqu'il lui parlait, ce qui arrivait fréquemment, de ses affaires, de ses projets d'expansion. Il n'évoquait jamais Antonio, ne laissait jamais voir combien son cœur était lourd et mort. Il ne disait jamais qu'il voulait mourir mais redoutait la mort, le long processus douloureux de la mort. Il brûlait de lui dire que tout était pour le mieux, qu'elle aurait tout une fois qu'il ne serait plus là, qu'il avait rédigé un testament pendant son séjour à Saint Louis, persuadé qu'il était que jamais Antonio ne viendrait le réclamer, mais pas un mot ne sortait de sa bouche. Bien sûr, ce qu'elle était en train de faire le choquait. Pourtant il était incapable de lui en parler. Il était complice. Il était son seul complice.

La voix de Catherine était comme une musique à son oreille.

« Je n'avais plus eu une minute de paix, jusqu'à aujourd'hui, lui dit-il. Depuis vingt ans. Pas une minute de bonheur. Vous me l'avez donné, et je vous en suis reconnaissant. Tellement reconnaissant, si vous saviez. » Ils étaient assis à la longue table, après le dîner. « Je ferai tout pour vous rendre heureuse. Je vous ferai des présents. Je dirai ce que vous voulez entendre. Vous le savez. » Il lui prit la main.

Elle savait qu'il disait la vérité. « Que pourrais-je désirer d'autre ? Vous êtes exactement ce dont j'ai toujours rêvé. Je ne veux rien d'autre. Je pensais être déçue. Je pensais que je voudrais m'enfuir. J'avais élaboré des plans. J'avais ces bijoux ridicules. Je les ai perdus, le soir de mon arrivée, lorsque la voiture s'est renversée. C'est d'eux que je me serais servie pour fuir. À l'époque je ne savais pas que...

Comment pouvais-je m'attendre à cela ? Tout cela à cause d'une petite annonce. » Elle rit, un rire qui fit à Ralph l'effet d'une cascade chutant de très haut. Il rit à son tour, songeant combien il était idiot.

« J'aurais pu choisir quelqu'un d'autre.

– J'aurais pu vous envoyer ma vraie photographie, au lieu de celle d'India, et alors vous ne l'auriez pas choisie. Y avait-il tant de réponses ?

– Des dizaines. Plus vertueuses les unes que les autres. Jeunes, pour certaines. Presque des enfants. Plus jeunes que vous. Et aussi quelques aventurières.

– Pourquoi m'avoir choisie ?

– "Je suis une femme simple et honnête", voilà ce que vous avez écrit. Un visage simple et honnête. J'ai tout de suite su. Après cela, il n'existait plus personne.

– Ce visage n'était pas le mien.

– Il s'est trouvé que non.

– Avez-vous des regrets ?

– Plus maintenant.

– Qu'avez-vous fait des lettres ? des autres lettres ?

– Je les ai brûlées, j'en ai fait un grand tas dans la cour. »

Ils emménagèrent dans le grand palais dans les bois. Truitt fit installer des sanitaires modernes dans toute la maison, en cadeau de mariage à sa nouvelle épouse. Il fit poser l'électricité et commanda des lampes à Chicago. Même le lustre fut électrifié. Mme Larsen eut droit à une cuisine toute neuve, bien qu'elle prétendît ne pas en avoir besoin. Tout le reste demeura comme auparavant.

Ils firent emballer et charger les meubles raffinés de la ferme dans des chariots, qu'on tracta jusqu'à la belle demeure dorée, afin de remettre les chaises et les tables aux emplacements mêmes qu'elles avaient occupés vingt ans plus tôt. Truitt céda officiellement la ferme à Larsen, par acte notarié.

La grande maison était ressuscitée, et ils se retrouvèrent assis l'un près de l'autre au bout de la longue table de la salle à manger décorée de fresques, près d'une flambée qui crépitait dans l'air froid, tandis que le vent hurlait dehors. Ils parlaient d'amour, et de petites questions domestiques. Elle se changeait pour le dîner. Elle jouait du piano pour lui. Elle lui lisait Whitman dans le salon jaune, près de la grande cheminée, assez vaste pour contenir un wagon de train entier.

Ils donnèrent des dîners, de petites affaires solennelles auxquelles assistaient des hommes dépendant de l'influence de Truitt. Il vint des médecins, ainsi que des avocats et des juges, accompagnés de leurs épouses muettes. Il y eut aussi le gouverneur. Il voulait l'argent de Truitt, et Truitt lui en donna lorsqu'il partit. Ces dîners n'étaient pas amusants. La nourriture était merveilleuse.

Ils choisirent leur chambre à coucher avec soin. Pas la plus somptueuse, pas celle à la décoration la plus sophistiquée, qu'il avait partagée avec Emilia. Mais une vaste chambre bleue, simple, avec vue sur le jardin muré. Ils y installèrent le grand lit du père de Ralph, et la nuit il reposait sa tête sur les oreillers moelleux, tandis que l'oiseau écarlate de Catherine chantait gaiement et qu'elle restait assise un moment à la fenêtre, avant l'amour. Elle lui décrivait les splendeurs qui écloraient l'été venu, les roses et les clématites, les arums et les marguerites à cœur noir, tellement gaies. Elle lui faisait des listes des noms latins qu'elle avait appris. Elle racontait les riches parfums qui s'épanouiraient dans l'air du soir et se glisseraient par les fenêtres ouvertes. Elle lui en peignait chaque feuille, chaque fleur, en couleur, et lui, les yeux clos, allongé dans son lit, se demandait s'il vivrait assez longtemps pour assister à ce spectacle. Ce serait ravissant, à en croire ses promesses. C'était le jardin qu'Emilia n'avait jamais eu ni le talent ni la patience de faire pousser.

Catherine avait demandé à Larsen de creuser la neige, de découvrir les restes de plantes dont personne n'avait pris soin depuis vingt ans, et elle fixait les pieds secs et entrelacés des plantes grimpantes, les statues renversées et l'orangerie déserte à la lueur froide du clair de lune. Elle parlait à Ralph de la vie qu'elle allait insuffler dans la terre, de ses propres mains. Elle lui racontait ses longues journées à la bibliothèque, tout ce qu'elle y avait appris.

La maison les abritait des neiges tardives. Le clair de lune filtrait par la fenêtre. Elle était vivante, à ses côtés, et il ne pouvait concevoir que ses désirs à lui fussent si puissants quand son corps cédait au poison et que le chagrin au sujet d'Antonio devenait chaque jour plus déchirant.

La maison était trop grande, représentait trop de travail pour Mme Larsen, aussi engagèrent-ils deux jeunes filles du village, plus un homme à tout faire, de sorte que tout fût toujours propre et qu'il y eût assez de bois pour faire du feu dans toutes les pièces, le soir. Ils pouvaient ainsi choisir où paresser, après le dîner.

À la fin du mois de février, le comptable de Ralph devint subitement fou et assassina sans raison sa femme, avec qui il vivait depuis vingt-huit ans. M. et Mme Truitt assistèrent aux obsèques, austères dans leurs habits noirs, tandis que les grands enfants pleuraient leur mère disparue.

« Pourquoi font-ils des choses pareilles, des choses aussi atroces ? demanda Catherine sur le chemin du retour, dans la carriole.

– Ils haïssent leur vie. Ils se mettent à se haïr entre eux. Ils perdent la tête, à force de désirer ce qu'ils ne peuvent avoir. »

Ralph assista au bref procès, vit le mari pleurer sa femme à chaudes larmes en arrachant ses vêtements. Les enfants le contemplaient avec de l'horreur et de la haine dans le regard.

Pourtant, Ralph comprenait. Personne ne savait pourquoi un homme se réveillait soudain un matin en ayant perdu la raison, le sens du bien et du mal, et toute confiance dans ses propres pulsions. Cela arrivait. L'hiver était trop long. L'air trop lugubre. La cause était impossible à élucider, et l'effet impossible à prévoir. On envoya le comptable dans un asile d'aliénés, où il pleurerait jour après jour sa femme bien-aimée, et demanderait continuellement si elle allait lui rendre visite.

Ralph voulait croire que Catherine le droguait pour lui instiller jeunesse et vigueur, comme un vendeur de chevaux droguerait un cheval pour faire briller sa robe, lui mettre le feu dans l'œil, et rouler ainsi un acheteur trop crédule. Il supposait qu'elle avait acheté le poison à Saint Louis, dans le quartier chinois sans doute, sur quelque prétexte peu convaincant, qu'au cours de ces longues journées loin de lui elle avait conçu le projet de lui donner de petites doses de poison pour lui redonner l'éclat de sa jeunesse. Rien qu'un petit peu. Un petit peu, cela suffirait. À Florence, il lui était arrivé d'avoir recours à ce genre de substances, afin de pouvoir faire l'amour pendant des heures sans s'arrêter, et il s'en était également servi comme remède à la chaudepisse qu'il avait attrapée, un été. Il s'était senti détaché de tout. Il s'était cru divin. Il y avait une explication. Elle avait nécessairement ses raisons. C'était possible.

L'ardeur de Catherine était à l'aune de la sienne. Il ne se souciait plus que son habileté dans l'art de l'amour fût désormais en contradiction totale avec la vie qu'elle prétendait avoir menée avant lui, sa petite vie étroite de missionnaire. Elle lui paraissait dévergondée, sans limites, comme ces femmes qu'il avait aimées dans sa jeunesse. Il l'aimait, la désirait, et elle était toujours là. Elle était partie pour Saint Louis timide et distante, vêtue de ses robes droites et austères, elle en était revenue transformée, plus douce, le visage plus fin, dans des tenues simples qui trahissaient un goût assuré et discret et une culture de l'argent, une femme comme il n'espérait plus en rencontrer dans sa vie. Elle était son rêve.

Chaque soir, il luttait pour tenir tout le dîner sans la toucher, pour attendre l'heure d'aller se coucher. Il luttait pour soutenir une conversation d'une voix normale, pour éviter son regard, pour se laisser porter par sa douce voix lorsqu'elle lui faisait la lecture, cette exquise contrainte de devoir l'écouter jouer du piano ou de jouer aux cartes avec elle tandis que Mme Larsen débarrassait la table.

Catherine reposait toutes les nuits dans ses bras, et chaque nuit, la sueur qui ruisselait sur le dos de Ralph coulait entre les seins de Catherine, et ils étaient tous deux trempés. Elle allait chercher un grand linge propre afin de lui essuyer doucement le dos, le torse, les jambes et les pieds. Chaque soir, elle dormait près de lui, il buvait son grand verre d'eau limpide jusqu'à la dernière goutte et tous les matins elle était là, lorsqu'il se réveillait déjà excité de ses rêves troublés.

Le poison. C'était le poison du plaisir, dont il savait qu'il le tuerait un jour. Sa mère le savait. Il avait encore cette cicatrice sur la main, pour le lui rappeler. C'était là le poison que sa mère avait vu étinceler dans ses yeux avant même que ses yeux eussent vu le corps d'une femme nue. C'était du vice, et ce vice était fatal.

Il rêvait de femmes. Sa vie sensuelle, ce passé si lointain, lui revenait dans ses rêves jusque dans ses détails les plus précis, délicieusement grisante. Des voix l'appelaient. Il paressait nu dans des champs à ciel ouvert, le vent soulevait les cheveux d'une jeune fille allongée à ses côtés, sa robe ouverte dans la lumière du soleil, ses seins entre les mains de Ralph. Il rêvait de lui dans des cours, dans des jardins où l'eau des fontaines jouait sur les statues de marbre, et dans l'air flottait le parfum entêtant des gardénias, du jasmin et du romarin. Des femmes chuchotaient à son oreille de leurs voix mélodieuses, et tiraient sur ses vêtements de leurs doigts légers. De leurs ongles propres et pointus, elles déchiraient la chair de son dos. Quand il rêvait, ses yeux roulaient sous ses paupières sur les raffinements infinis du sexe.

Il rêva d'hommes qui n'étaient pas lui et de femmes qu'il n'avait jamais vues. Il rêva de son père et de sa mère, perdus dans la passion muette et sans amour qui l'avait engendré. Il rêva des hommes et des femmes de la ville, si religieux, si sévères, si secrets et si fertiles. De jeunes amants et de premiers baisers, du premier ruban dénoué par des doigts tremblants d'adolescent, près d'une cascade, une onde limpide qu'il connaissait.

Il rêva de grandes fêtes. Des fêtes où régnaient la gaieté, une abondance de mets délicieux, des hommes et des femmes bien habillés, à la mode de vingt ou quarante ans auparavant. Dans ces rêves, il était un enfant parmi les adultes. Il percevait les rires, le plaisir et les signes tacites des désirs comblés. Il ne reconnaissait pas ces gens. Il n'avait jamais vu ces maisons. Elles étaient immenses, des pièces s'ouvrant en enfilade dans le flot constant des invités qui déambulaient, de divertissement en divertissement et de partenaire en partenaire. Ils avaient tous unc peau splendide et une voix musicale et il les aimait, il se délectait d'être parmi eux.

Dans ces rêves, quand parfois il voyait son père et sa mère heureux, il n'avait pas de relations sexuelles, mais l'air était si chargé de désir qu'il devenait lui-même le sexe à l'état pur et qu'il marchait avec cette vigueur incroyable dans les jambes, avec cette fierté jusqu'alors inconnue.

Il ne rêvait jamais de Catherine. Il ne rêvait jamais d'Emilia. Elles n'étaient jamais présentes. Il rêvait d'Antonio, et il le voyait passer de femme en femme. Ces rêves l'embarrassaient et le remplissaient de honte, mais aussi d'un désir nostalgique.

Il respirait le parfum des fleurs, dans ses rêves. Un relent d'amande. Le parfum de sa propre chair en train de mourir.

Les rêves s'évanouissaient avant l'aurore et il s'éveillait angoissé et troublé, et trouvait Catherine toujours à ses côtés, qui tendait la main vers lui.

« Vous avez eu le sommeil agité. Je vous ai senti bouger.

– J'ai rêvé.

– J'étais dans vos rêves ?

– Non. »

Peu lui importait qu'elle eût la chevelure emmêlée, l'haleine fétide, ou que sa chemise de nuit lui tombât aux genoux. Peu importait qui elle était, qui elle avait prétendu être. Peu importait l'atrocité qu'elle était en train de commettre. Ce qu'elle était en train de lui faire, à lui. En sortant de ses rêves il la prenait dans ses bras, exigeant bien plus qu'aucune femme ne pouvait donner, et recevant bien plus qu'il n'aurait pu l'imaginer.

Il savait que cette période, cette sensation de bien-être, ces rêves splendides débordant de désir brut et facilement comblé, n'étaient que temporaires. L'effet érotique de la drogue se tarirait bientôt et c'est alors que commencerait l'horreur, si c'était là ce qu'elle voulait. Cette perspective ne l'épouvantait pas autant qu'il aurait pu le craindre. Il ne l'en empêcherait pas. Il ne se sauverait pas lui-même. Il l'aimait et elle voulait sa mort, et son fils était perdu à tout jamais et cela aussi lui convenait. C'était là que l'avait mené la vie. Voilà ce pour quoi il avait traversé ces vingt années de solitude, pour voir ce qui se produirait, comment tout cela se terminerait.

« Avant que je vous connaisse, la vie était intenable.

– Mais vous avez tout.

– J'ai ce qu'il reste de tout ce que j'ai brisé. Ma femme, mon enfant… mes enfants.

– Tout cela n'était pas votre faute. Votre femme s'est comportée de manière ignoble avec vous.

– Elle a fait ce pour quoi elle était faite. Elle m'a rendu malheureux parce que j'étais aveugle, parce que je voulais qu'on me rende malheureux. Ce n'était pas sa faute à elle. J'étais ignorant.

– Vous étiez généreux.

– J'ai failli tuer mon garçon. Mon propre fils.

– Il…

– Il était le seul fils que j'avais. En tout cas, il m'en tenait lieu. Et il était innocent. Comme Franny. Innocent, doux et stupide.

– Ce garçon, à Saint Louis… M. Moretti.

– Eh bien ?

– Il se peut qu'il change d'avis. Peut-être est-il votre fils. Moi je le crois. »

Ralph lui prit la main. Ils se contemplèrent par-dessus les draps blancs comme neige.

« Dans ce cas c'est un menteur. Il ne changera jamais d'avis. Tout a échoué. Tous ces efforts ont été vains. »

Et des efforts, il en avait produit. Il avait engagé des détectives, des inconnus, pour retrouver son fils. Il avait passé cette annonce impudique dans tous les journaux de Chicago, de Saint Louis, de Philadelphie et de San Francisco, et il avait reçu de nombreuses lettres auxquelles il avait répondu, puis il avait fait son choix. Son fils s'était révélé n'être qu'un fantôme. Son fils illégitime, Ralph en était conscient. Sa femme quant à elle était la personne qu'il attendait, depuis le jour où il avait mis Emilia à la porte. Le poison. La vie qu'il avait aujourd'hui était celle qu'il s'était construite, ni plus, ni moins, et il avait décidé de ne plus se battre, de ne plus essayer de changer le cours des choses.

« Qu'allez-vous faire, aujourd'hui ?

– Je me sens tellement paresseuse, une vraie chatte. Je vais lire. Coudre. Je proposerai de l'aide à Mme Larsen, qui la refusera. Et je vous attendrai.

– Et cela vous rend heureuse ?

– C'est tout ce dont j'ai besoin. Tout ce que j'ai toujours voulu. »

Lorsqu'elle était dans son bain, il cherchait le poison. Il inspectait son panier à couture. Il fouillait dans les poches de ses robes. Il passait en revue le contenu de sa coiffeuse. Et il ne trouvait jamais rien. C'était pour lui un jeu grisant, comme chercher un œuf de Pâques, et peu lui importait le résultat de cette chasse. Il la concevait comme un devoir. Et même s'il avait trouvé quelque chose, jamais il n'aurait confronté Catherine à cette preuve. Au réveil, il était agité et il voulait à tout prix dénicher quelque chose, n'importe quoi qui pût confirmer ce qu'il soupçonnait. Peu importait la nature de la découverte. Catherine ferait comme bon lui semblerait. Elle voulait tout, supposait-il, la maison, l'argent, tout, et il le lui aurait donné, dans sa totalité, si elle l'avait demandé.

Il aurait vécu seul, sans rien, si elle l'avait voulu. De même qu'il mourrait, si telle était son exigence.

Mme Larsen lui racontait que pendant la journée, Catherine ne tenait pas en place. Mme Larsen pensait qu'elle s'ennuyait, confinée dans cette grande maison sans rien à faire. Rien ne pouvait la retenir. À présent, elle pouvait se rendre en ville, pour y acheter des bricoles ou rendre visite à des dames de sa connaissance. Mais elle sortait rarement, hormis dans le jardin enneigé. Parfois elle empruntait la route, dans la neige plus clairsemée, scrutant les ornières comme si elle cherchait quelque chose, mais elle rentrait toujours bredouille.

Larsen finit par les trouver. Sur le chemin de la maison, des garennes sur l'épaule, il avait vu quelque chose briller dans la boue. Il avait ramassé les petits bijoux de Catherine et les avait frottés du doigt pour les faire étinceler au soleil. Il les avait rapportés à la maison et, ses lapins morts toujours sur l'épaule, ses bottes crottées foulant le tapis français, il était allé tout droit trouver Catherine qui jouait du piano. Il avait tendu sa paume ouverte ; elle avait repris ses bijoux.

« C'est ça, pas vrai ? C'est bien ça que vous cherchiez ?

– En effet, monsieur Larsen. Ils n'ont plus aucun sens, maintenant. Mais je vous remercie. Je vais les jeter. Je les ai portés autrefois, ailleurs. »

Truitt fut mis au courant. Il l'apprit de la bouche de Mme Larsen, peu avant la tombée du jour, mais il ne posa aucune question, et ne vit jamais de ses yeux ces colifichets qu'elle avait apportés. Rubis ou verre coloré, ces babioles de femme se ressemblaient toutes.

En ville, une veuve avala de la strychnine et agonisa sur le sol de sa cuisine, le sang brûlé par le poison et la bile moussant aux lèvres, tandis qu'un gâteau refroidissait sur la table. Un jeune homme jeta sa fille unique dans un puits et fuma une cigarette en attendant qu'elle fût noyée. Ces choses-là arrivaient.

Ralph ne se rendait plus aux funérailles et aux procès. Il ne supportait pas l'idée de se retrouver au milieu d'une foule. Il ne pouvait tolérer d'être observé. Il avait l'impression que l'hiver ne finirait jamais, et chaque jour au bureau il comptait les heures interminables. Il se sentait devenir fou, tant qu'il n'était pas assis à la longue table, à écouter la voix apaisante de sa jeune épouse.

Chaque mort était celle d'Antonio. Chaque crime était la disparition de son fils. Dans la journée, Ralph pleurait. Pendant le long trajet de retour jusque chez lui, Ralph sanglotait. Il sanglotait en se réveillant le matin. Et Catherine seule était capable d'étancher son chagrin.

« Ce sont des choses qui arrivent », se disait-il dans la voiture, en rentrant chez lui, la vue brouillée par les larmes. Les hivers étaient longs et la vie était dure, les enfants mouraient et la religion n'inspirait que de la terreur, aussi pleurait-il pour ces gens tristes, et pour Antonio, son propre enfant au fond du puits. Il n'y avait pas eu de procès, pas de compensation, personne pour protéger cet enfant de la terrible colère de son père. Ralph s'en était tiré sans dommage, et Antonio s'était enfui pour se perdre dans ce monde brutal, quand Ralph rentrait chez lui dans ses vêtements propres pour aller se faire empoisonner par sa belle épouse.

C'est pourquoi il pleurait.

Elle se levait au milieu de la nuit pour changer les draps. Elle écartait les bras, et pendant une seconde le linge planait au-dessus du lit comme une volée de grands oiseaux blancs. De la main, elle lissait le tissu, elle engouffrait les oreillers dans les taies avant de les empiler sur le grand lit.

Elle enfilait sa chemise de nuit et se couchait sous les couvertures. Mme Larsen retrouvait les draps souillés dans le placard à linge. Catherine tapotait son côté du lit à lui, il venait reposer la tête sur son oreiller et il contemplait le beau visage calme de sa femme. Elle semblait si loin. Il la chérissait tant.

Le cœur de Ralph cognait dans sa poitrine. Un soir, il glissa la main sous la chemise de nuit de Catherine et la laissa posée sur sa cuisse.

« Je sais ce que vous êtes en train de faire. Je sais ce qui est en train de m'arriver.

– Je…

– Ne dites rien. Ne parlez pas. Nous n'évoquerons plus jamais le sujet. Je voulais juste que vous sachiez que j'avais compris, que tout allait bien. Je m'en moque. Je vous pardonne. Simplement… »

Les mains de Catherine étaient paralysées. Elle regardait droit devant elle, l'œil fixe dans le clair de lune. Ils se parlaient à voix très basse, dans un murmure.

« Je ne comprends pas ce que vous dites, je ne sais pas de quoi vous parlez.

– Lorsque mon état empirera, si c'est bien ce que vous voulez, faites en sorte que cela aille vite. J'ai attendu si longtemps de voir ce qui allait se passer, et maintenant je le sais, et tout va bien, tout va bien pour moi, mais je veux que cela aille vite. Je ne veux pas souffrir.

– Vous êtes fatigué. Dormez, à présent. Je ne sais pas de quoi vous parlez. Jamais je ne voudrais vous voir souffrir. »

Il sentait battre le sang dans sa cuisse. Il voyait les regards furtifs de Catherine, qui bondissaient dans le clair de lune en évitant de croiser le sien. Elle tendit la main pour lui fermer les yeux. Elle laissa reposer sa main froide sur les paupières de Ralph tout en lui chuchotant à l'oreille un long « chut », comme pour calmer un enfant qui peine à se rendormir après un cauchemar.

« Je n'en parlerai plus jamais. Vous êtes libre.

– Tout cela n'a aucun sens. Je ne comprends pas ce que vous dites. Je vous aime. »

C'était la première fois qu'elle le disait. Il n'avait plus entendu cette phrase depuis plus de vingt ans, pourtant il la crut. Elle aimait Ralph, et c'est par elle qu'arrivait sa mort, la fin de son calvaire. Elle était l'ange de sa mort. Et il l'aimait de tout son cœur.

Elle ne voulait pas le faire. Elle ne pouvait se résoudre à le regarder mourir. L'idée de le voir souffrir et tomber malade lui faisait horreur, tout ce qui était sur le point de se produire la révulsait. Mais elle savait que, n'importe quand, une lettre pouvait arriver qui mettrait fin au rêve. L'amour et l'argent – elle s'était promis d'avoir les deux, mais elle mesurait chaque jour un peu plus qu'on n'avait peut-être droit qu'à une chose, et elle ne supportait pas l'idée d'être ruinée. Elle se retrouverait dans le caniveau, avait dit Antonio. Elle finirait triste et échevelée, puis elle mourrait. Mais quoi qu'il arrivât, elle ne pouvait sauver qu'elle-même.

Un homme engloutit un dictionnaire entier et en mourut. Larsen trancha sa main brûlée avec une hache, persuadé que cette brûlure qui ne voulait pas guérir était le baiser du diable, la marque indélébile du péché. Impuissante, Mme Larsen le regarda faire en poussant des hurlements. Quand il n'avait que quinze ans, Larsen avait combattu pendant la guerre de Sécession, d'où il était rentré sans une égratignure. Et le voilà qui se retrouvait à Chicago, à baver comme un arriéré qui n'avait plus qu'une main, dans un hôpital catholique ruineux, payé par Truitt. Mme Larsen ne prononça plus jamais son nom. Ces choses-là arrivaient.

Catherine, jeune épouse d'un certain Truitt, du Wisconsin, entreprit d'empoisonner – lentement, à l'arsenic – le mari qui l'aimait et qu'à sa grande surprise elle aimait elle aussi, cet homme qui l'avait sauvée d'une vie de misère et de désespoir.

Ces choses-là arrivaient.

3

« J'ai froid. J'ai froid tout le temps », disait Ralph Truitt, frissonnant le soir, au salon.

La détermination de Catherine vacilla. Le compte-gouttes à la main, elle sentit son courage fléchir. Elle rangea le poison. Elle interrompit sa tâche pendant une semaine. C'était un homme bien, loyal et honnête, une nature généreuse, et il ne méritait pas cela. Catherine le savait et, pour la première fois, il lui semblait que ces choses-là comptaient. Alors que l'idée de la bonté ne lui avait jamais traversé l'esprit, elle lui paraissait soudain bien réelle. Il y avait une cause aux actions des hommes ; une raison pour laquelle certaines vies tournaient bien, et d'autres mal. Cette évidence ne l'avait jamais effleurée. Comme si la bonté était en soi une sorte de paradis parfait, et qu'elle avait pu évaluer la distance qui l'en séparait, si elle avait pris le temps d'y réfléchir. À présent, cette idée la hantait.

Elle pouvait encore changer d'avis, se disait-elle, il le faudrait bien, mais la pensée d'Antonio était comme un nœud coulant autour de son cou. Ce n'était pas une menace en l'air. Il écrirait, et alors ce serait la fin de tout. Antonio représentait pour elle l'amour, ou ce qu'elle en avait connu avant Ralph. Ce qu'Antonio voulait, ce qu'elle lui avait promis devrait être accompli, d'une manière ou d'une autre. Aussi reprit-elle sa besogne.

L'amour, même mauvais, était un miroir aux alouettes capable d'attirer son attention, ne fût-ce qu'un instant. L'image d'Antonio flottait devant ses yeux envoûtés. Ce n'était presque rien, après tout, une petite goutte dans son eau, dans sa soupe, une autre sur sa brosse à cheveux. Une goutte limpide, glacée et presque inodore. Elle savait à quelle horreur elle se préparait. Elle savait comment il mourrait. Elle ne pouvait s'arrêter, désormais.

Fidèle à sa parole, Ralph n'aborda plus jamais le sujet. Il ne lui demanda jamais d'arrêter, ne se plaignit jamais des changements qui commençaient à affecter son corps, sa vie. Il devint nerveux. Les rêves qui avaient enchanté son sommeil se transformèrent en cauchemars effroyables, et pourtant il ne s'en plaignit pas.

Il se réveillait à deux ou trois heures du matin, terrifié et trempé de sueur, et il se tournait vers elle. Elle épongeait son corps et le remettait sous les couvertures, où il restait lové jusqu'à l'aube, tremblant de froid. Elle lui posait la main sur le front. Il était brûlant. Elle éprouvait pour lui une tendresse qu'elle n'avait jamais ressentie pour aucun homme, un sentiment qui allait au-delà de l'amour.

Il était hagard. Bientôt ses vêtements lui brûlèrent la peau. Le moindre bruit, le moindre son lui déchiraient l'oreille et il ne pouvait le supporter.

Un soir, après le dîner, il récita un poème à voix basse :

J'erre la nuit durant dans ma vision,
D'un pas léger, leste et silencieux, j'avance et m'arrête,
Les yeux ouverts je me penche sur les yeux clos des dormeurs,
Errant et confus, égaré en moi-même, mal assorti, contradictoire,
Interdit, le regard fixe, je m'incline, et m'arrête.

Elle ne savait pas ce qu'il voulait dire, ni d'où venaient ces paroles. Elle n'entendait dans sa voix aucun reproche. Elle pensa qu'il s'agissait d'un début de démence, qui au moins le rendrait inconscient du pire de ce qui était en train de lui arriver.

La dépression, la morbidité, suivies de mort. Tel était le pronostic qu'elle avait lu à la bibliothèque. Elle connaissait tous les détails de ce qui allait se produire, les taches dans le champ de vision qui teindraient tout de jaune et de vert, les pustules bilieuses, l'œil hagard, les cernes noirs. Elle le savait, et elle croyait être prête.

« Quelque chose ne va pas, s'inquiéta Mme Larsen. La maladie, j'en ai vu de toutes sortes, chez Truitt, chez… chez d'autres aussi, et celle-là ressemble à rien de ce que je connais. »

Mme Larsen se mit à la surveiller. Catherine venait s'asseoir près d'elle pour parler.

« Je ne sais pas ce que c'est. Il faut faire venir le médecin. Il nous dira quoi faire. »

Un médecin ne trouverait rien, ne se douterait de rien. Un homme de l'âge de Truitt pouvait très bien déclarer un eczéma ou de l'urticaire. Il pouvait perdre ses cheveux. Il pouvait développer un esprit visionnaire, une hyperacousie, des bourdonnements d'oreilles, des comportements irrationnels. C'était vrai de n'importe qui. Ces choses-là arrivaient. Truitt avait beau ne pas être vieux, il n'était plus jeune. Mais il ne voulait pas entendre parler de médecin. Ce poison était son carburant. Il n'était pas malheureux. Et il aimait sa femme. Elle était l'araignée splendide, fatale et insinuante qu'il avait attendue toute sa vie. Elle était l'ultime poignard planté dans son cœur. Il lui ouvrait sa chemise avec bonheur.

Mme Larsen surveillait Catherine à longueur de journée. Truitt était toute sa vie, et elle sentait cette vie filer de manière cruelle, alors qu'elle avait déjà tant perdu. Dans la folie, dans l'horreur irréversible. Elle savait que, cette fois-ci encore, ce n'était pas naturel.

Ralph ne supportait plus le moindre contact. Il avait la peau tellement à vif qu'il ne tolérait pas même la chemise de nuit la plus douce. Il dormait nu, sous des draps lisses que Mme Larsen changeait désormais tous les jours.

Il ne supportait plus de sentir la peau de Catherine contre la sienne, pourtant son désir pour elle n'avait en rien faibli. Il frissonnait constamment de froid. La nuit, sur sa peau en feu, les draps lui faisaient l'effet d'orties glacées. L'angoisse qui l'étreignait avant de se coucher ne pouvait être apaisée que par le sexe. Doucement, il lui apprit comment lui donner du plaisir sans le toucher.

Une fois qu'il avait joui, il parvenait à dormir quelque temps, mais ses cauchemars le réveillaient en sursaut. Il s'asseyait sur le bord du lit, frissonnant et brûlant. Catherine dénouait ses cheveux pour les laisser tomber en cascade sur les épaules de Ralph et le long de son dos, pour soulager les démangeaisons qui le torturaient. Elle le caressait ainsi pendant une heure de sa chevelure soyeuse, de haut en bas, avec la douceur d'un souffle, tandis que, les yeux clos, Ralph rêvait. Il était comme son enfant. Elle était la douceur même, ce qui dépassait l'entendement.

Il ne comprenait pas qu'elle fût si triste. Ce n'était pas à elle que cette atrocité arrivait. Elle était l'instrument de sa mort, et il souhaitait la mort, aussi lui pardonnait-il. Il sentait sa vie lui échapper sans regret, ainsi que ses maisons, ses affaires, les gens qu'il avait connus et les souvenirs qu'il avait abrités pendant cinquante ans. Tout lui avait été un fardeau. Le perdre lui donnait une impression de légèreté. Il renonçait à tout cela sans aucun regret. Seule l'image amère d'Antonio, de ce visage qu'il aurait pu connaître, refusait de le laisser en paix. Mais il n'en ressentait aucun chagrin, plus maintenant, alors que Catherine paraissait à la torture. C'était là une peine profonde et intime, et elle n'avait aucun moyen de la lui raconter, et lui n'aurait jamais osé poser la moindre question, mais il s'interrogeait, tandis qu'elle le séchait et le soignait, et qu'elle le guidait comme un aveugle jusqu'au lit sombre où elle lui remontait les draps moelleux jusqu'au menton et veillait sur son sommeil, assise dans le clair de lune. Elle était son assassin et son infirmière.

« Il y a l'acier, et aussi le pétrole, lui rappelait-il. Des champs de coton et des filatures. Et puis les chemins de fer. Et des champs de blé jusqu'au Kansas », ainsi lui détaillait-il l'empire qui serait le sien. Truitt perdait de l'argent, chaque jour, lui qui avait passé sa vie à en gagner, et il s'en moquait. Il y en avait beaucoup.

« Je t'aime, lui disait-il dans le noir, en caressant sa poitrine. Il faut que tu saches tout cela. Que tu t'en occupes. Il y aura tant à faire. Je te remercie », et les mots avaient pris un sens nouveau.

Assis parmi les ombres du grand vestibule, il pensait à tuer des gens. Il rêvait qu'il tuait Catherine. Il s'inquiétait de tuer Mme Larsen, ou d'autres habitants innocents, en ville, bien qu'il ne s'y rendît presque plus.

« J'ai peur, dit-il.

– De quoi ?

– J'ai peur de tuer Antonio, quand il viendra.

– Il ne viendra pas, le rassura-t-elle doucement. Il ne viendra jamais. »

Mme Larsen était folle d'inquiétude et de suspicion. Elle ne laissait pas Catherine approcher de la cuisine. Elle préparait des plats différents pour Ralph, des plats qu'il aimait, enfant. Il n'en voulait pas. Elle insistait pour qu'il fît venir le médecin. Elle qui n'avait jamais versé une larme pour Larsen, jamais mentionné son nom, ne pouvait poser les yeux sur les mains couvertes d'ampoules de Truitt sans pleurer.

Un médecin eût été inutile, et Truitt n'en voulait pas. Mme Larsen le supplia. Catherine se rendit en ville et implora le médecin de venir. Elle mentit. Il vint. Cancer, annonça-t-il. Cancer du sang, des os et du cerveau. Cancer généralisé. Cancer provoqué par l'inhalation des fumées des hauts fourneaux. Chargées en arsenic, dit-il. Ce pouvait être une explication. Il avait vu tant de putréfaction des chairs, tant de septicité du sang chez les travailleurs des fonderies de Truitt, des hommes qui mouraient à trente-cinq ans en laissant une veuve et des enfants, qu'il ne s'en émut pas. « Préparez-vous, conseilla-t-il. Préparez-vous et attendez. » Il donna à Truitt de la morphine contre la douleur.

« C'est le cancer, répéta Catherine à Mme Larsen. Nous devons le mettre à son aise. Il faut attendre. Il n'y a rien à faire.

– Je n'y crois pas, répliqua Mme Larsen. Il se passe quelque chose. Quelque chose de pas naturel. » Sa gentillesse à l'égard de Catherine se mua en soupçon et en détresse, elle était folle de douleur. Elle ne pouvait rien faire. Truitt ne pouvait manger ce qu'elle lui cuisinait. Il n'arrivait plus à s'asseoir à table.

Truitt se mit à aller à l'église. Toutes les églises, à tour de rôle. Il ressentait une peur profonde des autres, d'être touché ou dévisagé, pourtant il y allait. Catherine l'accompagnait, s'asseyait à ses côtés dans ses robes sobres parmi les calvinistes, les luthériens, les swedenborgiens et les pentecôtistes qui manipulaient des serpents. En posant le regard sur le visage couvert d'ampoules de Truitt, les pasteurs interrompaient leurs prêches sur les feux de l'enfer pour chanter d'une voix douce le pouvoir rédempteur de l'amour. Les flammes de l'enfer s'étaient épuisées, ne laissant derrière elles que la pitié. Cela lui était difficile, pourtant Truitt se tenait assis bien droit, évitant les regards inquisiteurs, et après le service, il s'adressait à ses voisins et à ses employés avec bienveillance. Personne ne le touchait. Personne ne faisait remarquer qu'il n'avait pas l'air bien. Le retour dans la voiture tressautant dans les cahots du chemin était un calvaire. Truitt craignait un écart des chevaux. Cela s'était déjà produit.

Il se réveillait la nuit et trouvait sa chambre emplie de morts, tous les morts qu'il avait connus. Son père et sa mère, Emilia, la douce Franny. Larsen, avec son poignet ensanglanté, était là lui aussi. Et debout au milieu d'eux, vision de béatitude, se tenait Antonio, les yeux blancs de marbre, le visage impassible. Truitt les appelait, comme s'ils pouvaient lui révéler leurs terribles secrets.

Il entendait la voix du poète :

Il me semble que toute chose dans l'air et la lumière se devrait d'être heureuse,

Quiconque n'est pas dans son cercueil et l'obscurité du tombeau, qu'il sache qu'il possède assez.

Catherine se réveillait. Elle allait et venait dans la pièce, les bras tendus comme de grandes ailes blanches, sa chemise de nuit ondulant à ses chevilles, jusqu'à ce que les morts eussent disparu, les laissant seuls dans la lueur bleue du clair de lune. Et alors elle l'apaisait, et il réussissait à dormir un peu.

Chaque soir, il buvait son verre d'eau, tandis qu'elle détournait le regard et fondait en larmes. Il ressentait une peine immense, une sensation de deuil singulière, mais plus jamais il ne pleurait, pas plus qu'il n'abordait le sujet.

Certains jours, il ne prononçait pas un mot. Il errait sans fin d'une pièce à l'autre, à travers les nombreux salons de ce *palazzo* grandiose, et au passage il ramassait de petits objets, qu'il tournait et retournait entre ses mains à la lumière, essayant de se remémorer d'où ils venaient et à quoi ils servaient. Il demandait le nom des choses. Il demandait à Catherine d'où elles provenaient. Elle ne savait quoi lui répondre. D'Europe, disait-elle. D'Italie. De Limoges.

Elle arrêta. Elle recommença. Elle rêvait de s'enfoncer à pied dans les bois pour aller jeter l'arsenic là où aucune créature vivante ne le trouverait. Elle le conserva, dans son flacon bleu avec une étiquette chinoise.

Elle savait qu'il y avait une limite jusqu'à laquelle elle pouvait tout arrêter, et que le poison serait éliminé. Il resterait faible et égaré, et les cicatrices des ampoules profondes ne disparaîtraient pas de sa peau. Il survivrait, mais il mourrait jeune. Néanmoins, il ne mourrait pas immédiatement. Il ne périrait pas des mains de Catherine, ces mêmes mains qui baignaient son corps pour en apaiser la peau en feu. Il n'agoniserait pas dans la souffrance. Il existait cette limite, jusqu'à laquelle il pouvait survivre, et au-delà de laquelle plus rien ne pourrait être fait pour le sauver. Catherine savait qu'elle approchait de ce seuil, et son angoisse croissait chaque fois qu'il oubliait un nom, ou bien qu'il s'asseyait brusquement dans son fauteuil pour s'en relever tout aussi brusquement et en choisir un autre, chaque fois qu'elle lui donnait un bain chaud pour soulager ses frissons et sa peur.

Mme Larsen en était arrivée à la détester, pressentant confusément que Catherine était la cause de ce qui tuait Truitt, qu'elle était en train de l'assassiner tout comme Emilia avait tenté de l'anéantir. Mais Truitt savait que c'était sa jeunesse, sa jeunesse dépravée qui l'avait conduit à cela.

« Luxe, calme et volupté », disait le poète, et Truitt avait ainsi justifié une vie de complaisance et de plaisirs infinis, une vie où seules importaient la beauté et les sensations, une vie dans laquelle tout était sans conséquences. Lorsque Emilia l'avait trompé, lorsque Franny était morte, il s'était juré que c'en était fini de ces jours de complaisance. Il n'avait plus bu une goutte d'alcool. Il avait mené une vie de sobriété. Il n'avait rien appris. Il aimait Catherine avec la sensualité de sa jeunesse, il pleurait Antonio comme il aurait pleuré une maîtresse perdue, et tout cela le tuait. Il avait oublié le poison, oublié qu'on s'en prenait à lui. Il se croyait coupable, responsable d'une maladie contractée très longtemps auparavant, dans sa jeunesse, la contagion sexuelle putride de son enfance, dont il savait qu'elle était fatale. Et à présent, après des années de déni, voilà qu'elle sortait enfin ses dents vengeresses.

Il considérait sa vie, cette partie de lui encore vivante et qui jadis avait été d'un bloc, avec une tendresse maladroite. Et la considérant, il penchait la tête comme on porte un regard attendri sur un bébé tout en craignant de le prendre dans ses bras, par peur de toucher une beauté aussi immaculée. Autrefois il se mouvait et parlait comme les autres hommes, il se sentait à l'aise dans ses vêtements, avait tenu des femmes dans ses bras. Il avait été père. Son enfant était devenue débile. Il avait été un mari. Sa femme était une séductrice et sa beauté avait saccagé sa vie. Il ne se rappelait pas son visage. Il n'avait plus revu Antonio depuis ses quatorze ans, douze ans plus tôt. Où avait-il disparu ? À quoi ressemblerait-il, aujourd'hui ? Tout le jour, l'esprit de Ralph se tournait vers des questions sans réponses, comme une plante tendue vers la lumière.

Il s'installa avec Mme Larsen. Il reprit sa chambre d'enfant, le petit lit étroit en fer avec son baldaquin plongeant, et l'unique fenêtre à pignon ouvrant sur les étoiles. Dans la grande maison, il avait peur des fantômes. À la ferme il pensait pouvoir leur échapper.

Chaque matin, il se réveillait angoissé et impatient de revoir sa femme, et il parcourait le long trajet qui le ramenait à elle, il lui offrait ses journées afin qu'elle pût lui expliquer patiemment tout ce qu'il avait oublié, lui donner la soupe à la cuillère et tremper sa peau dans ces bains chauds qui n'apaisaient les frissons que pendant quelques minutes. Il revenait vers elle pour lui permettre de lui injecter de la morphine et de verser du poison dans sa nourriture, sur sa brosse à cheveux, dans les fibres de ses vêtements, de sorte qu'il n'en supportait plus le contact sur son corps. Dans ses brefs instants de lucidité, il se rappelait ce qui lui arrivait. Mais la plus grande partie du temps, il avait oublié ce qu'on lui faisait subir. Jamais il ne la prenait en défaut.

Une fois qu'il était retourné chez Mme Larsen, après le dîner et la lecture au coin du feu qui réchauffait leurs soirées, après que Mme Larsen l'avait emmitouflé dans des châles et des couvertures et emmené lentement non sans lancer à Catherine un regard de haine qui lui transperçait le cœur, Catherine repartait dans le noir, traversait les champs plongés dans l'obscurité, montait l'escalier de la vieille ferme pour s'asseoir devant sa porte et y rester jusqu'au matin. S'il se réveillait, elle venait lui tenir la main, lui essuyer le front avec un linge doux et tiède, elle lui récitait les noms des morts et des vivants qui peuplaient ses nuits. Et chaque matin, avant le lever du soleil, elle s'enveloppait dans sa cape et refaisait à pied le long chemin jusqu'à la maison, pour y dormir une heure ou deux avant l'arrivée de Ralph, qui ne saurait pas où s'asseoir, dans quel fauteuil, ni même, certains matins, qui elle était.

Enfin, il fut prêt. Il voulut mourir. Pourtant, elle ne pouvait s'y résoudre. Et, finalement, elle comprit qu'elle ne pourrait le faire.

Il était assis dans un fauteuil, dans le salon de musique. Elle lui avait mis des bouchons de coton dans les oreilles, car le moindre bruit mettait Ralph dans un état de nerfs affreux, et elle vint à lui, s'agenouilla à ses pieds. Elle ne pouvait finalement plus supporter la souffrance de Ralph et sa cruauté à elle, ou l'acceptation patiente dont il faisait preuve face à son propre malheur. Elle s'agenouilla à terre, posa la tête sur ses genoux et lui parla d'une voix douce, en levant les yeux vers son visage épuisé.

« C'est terminé, annonça-t-elle. Je ne peux pas.

– Tu ne peux pas quoi ?

– Continuer. Te faire une chose pareille, à toi. Tu es tout ce que j'ai connu, tout ce que je connaîtrai jamais, et je ne peux pas. Je t'aime tellement que j'ai honte lorsque tu poses le regard sur moi, j'ai honte que tu me voies. Mais tiens, prends ma main. Tout s'arrête à cet instant. Tu vas vivre. Je te guérirai. »

Il la regarda longuement, avec dans les yeux une infinie bonté.

« Si tu devais mourir, je te pleurerais toute ma vie. Je te pleurerais s'ils me pendaient, s'ils me passaient une corde autour du cou.

– Je voulais mourir. C'est ce qu'il me semblait. Me semble.

– Non. C'est ce que tu crois, mais c'est faux.

– Antonio…

– Il viendra. Je t'en fais la promesse. Il viendra. Et jusqu'à son arrivée, je suis là. Reste en vie pour moi. »

Il tendit la main pour toucher la chevelure de Catherine. Il emprisonna une seule mèche entre son pouce et son index et l'enroula autour de ses doigts.

Il l'aimait. Il allait vivre.

Peut-être y aurait-il de la lumière, après tout. Peut-être existait-il une issue aux ténèbres. Elle espérait que c'était vrai. Elle se sentait tellement lasse.

4

Elle envoya un télégramme à Antonio. « Viens immédiatement. » Pas un mot de plus.

Elle s'occupait de Ralph avec tout le soin possible. Elle lui enveloppait les mains et le corps de gaze trempée dans un liniment, tant les blessures étaient graves. La peau lui brûlait et le démangeait, mais le baume semblait soulager son calvaire. Elle lui recouvrait le visage de gaze et d'onguent, son visage dont la peau se détachait par pans entiers. Elle lui bouchait les oreilles et lui voilait les yeux de coton, lui posait ses lunettes noires sur les yeux. Le moindre son, la lumière la plus tamisée lui étaient devenus insoutenables, le plus petit écho de pas lui transperçait les tympans. Catherine enveloppa ses propres chaussures de laine, afin que ses talons fussent presque silencieux, dans les grands vestibules dallés de marbre. Pour le protéger de la lumière et du bruit, elle tirait les rideaux et elle ligotait Ralph à son fauteuil à l'aide de cordelettes de velours et de coton, lorsque ses crises de démence et d'agitation ne le laissaient pas en paix. Elle tirait les rideaux, et le monde blanc disparaissait un moment.

Elle brûla les draps, ses vêtements, ses chaussures et ses serviettes de bain. Elle brûla et enterra tout ce qu'il avait pu toucher, tout ce qui aurait pu contenir la plus petite trace de poudre blanche. Elle jeta le rasoir de Ralph, celui qui avait appartenu à son père, ainsi que sa brosse à cheveux en argent, venue d'Italie. Elle brûla le tapis, les lourdes tentures du lit. Elle brûla ses propres chemises de nuit, car elle savait que les émanations du feu étaient elles aussi empoisonnées, que tout ce qu'il avait touché, elle l'avait touché elle aussi, qu'après avoir bu son eau glacée, il l'avait embrassée sur la bouche.

Quant au flacon bleu, elle l'emporta dans les bois et en versa le contenu sur les rochers, loin de l'eau, loin des coins où les moutons viendraient paître en été, et où les oiseaux viendraient faire leur nid. Il ne serait plus fait de mal à aucune créature vivante.

Elle ne lui donnait plus que du lait chaud, afin de le faire vomir et de calmer les frissons et les tremblements. Elle lui donnait du jus de citron vert pour absorber le poison. Elle le recouvrait de fourrures et de couvertures, et tenait le bol dans lequel il vomissait. Sans jamais sourciller.

Elle appela Mme Larsen. « Je ne crois pas le médecin. Il a été très malade, il l'est toujours. Nous pouvons le guérir. Nous l'avons déjà fait une fois.

– Qu'est-ce qui ne va pas ?

– Je ne sais pas. Je n'en ai aucune idée. Mais le docteur non plus ne sait pas. Il se trompe. Ce n'est pas le cancer. Mon père est mort du cancer, et c'est différent. Il sait ce qui se passe autour de lui. Mon père ne se rendait compte de rien. Il avait complètement perdu la tête, sur la fin. Ce n'est pas le cerveau. Je ne sais pas. Ma sœur a été malade, autrefois. On lui donnait du lait et du blanc d'œuf, pour la faire vomir. Donnez-lui-en. Il meurt de froid. Faites en sorte qu'il ait toujours chaud. Que pouvons-nous faire d'autre ?

– Les anciens… Il y a des herbes dans les champs, pour les plaies. Pour faire disparaître les furoncles.

– Alors nous demanderons aux anciens. Nous cueillerons tout ce que nous pourrons. C'est encore l'hiver. Il n'y a pas grand-chose. Vous le surveillerez. J'irai à Chicago y trouver un médecin, un vrai médecin. Je lui demanderai quoi faire. »

Elle se rendit à Chicago, fit une visite à la pauvre India, au visage si triste. India qui était telle que sur sa photographie. India que le riche Ralph Truitt avait choisie parmi le monde entier, qui aurait pu être celle à porter de la soie en déambulant dans les grandes salles dallées de marbre. Elle ne saurait jamais ce qu'était devenue sa photographie. Elle ne saurait jamais qu'elle aurait pu être aimée et respectée, maîtresse de ces hautes pièces décorées de fresques. Et Truitt aurait trouvé le bonheur auprès d'elle, un bonheur ténu. Il ne serait pas en train de mourir, si India avait été la bonne.

Catherine avait toujours aimé India, sa timidité sans atours et son manque d'ambition. Elle avait envie de lui révéler que Ralph Truitt l'avait aimée ; que c'était sa photographie à elle qu'il avait choisie, et qu'il l'avait aimée. Car alors, quand elle entrerait dans une pièce ou marcherait dans la rue, elle le ferait différemment, sachant qu'elle était aimée.

Lui mentir était chose facile. Il avait été facile pour Catherine de prétendre qu'elle avait toujours voulu avoir sa photographie, comme souvenir, par sentimentalisme, et de persuader la timide India de prendre place devant l'objectif du photographe.

Comme il était facile à présent de lui dire ce dont elle avait besoin, sans explication aucune, et de mentir sur les raisons pour lesquelles elle le voulait. India avait passé sa vie à surveiller la vie des autres, à regarder dans les vitrines, à observer la vie à travers le prisme de son propre regard indifférent, elle avait tout remarqué et tout emmagasiné, c'était là son seul trésor. Son seul bien utile. Sa protection contre cette solitude qui ne la quittait jamais, contre les hommes laids et cette vie triste, si désespérante.

India la prit dans ses bras. India lui tint la main. India écouta, en hochant la tête, puis elle enfila son manteau et son chapeau et prononça une seule phrase, au bout de la longue histoire mensongère de Catherine : « Allons en ville. »

Chicago dépassait largement Saint Louis, en bagarres et en chaos. Elles longèrent de petites et de grandes rues, jusqu'à Chinatown, dans une petite échoppe aux vitres crasseuses. À l'intérieur, un Chinois les accueillit en s'inclinant avec une affabilité extrême, puis écouta la version que Catherine lui donnait de son histoire. Au mot *arsenic*, l'air dans la pièce sembla s'immobiliser un instant. Catherine crut qu'elle allait éclater en sanglots, pousser un hurlement de culpabilité et de terreur, mais elle poursuivit comme si de rien n'était. L'air bougea de nouveau. India inspira, et les rouages se remirent en mouvement, et on entendit de nouveau le tic-tac de l'horloge.

Le Chinois s'inclina une nouvelle fois, eut un large sourire et s'agita dans la pénombre de sa boutique, attrapant des fioles de poudre sur une étagère, de liquide laiteux sur une autre, réunissant peu à peu les antidotes ancestraux aux substances terribles de la vengeance. De temps à autre, il s'immobilisait avec un sourire, comme s'il racontait une plaisanterie.

« Du brandy. Pour garder son ventre au chaud, annonçait-il. De l'opium, pour calmer l'estomac. Le rendre heureux. Faire disparaître les cauchemars. » Il découpa l'opium en minuscules boulettes cireuses.

« Une par jour, jusqu'à ce que les rêves soient clairs et propres. Des rêves frais. »

Lorsqu'il eut terminé, il avait sélectionné huit flacons coûtant une fortune, que Catherine paya sans sourciller. Elle remporta les flacons et les pots dans un sac en papier brun tout simple. Elle l'enfouit au fond d'un grand sac noir qu'elle avait emporté avec elle, et invita India à dîner.

Elles se rendirent dans un grand hôtel, et à aucun moment Catherine n'avoua qu'elle passerait la nuit dans une chambre à l'étage. Les yeux écarquillés, tapie derrière l'énorme menu qui formait comme un bouclier, India avait une faim de loup. Elle engloutit des huîtres, un homard thermidor, un consommé froid, de la pintade. Elle but beaucoup de vin. Catherine mangea peu et ne but pas. Elle n'en avait pas le goût.

« Tu as l'air différente, lui dit India en attendant que réapparût le serveur obséquieux. Tu as l'air d'une dame. Comme… » Elle hocha la tête. « Comme toutes celles-là.

– Il aime la simplicité. Les gens sont simples, là-bas, pas comme nous. J'essaie d'être ce qu'il attend de moi.

– Et il te donne de l'argent.

– Oui.

– Des tas d'argent. »

Catherine se sentit embarrassée. « Oui.

– Donne-m'en. Tu as un galant, un mari, bon sang, il te donne de l'argent. Je veux de l'argent.

– Pas ici. Mais oui, bien sûr, tout ce dont tu auras besoin.

– J'ai besoin d'un tas de choses. J'ai besoin d'un homme de vingt-huit ans aux dents blanches, et qu'il tombe amoureux de moi. J'ai besoin d'un manteau d'hiver et d'un petit chien pour pouvoir le prendre sur mes genoux. Je parie que tu as un petit chien. »

Catherine sourit. « Non. Mais j'ai un manteau d'hiver. Il est pour toi, si tu veux. J'en trouverai un autre. Ou bien on t'en achètera un qui te plaise. »

Le serveur apporta le dessert, du gâteau aux fruits surmonté d'une montagne de crème fouettée. « Tu crois que c'est la réponse. Tu crois que ça me rendra jolie, ou que je me dégotterai un homme gentil ? Tout ce que ça me donnera, quand il fera froid le soir, c'est l'*impression* que je pourrais avoir un de ces hommes-là, que mon visage est aussi joli que le tien, et que toute cette vie n'était pas interminable, idiote et ennuyeuse. L'argent. Ça suffira, pour l'instant. »

Catherine avait passé tant de temps, presque toute sa vie, de l'autre côté du miroir, du côté d'India, et d'Alice. Elle trouvait extraordinaire d'être celle qui possédait ce que convoitaient les autres. Et elle, à présent, n'aspirait plus qu'à une chose, une chose qui dépendait du contenu de son grand sac noir.

Catherine raccompagna l'insipide India jusque chez elle. Elle tenta de lui donner le manteau en loutre noire qu'elle portait, mais India le refusa, arguant qu'elle aurait l'air d'une idiote, dedans. Catherine lui donna tout l'argent qu'elle put, sachant qu'India le dépenserait en drogue, en fanfreluches ou en babioles.

Elle passa la nuit dans le lit étroit de sa chambre sobre du grand hôtel. Elle pensa à Truitt, à Mme Larsen qui le veillerait toute la nuit, assise près de son lit, et qui apaiserait encore un de ses chagrins. Mme Larsen qui n'avait jamais de sa vie fait le moindre cauchemar, disait-elle, même après avoir vu son mari se couper la main à la hache sous ses yeux, et sans aucune raison.

Catherine rêva d'Antonio. Il était telle une araignée, partout à la fois. Sa peau était celle de Catherine, ses organes étaient reliés à ceux de Catherine. Le cœur de Catherine battait dans celui d'Antonio, et ses cils papillonnaient au-dessus des terribles yeux noirs du jeune homme, embués par la drogue. Il était sa passion et le viol de son être, et elle se réveilla en sursaut, en alerte.

Elle fuma l'une des boulettes d'opium du Chinois, et se rendormit dans la félicité, dans l'eau froide et dans les bras de sa mère, et les gouttelettes tremblant aux cheveux de sa mère, les fleurs de lilas de mai. Elle bascula dans le rêve où elle voyait son jardin, percevait son parfum les soirs d'été, les jasmins croulant sous les fleurs blanches, les carpes koï dans le bassin se précipitant dès que Catherine se penchait pour disperser des miettes de pain à la surface. Truitt était assis dans un fauteuil blanc, tout de blanc vêtu, et il jouait avec un enfant.

Dès qu'elle ouvrit les yeux, Catherine sut qu'elle était enceinte. Elle se sentait lasse, d'une lassitude voluptueuse, bien qu'elle sût qu'elle avait réussi à dormir.

Devant le miroir, elle tira ses cheveux en arrière, enfila sa robe de voyage toute simple, et prit place dans un wagon où elle passerait des heures. Tout en déjeunant, elle se demanda si elle pourrait apercevoir les vestiges de son ensemble rouge. Elle scruta le paysage par la vitre, mais elle ne vit rien, il ne restait rien. Lorsqu'elle eut terminé son repas, elle le vomit dans le lavabo du cabinet de toilette. Puis elle nettoya le lavabo avec un linge, qu'elle jeta par la fenêtre. Il flotta un instant comme un oiseau blanc battant des ailes, raide et pesant. Elle se sentait enivrée. Reconnaissante. Au-delà de la gratitude, au-delà de l'entendement même de la gratitude, et perdue dans une euphorie que l'opium n'aurait pu produire, dans le sentiment d'être à sa place, ce qu'elle n'avait jamais connu auparavant. Elle trouvait, enfin, une chaise sur laquelle s'asseoir, et Truitt allait survivre.

En la voyant arriver, Mme Larsen courut à la porte au-devant d'elle.

« Il est tranquille, maintenant, annonça-t-elle. Il a passé une nuit terrible. Il hurlait de douleur. Il criait à cause des visions qu'il avait en dormant. J'ai oublié où j'étais. Il a dormi toute la matinée. J'ai dû l'attacher. »

Mme Larsen avait une mine terrible et l'air vieux, toute tremblante et les yeux larmoyants.

« Rentrez chez vous, maintenant. Rentrez vous reposer. J'ai rapporté des médicaments. »

Elle traversa le jardin d'hiver tout en longueur, avec la serre vitrée. Les premières roses étaient arrivées de Saint Louis, avec leurs étiquettes en carton, ainsi que des orangers et des citronniers, des jasmins et des fuchsias, des orchidées, attendant de prendre leur place dans les énormes pots de terre cuite qui jalonnaient le couloir. Il y faisait chaud, chaud et humide, bien que dehors la neige recouvrît encore la campagne environnante de son manteau aveuglant, moins pur désormais, sale et troué, mais toujours infini.

Il était tranquillement assis dans un fauteuil à haut dossier, un plaid sur les genoux, les lunettes noires de Catherine sur le nez. Il avait les yeux fermés.

Elle s'agenouilla près de lui. La main de Ralph vagabonda dans la chevelure de Catherine. « Bonjour, Emilia, dit-il d'une voix douce. Bienvenue à la maison.

– C'est Catherine, Truitt. Catherine Land. Ta femme. Tu étais en train de rêver.

– Bien sûr. Catherine. J'étais…

– Tu étais en train de rêver. » Elle fouilla dans son sac noir et lui tendit une des boules d'opium. « Avale ça. Avale ça et continue à rêver. »

Pendant des jours, les deux femmes prirent soin de lui comme des anges bienveillants, se relayant la nuit auprès de lui, parfois sans dormir. Pour la seconde fois, elles lui donnèrent le bain ensemble, le soutinrent dans l'eau fumante afin de faire passer les frissons, lui frottèrent inlassablement le ventre pour dissiper ce froid terrible qui l'envahissait. Il était ivre de brandy, drogué à l'opium, et il se rétablissait.

La nuit, elles restaient assises toutes les deux près de son lit, et le regardaient se tourner et se retourner dans son sommeil.

« Larsen, il s'est tranché la main parce que… parce que je lui ai demandé d'arrêter. » C'était la première fois qu'elle prononçait son nom.

« D'arrêter quoi ?

– D'arrêter, c'est tout. Il y a dix ans. De me laisser tranquille. Il ne le supportait pas.

– Il vous manque.

– Je n'ai connu que lui. Il me manque, oui.

– Vous n'allez jamais le voir.

– Comment je pourrais ? C'est ma faute. »

Elles restaient assises ainsi, toute la nuit, en silence. Mme Larsen avait dit concernant son mari tout ce qu'elle avait besoin de dire. À sa manière, sans vagues, elle aussi avait conduit son mari aux limites de la folie et de la mort. Elle savait ce qui se passait pour l'avoir déjà vu de ses yeux, pour l'avoir fait elle-même.

Catherine ôta les lunettes noires du nez de Truitt. Ils étaient toujours d'un bleu perçant, mais auréolés de profonds cernes noirs. Il ne parvenait pas à fixer son regard, qui semblait errer sans attache à l'intérieur de sa tête. Son front n'était qu'une masse de pustules qui commençaient à guérir. Il aurait des cicatrices. Il paraissait dix ans de plus, comme si une frontière avait été franchie, comme s'il ne devait jamais plus être jeune ou totalement bien portant. Elle avait brisé sa jeunesse et l'avait laissé se débattre en eau trouble sur le rivage de la vieillesse, sa puissance envolée et ses ambitions au point mort.

Lorsqu'elle eut retiré les bandages, les mains de Truitt se posèrent calmement sur ses genoux. Il n'était ni cruel, ni aimable ; il attendait simplement la suite, quelle qu'elle fût. Il avait moins froid, ses rêves s'adoucissaient et s'affinaient, les ombres qui l'enlaçaient reprenaient forme. Le matin, au réveil, il lui décrivait ses visions de la nuit et elle l'écoutait patiemment, bien que ces rêves n'eussent aucun sens, et qu'il les fît sans cesse. Il s'agissait de souvenirs d'événements qu'il ne lui avait pas encore décrits. Des idées qui lui avaient traversé l'esprit mais qu'il n'avait jamais exprimées. Des rêves.

Il ne grattait plus ses plaies. Il n'avait plus l'impression que ses vêtements étaient en feu. Il buvait sa soupe et mangeait les herbes. Les femmes enduisaient ses lésions de baume et elles sentaient le changement se produire en lui. Elles l'installèrent à l'étage, dans son lit de la chambre bleue, et elles restèrent assises à ses côtés, prenant les repas avec lui. Après toutes ces années, Mme Larsen consentit enfin à manger dans la même pièce que Truitt.

Il voulut des huîtres et elles en firent venir un tonneau entier de Chicago. Mme Larsen les conserva dans la chambre froide en les arrosant de saumure et de farine de maïs. Chaque soir, Truitt dévorait une douzaine de ces huîtres grasses en les accompagnant d'un verre de brandy, Truitt qui n'avait plus bu une goutte depuis des années, abasourdi de vouloir ces choses, et qu'on les lui eût procurées. Les femmes ne mangeaient pas d'huîtres. Les femmes ne buvaient pas de brandy.

Catherine ne pouvait lui parler du bébé. Elle ne supportait pas l'idée de le lui annoncer alors qu'il était si malade. Elle espérait que cet enfant était le sien. Elle en était intimement persuadée, et elle espérait ne pas se tromper, car elle ne tolérait pas la perspective qu'à cause d'elle, Ralph Truitt eût à élever deux enfants qui ne seraient pas les siens. Lorsqu'elle était revenue la première fois, ne lui avait-il pas fait l'amour alors qu'elle saignait ? Il lui semblait bien que si. Elle croyait, avec cette manière de transformer ses désirs en réalité, qu'il n'y avait pas eu d'autre homme que Truitt, que ces jours passés à Saint Louis n'avaient pas existé.

Il lui avait fait l'amour alors qu'elle saignait. Elle s'en souvenait. Ce ne pouvait être Antonio, qui ne jouissait jamais en elle, tant il était terrifié par la possibilité d'une grossesse. Ce ne pouvait être que Truitt. Il avait fait d'elle une femme neuve ; sa vie avait commencé sous un jour nouveau lorsqu'elle avait quitté Saint Louis, et rien de cette existence laissée là-bas ne pouvait être en train de grandir en elle.

Elle n'avait jamais été bonne. Par le passé, elle n'avait considéré les autres que comme des moyens d'obtenir ce qu'elle voulait.

Truitt était différent, il avait fait d'elle une femme neuve, et elle ne pourrait jamais revenir en arrière. Elle nettoyait ses cloques et lui frottait les pieds, elle lui mettait du baume sur le front, elle broyait de l'écorce pour en faire une pâte qu'elle lui étalait sur les mains. Lorsqu'elle les brossait, les cheveux de Truitt tombaient par poignées, ce qui attristait profondément Catherine. Sa culpabilité était sans fond.

À présent elle pouvait pleurer sur elle-même, enfin, sur ses errements et sa vie enfuie. Elle se reposait au soleil dans la serre, dans un fauteuil en osier, entourée de ses roses nouvelles dont les feuilles commençaient à poindre dans la touffeur de l'après-midi. Et elle pleurait sur elle-même, elle pleurait son père et sa mère, sa sœur, tous ces moments perdus, oubliés et brisés en mille morceaux sur le chemin qui l'avait menée du point de départ à l'endroit où elle se tenait en cet instant. C'était si fragile, une vie, et elle comprenait qu'elle s'était endurcie au point de croire le contraire. Maintenant tout était à vif pour elle, sensible comme une nouvelle blessure, ses propres souvenirs, les quais sombres de Baltimore, la grandeur ordonnée de Rittenhouse Square, le sexe et les vols, les mensonges et l'ange descendu du ciel, cet ange qui n'avait pas emmené Alice vers les capitales grandioses du monde afin qu'elle fût émerveillée par leurs splendeurs. Comme si tout cela, le bien et le mal, n'était qu'une longue cicatrice sans fin qui lui courait sur les bras, lui barrait la poitrine, comme si elle appliquait des onguents sur sa propre peau en même temps qu'elle soignait Truitt.

Son mal à elle était une maladie de l'âme, mais elle n'était pas incurable. Catherine n'avait d'autre possibilité que de croire qu'il y avait en elle de l'innocence, et de l'espoir, et une personne qui aurait pu mener une vie complètement différente de celle-là. Ses cicatrices ne s'effaceraient jamais, elle le savait. Elle ne redeviendrait jamais intacte, pas plus que Truitt ne redeviendrait jeune. Mais de la peau neuve viendrait recouvrir les cicatrices ; elles blanchiraient, s'estomperaient jusqu'à devenir à peine visibles aux yeux d'un enfant.

Truitt avait exploré Catherine, d'une manière inconnue. Et cette vision l'avait transfigurée, il l'avait conduite à devenir la femme qu'il voulait. Il ne méritait pas moins. Catherine, pour sa part, avait mené une vie dans laquelle la bonté n'était ni attendue, ni offerte. Rompue aux coups comme elle l'était, elle ne percevait pas la différence entre le bonheur et l'effroi. Elle ne concevait pas ce qui différenciait l'excitation de la peur. À chaque heure du jour, elle se sentait une boule dans l'estomac et ne savait quel nom lui donner. Ses mains tremblaient. Elle vomissait le matin, en secret, mais elle sentait qu'enfin, le bout de la corde raide était en vue, que les portes qui claquaient et le sexe hostile et mercantile, que les nuits dans les fumeries d'opium étaient derrière elle.

Elle qui avait toujours préféré le commencement et le dénouement des choses, elle se rendait compte que les plaisirs que la vie avait à offrir se trouvaient dans l'entre-deux. Elle pourrait y trouver la paix.

Puis un jour il put parler, sa voix n'était plus ce râle rauque et brûlant. Puis un jour il put marcher, s'habiller seul, soutenir une conversation, imaginer retourner au bureau afin de remettre sa fortune à flot, croiser les regards angoissés de ceux qui dans la ville dépendaient de sa santé. Il était changé, bien sûr. Il marchait comme un vieillard, comme si chaque pas était une action apprise et abominable. Ses cheveux avaient intégralement viré au gris. Lorsqu'il buvait son brandy, sa main portait le verre à sa bouche en une série de petits mouvements saccadés, comme des photographies figées.

Un soir, ils étaient assis à la table du dîner. Il avait demandé du bœuf et des pommes de terre, et du pudding, les plats de ses années d'écolier. Et tandis qu'ils mangeaient, il lui lisait les désastres quotidiens dans le journal.

La fourchette de Ralph fit tinter son assiette lorsqu'ils entendirent frapper à la lourde porte d'entrée. Elle était loin, et Catherine se proposa d'aller ouvrir, mais Ralph était déjà debout, en équilibre instable.

« Non. Je veux y aller. »

Il remonta lentement jusqu'à l'entrée, allumant chaque lampe sur son passage. Il ouvrit l'un des battants de la porte double et trouva un homme, debout dans la pénombre de la terrasse, qui contemplait le paysage au-delà des marches, recouvert par la neige. Il se retourna, et bien qu'il pût distinguer sa silhouette, Ralph ne voyait pas clairement son visage.

L'homme tendit la main. « Je suis Tony Moretti », annonça-t-il. Puis, après une pause : « Je suis votre fils. »

Et ils avaient beau savoir tous deux que ce que prétendait cet homme n'était qu'une fiction, Ralph s'avança dans l'ombre et lui ouvrit les bras.

5

Parfois les fils revenaient auprès de leurs pères, et même auprès d'hommes qui n'étaient pas leurs pères, et qui les avaient battus à mort. Les fils rentraient, dévorés par le désir de vengeance, ils rentraient auprès de pères qui ne pouvaient se pardonner les cruautés qu'ils avaient commises. Ces choses-là arrivaient.

Il avait apporté tout ce qu'il possédait, les costumes chic, les cravates extravagantes venues de Paris, les chemises immaculées, sa canne à pommeau d'argent et son eau de Cologne ambrée de Londres. Il n'avait plus un sou. Il était tel un cygne, avec son long cou, sa seule utilité était sa beauté et tout ce qu'il faisait, chaque geste, chaque mot paraissait déplacé, trop exotique, trop maniéré. Il jouait du piano après le dîner, et même son jeu semblait excessif, comme s'il se produisait devant une foule huppée dans une salle de concert rococo. Truitt préférait la simplicité de sentiment du jeu de Catherine, son absence de virtuosité.

Catherine et Truitt dormaient dans le grand lit de leur chambre bleue. Antonio avait sa chambre à l'autre bout de la maison, dans des quartiers de célibataire qu'il s'était attribués dans les anciens appartements de sa mère. Un dressing. Un salon splendide dans lequel il avait monté quelques meubles récoltés aux quatre coins de la maison et pour lequel Truitt avait commandé un piano d'ébène. Et une chambre, immense et majestueuse, toute tendue de tapisseries.

Dans le noir, Ralph et Catherine sentaient son regard sur eux. Une nouvelle forme de calme s'était invitée entre eux, dans leur façon de se traiter l'un l'autre, une simplicité dans les manières. Catherine supposait que c'était l'amour, ce que ressentaient les gens normaux, lorsque la passion s'était essoufflée. Après l'amour, ils se parlaient doucement. Ils discutaient de petites choses, de ses affaires, de Mme Larsen et de son chagrin silencieux, de son mari qu'elle ne reverrait pas, de l'hôpital payé par Truitt, du jardin pour lequel il arrivait chaque jour des plantes. Jamais ils n'évoquaient la maladie de Truitt, comme si elle ne s'était jamais produite.

« Il me rappelle tant Emilia. Ses yeux, sa bouche, cette chevelure noire. Un Italien. »

Catherine se redressa dans le lit et fixa la lueur pâle de la lune qui filtrait par la fenêtre.

« Comment est-elle morte ? »

Elle sentait l'immobilité de Truitt, à ses côtés. Il était resté faible et par moments il lui arrivait encore de ne pas savoir où il se trouvait, qui elle était, ou encore où ils vivaient. Son corps était zébré de cicatrices, comme le souvenir muet de l'iniquité de Catherine, de ses consolations et du pardon de Ralph.

« C'est moi qui l'ai tuée. »

La lune semblait si lointaine. L'hiver avait été si long que Catherine ne se rappelait pas avoir connu autre chose. Elle ne se rappelait pas sa vie avant la seconde où elle était descendue de ce train pour entrer dans le regard de Ralph Truitt. Elle n'aurait pu se la rappeler, et elle ne le souhaitait pas, mais Antonio était là, comme un chat déambulant dans la maison, la surveillant jour et nuit.

« Je ne peux pas le croire. Je ne le crois pas. »

Truitt se redressa à son tour dans le lit pour lui prendre la main. « Je vais te raconter, mais je ne raconterai qu'une seule fois. Une fois que j'aurai tout dit, je ne veux plus jamais entendre prononcer son nom dans cette maison. Je l'ai tuée. Je l'ai laissée mourir.

« Elle s'était installée à Chicago, avec Moretti. Elle était ma femme. Il n'y avait ni divorce, ni recours légal. Elle était catholique, et chez eux cela ne se faisait pas. J'avais son enfant, son fils, sous mon toit et elle était ma femme, et je souffrais chaque fois que je pensais à elle, mais j'ai toujours su où elle se trouvait, j'entendais les histoires. Tout le monde en ville entendait ces histoires et j'avais honte, pourtant j'ai continué mon chemin et personne, bien sûr personne n'en parlait jamais, du moins à moi.

« Je lui envoyais de l'argent. Elle n'était pas dans le besoin. Je lui envoyais de l'argent et elle vivait de manière méprisable pour moi, pourtant je continuais à lui en envoyer parce qu'elle était ma femme, parce que j'étais hanté par le souvenir de Franny et que j'avais son garçon, et parce que… parce que je ne pouvais la laisser vivre dans la misère.

« Moretti la quitta. Pour une riche veuve avec une grande maison et qui fermait les yeux sur ses infidélités, ses affectations et son manque de charme et de talent. Emilia… » Catherine perçut la douleur dans sa voix, lorsqu'il prononça son prénom. « Emilia prit une série d'amants, tous jeunes, bons à rien, qui se pavanaient dans tout Chicago en se vantant d'avoir eu une comtesse, une vraie, et qui déclamaient dans des bouges toutes les choses qu'elle était prête à leur faire. Elle était encore belle.

« Elle n'écrivait jamais à Antonio. Elle ne vint jamais voir la tombe de sa fille. Elle aurait pu faire d'autres choix. Choisir autre chose que ce défilé de jeunes vauriens, préférer la bonté, l'honneur, une maison où elle aurait pu amener son garçon, et l'élever. Elle avait de l'argent. Elle était intelligente. Elle était cultivée. J'ai entendu dire qu'elle couchait aussi avec des femmes. Qu'elle se saoulait en public. Deux fois, elle s'est fait voler. Par des hommes qu'elle connaissait, qu'elle avait invités dans sa propre maison.

« Je suis allé la voir. Plusieurs fois. Non pas pour lui demander de revenir, je ne voulais pas d'elle ici. Je lui ai demandé d'arrêter. Simplement d'arrêter. Elle m'a ri au nez. Elle m'a lancé du vin au visage. Elle m'a dit que je la dégoûtais. »

Il lui prit la main et l'embrassa. « As-tu besoin d'entendre le reste ? »

Le clair de lune était si pâle et si froid qu'elle en avait la chair de poule. « Je veux savoir.

– Elle est tombée malade. De consomption, comme on l'appelait à l'époque. La tuberculose, je suppose. J'ai envoyé des médecins. Je ne voulais pas la voir. Elle était encore si jeune. Elle avait la tuberculose, m'apprirent-ils, et la syphilis, qui l'avait rendue folle, et personne, homme ou femme, ne voulait plus s'approcher d'elle. Son nom était flambé, comme on dit, dans les rues de Chicago et pas un de ses anciens amis ne voulait venir la réconforter, malgré tous ces dîners qu'elle avait donnés, tous ces hommes à qui elle avait offert un moment de plaisir, et l'argent, des sommes considérables pour satisfaire les manières affectées de la comtesse Emilia. Elle ne parlait toujours pas mieux l'anglais. Les médecins ne pouvaient rien faire. Elle vivait seule et n'avait personne pour la nourrir ou pour nettoyer chez elle, et elle n'avait jamais appris à faire quoi que ce fût par elle-même.

« J'y suis retourné, une dernière fois. J'ai emmené Antonio la voir, mais le spectacle était trop horrible. Il la vit dans cet état déplorable, et ensuite je le fis attendre dans la voiture. Il y avait une pièce... il y avait une chambre chez elle où elle avait jeté tout ce qui était sale, ses vêtements, ses sous-vêtements, ses jupons chic, mais aussi les assiettes dans lesquelles elle n'avait mangé qu'une fois et qu'elle n'avait pas pris la peine de laver. Des nappes brodées qui avaient à peine servi, des chapeaux qu'elle avait achetés mais jamais portés. On en avait jusqu'à la taille. Des bijoux dont elle ne voulait plus. Des paquets de lettres d'Antonio, qui la suppliait de venir le sauver. Certaines n'avaient même pas été ouvertes. Elle avait tiré les rideaux pour empêcher la lumière d'entrer ; il fallait avancer à tâtons dans cette vision de désastre, en se demandant quoi sauver, ce qui pouvait l'être, quel souvenir rapporter à un garçon comme preuve qu'au moins sa mère l'aimait. Dieu sait que je n'ai pas pu. Elle avait déserté sa propre vie, elle l'avait enfermée dans cette pièce sombre et nauséabonde du troisième étage de sa jolie maison de ville, que je payais.

« Elle était allongée sur son lit, à peine consciente. Probablement droguée. Sans doute déjà folle. Elle était encore belle. Elle avait un raffinement, une beauté, même dans sa folie, qui me coupèrent le souffle. Elle avait besoin de soleil. D'air frais, et d'une longue cure à l'Ouest, en Europe. Elle aurait peut-être survécu, pendant un temps, du moins.

« Elle me parla. Elle me dit que j'étais un imbécile, un imbécile et un menteur, et aussi un cocu. Elle me dit que j'étais faible et stupide, qu'elle m'avait trompé et utilisé depuis l'instant où ses yeux s'étaient posés sur moi, et qu'elle en était heureuse. Je savais tout cela, bien sûr. À l'époque je le savais même depuis un certain temps.

« Je l'ai laissée là. Je l'ai laissée mourir seule. Elle était mon tout premier amour, elle me méprisait, et je l'ai abandonnée. Pas de cure. Plus de médecins. Plus d'argent. Elle fut jetée dehors de chez elle, tous ses biens furent mis aux enchères en pleine rue. Elle mourut trois mois plus tard dans un hôpital pour indigents, les poignets ligotés au lit. Elle était devenue aveugle et avait perdu tous ses cheveux, monstre pitoyable sans une bonne âme pour lui tenir la main, sans prêtre pour prononcer les derniers sacrements, sans rédemption, sans le pardon d'un Dieu qui avait lui aussi fini par l'abandonner, qui l'avait laissée mourir sans ces paroles, sans cette invitation à pénétrer au paradis.

« J'aurais pu la sauver. Je ne l'ai pas fait. Et je ne le regrette pas. Il vient un moment où l'on ne peut en tolérer davantage. Lorsque j'ai vu cette pièce remplie de ses robes mises au rebut, de lettres encore cachetées et de notes de couturière non réglées, mon cœur a cessé de se soucier de savoir si elle vivrait ou mourrait. »

Il y eut un long silence sombre.

« Tu n'aurais pu faire autrement. Personne n'aurait pu attendre de toi que…

– Moi, j'attendais cela de moi. Elle était ma femme. Elle l'avait été. Et elle est morte. Je ne sais même pas où elle a été enterrée. Je m'en moque.

– Tu dois te pardonner. »

Il se tourna violemment vers elle. « Tu ne sais rien. Je ne suis contraint à rien, strictement rien. Je ferai et je penserai ce que je veux, aussi longtemps qu'il me plaira. Tu as voulu savoir. Je t'ai répondu. Ne prononce plus jamais son nom. »

Il s'allongea de nouveau sur les draps. Il attira Catherine contre lui. Il remonta les couvertures sur eux et elle sentit instantanément la chaleur du corps de Ralph contre le sien. « Ce que j'avais ressenti n'était pas de l'amour. Je l'ai cru. Ce n'était pas de l'amour. C'était une dépendance, une forme de folie. Je voulais tellement… quelque chose, je ne sais plus quoi. Je voulais ma vengeance. Ma mère. Toutes ces années de fureur. Je voulais ma vengeance, et elle en fut l'instrument. Je voulais forcer ma mère à vivre avec elle, jour après jour, et à se sentir petite, inutile, et laide, et vieille. Mais cela n'a eu aucune importance. Pour elle. Cela n'a fait aucune différence. J'ai passé ma jeunesse à aimer une femme qui ne valait pas tant de peine. »

Il s'assoupissait. « J'espère, de tout mon cœur, que le feu est éteint. Il a brûlé trop fort. Il tue tout sur son passage. Maintenant, dis tes prières et va te coucher. Antonio est rentré. Tu es là. Nous ferons en sorte que cela fonctionne. C'est tout ce qui compte. Dors, maintenant. »

Il se retourna et elle se retrouva seule dans le noir, muette et l'esprit vide. Antonio lui avait menti, il avait voulu lui faire croire au sujet de Truitt des choses qui n'étaient pas vraies. Il lui avait décrit en détail une scène effroyable, des convulsions, un meurtre qui n'avait jamais eu lieu. Elle avait menti elle aussi, mais il lui semblait à présent que le mensonge avait traversé son corps en brûlant tout sur son passage, ne laissant derrière lui qu'un espace vide et blanc, aussi immaculé que le paysage qui les entourait. À cet instant, quelque chose en elle s'acheva et quelque chose d'autre naquit. Et, allongée là dans la pâleur lunaire, elle donna naissance à cette nouvelle chose.

Puis Truitt bougea. Il faisait à peine jour. Il ouvrit les yeux, et elle l'embrassa avant même qu'il fût complètement réveillé. Truitt ferait l'affaire. Il n'était pas tel qu'elle l'avait rêvé. Il n'était pas ce qu'elle attendait. Mais il était assez.

Antonio était partout. Son insolence, son ennui emplissaient la maison. Truitt ne remarquait jamais son hypocrisie, ses petites insultes. Il lui ouvrit un compte en banque, avec suffisamment pour vivre des années. Il essaya d'intéresser Antonio à ses affaires, restant assis avec lui dans son magnifique bureau aussi longtemps qu'Antonio voulait bien le supporter, lui expliquant où était chaque chose, lui disant comment acheter et vendre, comment devenir riche. Il n'était pas stupide. Il voyait combien Antonio se montrait condescendant et cela lui rappelait sa propre jeunesse, son manque d'intérêt pour tout ce qui n'était pas promesse de plaisir.

Antonio ne trouvait nul amusement en ville. Ni restaurants, excepté dans le petit hôtel triste, ni femmes. Il eut vite épuisé les drogues qu'il avait apportées et dut faire face aux journées avec une lucidité qui lui était presque inconnue, et déplaisante. Il fumait des cigarettes à table. Il ne cessait de chanter les louanges de Saint Louis et de ses enchantements.

Truitt rouvrit pour lui la vieille cave à vins et chaque soir, Antonio se saoula des nectars magnifiques laissés là vingt ans plus tôt, des millésimes d'une rareté et d'une subtilité étonnantes. Des bordeaux, des bourgognes venus d'Europe à l'époque où la maison était remplie des amis de sa mère. Antonio s'en moquait. Tout ce qu'il voulait, c'était se saouler et se montrer insultant envers son père.

« Il fait froid, dans cette maison. Il fait glacial dans mes appartements. J'ai tout le temps les pieds gelés.

– Cette maison est grande, et vieille. Peut-être que si tu t'habillais autrement…

– Pour porter quoi ? L'astuce, père, ce n'est pas d'adapter sa toilette à son environnement, mais d'adapter son environnement à sa toilette. Tu es riche. Fais quelque chose.

– Le printemps sera bientôt là.

– Et alors nous aurons bien chaud et il n'y aura toujours rien à faire. »

Et c'était sans fin, Truitt toujours patient et Antonio méprisant tous les efforts qu'il faisait pour se montrer gentil. L'argent ne signifiait rien pour lui. Dormir chaque soir dans le lit doré de sa mère ne signifiait rien. Voir son ancienne salle de jeux, ses jouets encore là, tout cela ne signifiait rien. Antonio n'était pas un sentimental. Il n'était pas là pour s'émouvoir. Il était venu semer la mort.

« Les gens qui passent leur temps à leurs affaires gâchent leur vie. Nous ne vivons que pour l'art.

– Je ressentais la même chose que toi. Je le ressens. Je n'ai pas choisi cette voie. Il n'y avait personne d'autre.

– Et un jour tout ça sera à moi ? Je vendrai tout pour vivre la belle vie.

– C'est ce que cette famille a accompli depuis cent ans. Il n'y a pas une âme en ville qui n'en dépende pas, d'une manière ou d'une autre.

– Des riens du tout, tous autant qu'ils sont. »

Ils auraient pu parler de ce qui comptait. Ils auraient pu s'asseoir près du feu après le dîner, Ralph aurait peut-être pu exprimer ce qu'il avait dans le cœur, expliquer qu'il était désolé, que tout ce qui lui importait était qu'Antonio fît ce que bon lui semblait, vendre les firmes de son père, brûler la maison et arroser la terre de sel. La seule chose qu'il voulait, c'était le pardon de son fils. Et c'était aussi la seule chose qu'Antonio n'était pas prêt à lui donner.

Lorsque Ralph était en ville, il acculait Catherine dans un coin.

« Il était censé être mort. Il n'est même pas mourant. Viens immédiatement, tu as dit.

– Il avait besoin de te savoir ici. De croire que tu arriverais. Et c'était le seul moyen de te faire venir. Si tu as cru…

– Alors tu m'as menti.

– Oui.

– Je n'ai besoin que d'une chose, c'est qu'il meure. Rappelle-toi, je peux encore tout lui raconter. Le soir, quand il veut qu'on ait ces petites causeries, chaque soir je suis sur le point de tout lui dire, et je me retiens. Ça me plaît, si on peut dire. Il est assis là comme un singe, on peut lui dire tout ce qu'on veut, et il tend littéralement l'autre joue.

– Il veut que tu lui pardonnes.

– Ce qu'il veut, c'est pouvoir dormir tranquille la nuit. Mais est-ce qu'il dort, au fait ? Toi qui couches dans son lit, tu dois le savoir.

– Il est agité. Il veut tellement ton bonheur qu'il n'en ferme pas l'œil. »

La menace planait toujours, et elle était on ne peut plus réelle. Ils avaient mis au point un plan, et ce plan les impliquait tous deux. À présent il lui disait qu'elle le dégoûtait. Une fois débarrassé de Ralph, il la jetterait dehors, et elle n'aurait nulle part où aller. Il ne lui resterait qu'à retourner auprès d'India, et à redevenir cette femme qu'elle avait cessé d'être.

Catherine ne savait quoi faire. Elle prit conscience de ce que, bien qu'il y eût dans ce monde une série de gens qui savaient des choses sur elle, personne ne savait tout. Elle avait dit tant de mensonges, s'était inventé tant de personnages, un pour chaque tableau. Elle n'avait personne vers qui se tourner, et cette situation ne pouvait durer très longtemps. Même la patience de Truitt n'était pas infinie.

La fureur d'Antonio crût à mesure que Ralph reprenait des forces. Les couleurs étaient revenues à ses joues blêmes ; il n'avait plus le vertige en montant l'escalier raide de la maison. Les anciennes angoisses avaient déserté son sommeil. Les fantômes s'en étaient allés.

Le soir, elle leur faisait la lecture près du feu, Whitman, les poètes américains.

« Mon Dieu, que c'est ennuyeux. Tu mesures une seconde combien c'est ennuyeux ? »

La nuit, tandis que Ralph et elle faisaient l'amour dans la chambre bleue, elle pensait à Antonio qui allait et venait dans la sienne, à l'autre bout de la maison, à boire du brandy et à fumer des cigares, et elle sentait sa colère, elle savait que cette rage mènerait à quelque événement terrible, qu'elle ne pouvait se figurer ou décrire. Elle tenta de mettre Truitt en garde, mais il ne voulut rien entendre.

« Il va tout gâcher. Il est un danger pour toi.

– J'étais comme lui, à son âge. Je ne tenais pas en place, je m'ennuyais et j'étais plein de haine. Peut-être est-il bien le fils de sa mère. Peut-être est-il au-delà de toute rédemption. Mais c'est mon fils. Moi non plus je ne voulais pas m'arrêter. Le dédain. La haine. Je dois tenter le coup. »

Ralph emmena Antonio à l'usine. Il lui expliqua patiemment comment on fondait le minerai, lui montra les différentes formes que l'on pouvait façonner à partir du fer en fusion. Antonio insulta les employés, se moqua de leurs efforts.

Son seul intérêt véritable était pour Catherine, qu'il appelait toujours Mme Truitt. Lorsque Ralph était absent, lorsque Antonio daignait enfin se lever et la trouvait en train de déjeuner, ou bien discutant du menu du soir avec Mme Larsen, il se glissait comme un chat et soudain il était sur elle, sur son chemin, dans son esprit alors qu'elle avait presque oublié sa présence.

« Madame Truitt...

– Arrête de m'appeler comme ça, s'il te plaît.

– Tu es la femme de mon père. Comment devrais-je t'appeler ?

– Catherine.

– Jamais je n'oserais. Madame Truitt, imaginez comme nous pourrions nous amuser. Tout cet argent. Il y a assez de vin pour tenir un an. Et toutes ces chambres, nous pourrions les remplir de gens que nous connaissons, de nos amis...

– Antonio. Il n'y a pas de "nous". Plus maintenant. Il faut que tu comprennes.

– Et tout ce que tu as à faire, c'est te débrouiller pour qu'il meure.

– Je ne veux pas. Je ne peux pas, en fait. Je n'ai plus le poison.

– Ça peut se trouver. J'irai à Chicago. Cette maison grouille de rats, voilà ce que je leur dirai. »

Par les fenêtres de la salle à manger, elle contempla le champ tout en longueur qui descendait vers le fleuve. Déjà la glace était fragile. Les enfants ne venaient plus patiner, après l'école. L'hiver ne durerait plus longtemps.

« Je ne le ferai pas. Je te l'ai dit cent fois. C'est mon mari. Tu as déjà tout ce que tu veux.

– Je m'ennuie.

– Dans ce cas, va à Chicago. Va jouer avec tes amis.

– Je n'ai pas d'amis à Chicago.

– Ce sont les mêmes que ceux que tu fréquentes à Saint Louis. Il n'y a pas l'ombre d'une différence entre eux. Ils dorment toute la journée, boivent toute la nuit, jouent, vont voir les prostituées et fument de l'opium. Tout ce que tu aimes. Tu pourrais t'acheter des vêtements. Tu as de l'argent. Truitt a un excellent tailleur. Tu pourrais vivre comme le prince de Galles.

– Je ne vois pas en quoi ce serait amusant.

– Va en Europe. Il l'a bien fait, lui.

– Et je disparaîtrais pour cinq ans ?

– Il t'enverrait tout l'argent que tu voudrais.

– Je ne parle pas la langue. Je n'aime pas les églises. Je t'ai dit ce que je voulais.

– Et moi je t'ai dit que tu ne l'aurais pas. Ni aujourd'hui, ni jamais. Tu devras faire sans.

– Faire sans n'est pas dans ma nature, et tu le sais.

– Je t'en conjure. Une heure, un après-midi, je te supplie de me laisser tranquille. »

Alors il la laissait là, mais elle sentait sa présence dans la maison. Elle restait debout des heures dans le jardin secret, les yeux levés vers la fenêtre de leur chambre, attendant impatiemment le printemps, priant pour qu'Antonio s'en aille, regrettant d'avoir mis en route cet engrenage désastreux, d'avoir vu la lueur dans les yeux de Truitt, d'avoir entendu les mots du poète : « Ceux qui s'aiment deviendront invincibles. » Elle ne se sentait pas invincible. Elle se sentait comme une blessure à vif, ouverte dans l'air, vulnérable au tout-venant. Comment tout cela était-il arrivé ? Debout au milieu de ce jardin en ruine, elle avait peine à se rappeler comment tout cela avait commencé, mais le vertige de la peur la tenaillait, la terreur de ne jamais en réchapper. Ce nœud au creux de l'estomac lui criait qu'Antonio avait raison : Truitt découvrirait la vérité, d'une manière ou d'une autre. Elle avait dévasté sa propre vie, et cette vie était devenue un secret enseveli au fond d'elle, à l'abri de tout, sauf d'Antonio.

Elle avait vu le médecin, en ville. Elle avait tout calculé avec précision. L'enfant était de Truitt. Il reposait dans son corps comme le jardin reposait dans son esprit, sous terre, attendant qu'on s'occupât de lui. Lorsque Truitt aurait recouvré toutes ses forces, elle lui apprendrait la nouvelle. Lorsque Antonio se lasserait de cette comédie et comprendrait que tout ce que possédait Truitt était aussi sien, il s'en irait dépenser cet argent et mourir à Saint Louis, à Londres ou à Paris, dandy vieillissant trop las pour vivre plus longtemps. Il irait de ville en ville comme à son habitude, il utiliserait les gens, les souillant comme des draps avant de disparaître vers des visages neufs et des distractions inédites. Truitt avait aimé en lui un être qui n'existait pas. Il trouverait sans doute l'amour et une forme de consolation dans cet être à venir.

6

Bien qu'il ne sût pas monter, Antonio acheta un pur-sang arabe, le plus magnifique de tout l'État, disait-on. Il engagea un professeur, un jeune garçon de ferme, et prit des leçons dans la vaste grange en contrebas, où Truitt avait fait aplanir le sol et dessiner une piste d'entraînement. En deux semaines, cette fascination subite s'épuisa et le cheval se retrouva à errer dans la basse-cour, à gratter la fine couche de neige gelée, bien loin des sables du désert.

Antonio acheta une voiture plus récente, plus sophistiquée et beaucoup plus coûteuse que celle de son père. Elle arriva par le train et fit sensation en ville, mais il ne savait pas conduire, et de toute manière les routes étaient trop cahoteuses, aussi la voiture resta-t-elle dans un garage en ville.

Antonio se rendit à Chicago. Il revint au bout de cinq jours, le regard vitreux et épuisé, avec une malle remplie de vêtements, un paquet d'arsenic et une boule d'opium. Il en revint accompagné d'une Mlle Carruthers, Elsie Carruthers, que Catherine reconnut pour l'avoir croisée au théâtre et dans les autres lieux interlopes qu'elle avait fréquentés avec

India. Il l'installa dans des appartements proches des siens. Ils y passaient leurs nuits, à boire des millésimes extraordinaires et à s'arracher leurs vêtements.

Mais Mlle Carruthers était ignorante et ces longs dîners bercés de poésie l'ennuyaient, aussi Antonio et elle cessèrent-ils tout bonnement de descendre pour les repas. Ralph prétendait que c'était ainsi que vivaient les jeunes gens, que c'était ainsi qu'il avait vécu lui-même, mais à quatre mille kilomètres de chez lui. Jamais il n'avait rapporté une telle dépravation sous le toit de son père et de sa mère, pourtant jamais il n'en toucha mot à Antonio. Catherine était soulagée de ne plus l'avoir sans arrêt autour d'elle, heureuse aussi de pouvoir à nouveau profiter de Truitt en tête à tête.

Antonio se lassa de Mlle Carruthers, et Ralph versa à cette dernière une somme d'argent confortable pour qu'elle reprenne le train vers Chicago. Après cela, Antonio n'eut plus rien à faire. Plus rien du tout.

« Madame Truitt, tu as la poudre. Tu connais le plan. Je t'ai dit que je lui dirais tout, et je vais le faire.

– Tu n'as pas besoin de moi, si c'est ce que tu veux.

– Le fils perdu tuant son père ? Ça ne marcherait pas. Je suis un lâche. Pas toi. Non, madame Truitt, j'aurai toujours besoin de toi. Le bruissement de tes jupes dans l'escalier fait enfler mon désir, comme autrefois.

– Le passé est mort.

– Non. Rien n'est terminé.

– Je ne pourrais pas le faire. »

Il lui effleura le cou, là où battait son pouls.

« Dis-moi que tu m'aimes. »

Elle le gifla.

Il sourit. « Tu vois bien ? »

Antonio avait l'habitude d'être adoré et désiré, et n'avait nulle place dans son cœur pour les complexités de l'amour. Il n'était jamais mû par le besoin d'affection ; le désir entraînait ses propres plaisirs, outranciers et spectaculaires, mais les scènes interminables et les reniements incessants l'ennuyaient. L'amour pour lui n'accélérait pas le pouls, l'amour battait régulièrement, heure après heure. L'absence de sursauts le lassait. Et, lorsqu'il avait une chance de posséder tout ce qu'il voulait et d'agir comme bon lui semblait, il en ressentait une lassitude paralysante, un désespoir et une colère qui faisaient de lui un tigre en cage. Il recherchait de nouvelles sensations, de nouvelles conquêtes, et ne trouvait rien.

Ralph comprit qu'Antonio ne porterait jamais d'alliance. Le bonheur simple de la vie domestique n'avait pour lui aucun sens ; il dilapiderait vraisemblablement sa vie à passer de femme en femme, de plaisir brut en plaisir brut, à jamais, jusqu'au déclin de sa beauté et jusqu'à l'épuisement de ses désirs, puis il se retrouverait sans rien. L'amour qui sous-tendait la passion était éphémère. C'était le bandage de gaze entourant la blessure du cœur. Il avait une existence hors du temps, dans une continuité qui ne pouvait se voir ni se décrire. Pendant la journée, Ralph pensait à Catherine avec un mélange d'amour et de peur, mais il se satisfaisait de la trouver là quand venait le soir.

Antonio ne voyait jamais rien. Sa mère était morte pour le plaisir sexuel, elle avait avili et ruiné sa vie, et Antonio était le fruit de sa perversité, bien qu'adoucie. Ne pas se résoudre à abandonner la prééminence du sexe condamnait à une mort solitaire, dans une pauvreté matérielle ou morale. C'était ne jamais connaître le plaisir du sexe dénué du besoin.

Ralph avait retrouvé sa passion, si longtemps réprimée. Il l'avait retrouvée dans une femme qui l'avait trompé, qui lui avait menti, qui avait fait semblant et pire encore, pourtant il se réveillait chaque matin avec le sentiment d'avoir passé la nuit dans des rêves de plaisir. En quête d'une chose, il en avait reçu une autre. Elle était l'instrument de sa mort. Elle était son invitation à la vie. Il fit son choix.

Il reprit des forces, il devint plus riche et plus puissant. Ses affaires, qu'il avait longtemps considérées comme une manière de passer le temps, d'apaiser la culpabilité qu'il ressentait pour avoir laissé son père mourir seul, avaient désormais tout d'une passion et il lui suffisait de tendre les bras, les mains pleines d'argent, pour acheter et ruiner, pour sauver et construire, ou pour posséder tout ce qui était susceptible d'accroître sa puissance. Voilà ce qu'il était devenu. Voilà ce que l'Amérique lui avait proposé. Voilà ce qu'Antonio pourrait devenir.

« Ça m'ennuie.

– Moi aussi, autrefois. C'est en devenant bon dans ce domaine que j'y ai pris de l'intérêt. C'est la vie, Antonio. C'est le travail. C'est ce que font les gens.

– Ce n'est pas ma vie. Ce n'est pas ce que moi je fais.

– Ce pays, Antonio, ce pays tout entier est en train de se bâtir et de croître. Il y a tant à posséder et à contrôler. Des gens, dans des fermes, dans des villes, qui ne savent pas où aller. Tout ce dont ils ont besoin, c'est d'une lumière, et ils suivront.

– Ils *te* suivront. Et ils peuvent bien te suivre jusqu'en enfer, en ce qui me concerne. »

Et pourtant Ralph persistait, sa patience ne connaissait pas de limites, son amour était vaste et inexploré. Pour lui, Antonio était la seule et unique chose qu'il eût réussi à sauver du désastre de ses années de jeunesse – ou du moins faisait-il ce qu'il pouvait pour la sauver – et il était prêt à tout, à endurer toutes les insultes, pour que son fils restât.

Il avait appelé la mort de ses vœux, mais à présent que la vie lui avait été rendue, et avec elle la puissance et la passion, jamais plus il ne se sentirait mal aimé et seul au milieu d'une foule sur un quai de gare. Jamais plus il ne serait un objet de pitié pour les hommes qui travaillaient pour lui, ou pour leurs femmes et leurs enfants. Jamais plus il ne serait qu'une rumeur et rien d'autre.

Autour d'eux, la maison s'étendait. Le personnel de Mme Larsen était passé de deux à six personnes, dont une lingère, une femme de chambre pour Antonio et une aide supplémentaire en cuisine. Catherine avait engagé un jardinier de Chicago, qui faisait naître les tropiques sous leur serre, et grâce à lui les orangers et les jasmins fleurissaient dans le chaud soleil de l'après-midi. Il faisait humide dans la serre et les oiseaux sautillaient de branche en branche en pépiant. Ralph y paressait parfois l'après-midi, pour se réchauffer les os. Et ainsi la douleur disparaissait.

On décrocha les vieux rideaux damassés pour les remplacer par de plus légers, laissant entrer davantage de lumière. Dans leur chambre, les tentures de soie du baldaquin cédèrent la place à des étoffes à motifs chinois inspirés d'un autre siècle. Leur splendeur exotique transportait Ralph et Catherine dans leur Xanadu [1] à eux, ce royaume pleinement et entièrement dédié à leurs désirs.

Des couturières arrivèrent de Chicago, apportant leurs cahiers de patrons et leurs coupons d'étoffes précieuses, afin de confectionner des robes pour Catherine, rien d'exubérant. Elles firent pour Ralph des chemises rayées splendides, à manchettes, col blanc et boutons dorés.

Ils étaient riches et, sans ressentir pour autant le besoin d'être ostentatoires, vivre comme les gens riches leur était agréable. Ralph ne changea pas d'habitudes et dès qu'il eut bu assez de brandy, il cessa de boire tout à fait ; il ne mangeait que ce qui lui était nécessaire et non pas autant qu'il le souhaitait. La nourriture était exquise. La compagnie s'accrut dans la maison dès que la lumière y entra de nouveau.

1. Xanadu (aussi Xandu, Shangdu) : référence au poème de Samuel Taylor Coleridge intitulé « Kubla Khan ; or, A Vision In A Dream : A Fragment » (1797). Capitale d'été de l'empereur mongol Kubilaï Khan au XIIIe siècle, Xanadu devient dans le poème de Coleridge une métaphore de l'opulence et de tous les plaisirs des sens. *(N.d.T.)*

Pourtant, Antonio lui demeurait toujours inaccessible. Pendant des années, Ralph avait placé tous ses espoirs dans les efforts entrepris pour le retrouver et le ramener à la maison, et à présent Antonio détestait cette maison, détestait les affaires de son père, il se montrait injurieux envers l'épouse de Ralph et les domestiques. Mais Ralph comptait sur le temps. Pendant ces années interminables, il n'avait rien eu d'autre que le temps, et cela lui avait appris à se tenir droit, à ne pas se courber dans le froid.

Chaque jour, l'hiver reculait. L'éteule réapparut dans les champs, les après-midi s'allongèrent. Le fleuve noir n'avait pas quitté sa carapace de glace mais les portes de la prison paraissaient s'ouvrir et les gens, attendre le premier jour de douceur, celui où les filles pourraient enfin apparaître dans leurs robes d'été. Il y avait un avenir.

Antonio apprit à conduire la voiture à cheval et aussitôt, par les routes boueuses, il se rendit chaque soir en ville, où il ramassa une jeune veuve, Mme Alverson, dont le mari s'était suicidé deux ans plus tôt. Le désespoir sexuel de cette femme trouva un écho en celui d'Antonio et on ne parla plus en ville que de leurs rendez-vous galants. Ralph souffrit d'entendre une nouvelle fois son nom comme sujet de rumeur, associé à de tels scandales. Il tenta de ramener Antonio au pas.

« Son mari avait vingt-cinq ans. Elle reste avec un bébé né après la mort de son époux. Son cœur est une plaie béante.

– Elle aime ma compagnie.

– Elle vit de l'aide des œuvres de charité. Bien sûr, qu'elle aime ta compagnie. On jase.

– Ta réputation m'est totalement indifférente, si c'est ce qui t'inquiète. En ce qui me concerne, tu n'as pas de réputation. Je ferai exactement ce que je veux.

– Peut-être devrais-tu aller en Europe. Les Mme Alverson sont légion, là-bas, et elles comprennent mieux la nature de l'arrangement. Peut-être serais-tu plus heureux. J'y ai été heureux. Tu y trouverais des femmes…

– Et vous laisser, toi et Mme Truitt, alors qu'on s'amuse tellement ? Pourquoi ?

– Antonio. Parce que Mme Alverson… quel est son prénom ?

– Violet.

– Parce que Mme Alverson mérite mieux que cela. N'importe qui mérite mieux. Parce que tu n'as pas le cœur aux affaires ; la seule autre chose que j'aie à te donner, c'est de l'argent. Je t'en ai donné assez pour parcourir le monde, si c'est ce que tu veux. Tu le dépenseras. Tu en reviendras. Ce feu-là finit par s'éteindre. »

Lorsqu'il avait l'âge d'Antonio, Ralph avait été forcé de mettre fin à sa vie dissolue, de rentrer reprendre les affaires en main. Il avait appris en faisant, mal d'abord, puis de mieux en mieux. C'était devenu sa vie, et l'Italie n'était plus qu'un lointain souvenir. À l'âge qu'avait Antonio, la perspective d'aller dans un pays étranger dont il ne parlait pas la langue, sans y connaître personne et avoir nulle part où vivre, était un projet réjouissant. Il détenait sa vie entre ses mains et le frisson de la nouveauté lui était accessible. Il avait apporté toute sa vie dans le Wisconsin et il n'avait aucun moyen de revenir en arrière. Il n'avait aucun moyen non plus d'obtenir ce qu'il voulait, et la rage montait en lui. Ses vieux amis l'auraient envié, mais ils n'étaient pas les bienvenus dans cette maison. Ici n'étaient reçus que les gouverneurs et les sénateurs, ainsi que de vieux hommes d'affaires fatigués et ventripotents fumant le cigare, et tous venaient lécher les bottes de Ralph Truitt, dans l'espoir de saisir à la source l'occasion de leur vie, l'investissement extraordinaire qui allait les rendre encore plus riches.

Antonio se retira auprès de sa veuve en ville, ou bien dans ses appartements de cette vaste demeure, et il se moquait éperdument de briser l'âme de son père, à petit feu. Cet équilibre ténu entre la haine et la cupidité ne pouvait guère durer. Cette situation ne pouvait s'éterniser.

Violet Alverson vint dîner chez eux. Elle était douloureusement timide et douce, et la grandeur de la maison et des mets qu'on lui servait parut la plonger dans une admiration mêlée d'effroi. Catherine lui fit faire la visite complète des lieux, et la jeune femme sembla particulièrement enchantée par la serre, avec ses oiseaux chanteurs et ses plantes tropicales. Elle ne savait quelle cuillère ou quelle fourchette utiliser, mais Ralph lui parlait avec douceur des espoirs qu'elle pouvait avoir en l'avenir, une existence meilleure, une vie à elle, un joli bébé qui suivrait des études et se ferait un nom, peut-être dans les affaires.

Catherine lui proposa de rester pour la nuit, car la route était sombre et boueuse, et la ville se trouvait à six kilomètres, mais Violet déclina son invitation et s'en repartit dans le buggy qu'elle s'était fait prêter, le fouet à la main. Antonio et elle n'avaient pas échangé un mot. Elle rentra chez elle persuadée qu'il allait la demander en mariage.

Après ce dîner, Antonio se lassa de Violet Alverson. Elle avait un enfant, et pas de conversation. Elle n'était pas assez jolie pour exciter sa vanité. Il lui écrivit qu'il ne souhaitait plus la voir. Il ne se donna pas la peine de se déplacer en personne.

Elle se pendit le lendemain à la même poutre que son mari deux ans auparavant, dans le grenier de sa maison miteuse, avec son lit double désespérant. Son bébé dormait par terre, sur une couverture. Elle l'avait nourri juste avant de se passer la corde autour du cou. Elle n'avait pas reboutonné sa robe, et son sein nu pendait à l'air. Les cris du bébé alertèrent le voisinage. Le journal local rapporta qu'elle était morte du chagrin infini que lui avait causé la perte de son jeune époux. Ralph et Catherine assistèrent aux obsèques rudimentaires de cette femme qu'ils connaissaient à peine. Antonio resta à la maison, à jouer du piano.

7

Le vent, soufflant du sud, se fit plus doux. Les nuits demeuraient longues et glaciales, mais on voyait à présent la terre affleurer. Ralph passait les dernières heures du jour dans la grange avec sa voiture, à la faire briller, à la ramener à sa vie pétaradante. L'hiver n'avait que trop duré. Il fit revenir la voiture d'Antonio de la ville et il lui apprit à conduire dans leur longue allée privée. Ce fut le premier exercice mécanique auquel Antonio réussît. Cette automobile était une merveille, toute de cuir, de laiton et de lampes en cristal, avec des vases à l'arrière, et Ralph et lui allaient et venaient le long de la route majestueuse qui menait à la maison. Cette voiture leur procura une certaine forme de paix. Ils tentèrent de s'apprivoiser. Ils essayèrent de parler.

« C'était terrible, ce que je t'ai fait.

– Tu étais en colère, je suppose.

– Je l'étais, oui. J'étais furieux et ta mère était partie. Je l'avais aimée de tout mon cœur. Crois-moi. C'est vrai. Lorsqu'elle est partie, tout est devenu noir.

– Et on m'a abandonné en route.

– La mort de ta sœur. Le départ de ta mère. Tu étais encore là, et j'ai retourné tout ce chagrin et toute cette fureur contre toi, un petit garçon, et jamais je ne cesserai de le regretter.

– Tu as très bien réussi à l'oublier, il me semble.

– Je t'ai couru après pendant dix ans. J'ai cherché partout.

– Ça a dû coûter un paquet d'argent.

– Je m'en moquais. Après ton départ, après ta fuite, j'ai compris l'horreur que j'avais commise. Aucune somme d'argent ne pourra effacer cela. Te faire ainsi torturer pour une faute que tu n'avais pas commise. »

Cette valse lente entre père et fils, cette vieille chanson de regret et de châtiment s'immisçait dans chacune de leurs conversations. Lorsqu'ils parlaient tard le soir, Antonio était en général ivre, et Catherine déjà couchée, à l'étage.

« Tu t'es marié.

– Je voulais que tu rentres. J'ai pensé que cela aiderait. Et puis je me sentais seul. Seul, mal aimé et triste, jour après jour. Tu ne sais pas ce que signifie une vie sans amour. Ce que devient le cœur. Il se flétrit. Il perd la raison. Je voulais juste ce que les autres avaient. Je voulais une compagne, de la compagnie dans mon cœur. Quelqu'un d'autre que moi-même.

– Et tu es heureux, avec la jeune Mme Truitt ? Que sais-tu réellement d'elle ?

– Elle n'a pas eu une vie facile. Je suis heureux de pouvoir la rendre meilleure. Et puis elle t'a ramené à la maison. Elle est ma femme. Oui. Je suis heureux.

– Elle est beaucoup plus jeune.

– Elle pourrait être ton amie, si tu voulais bien.

– J'ai déjà des amis, mais ils ne vivent pas dans le coin. Tu m'as battu jusqu'à m'aveugler avec mon propre sang. Tu m'as enfermé dans ma chambre. Tu m'as laissé seul sans aucune explication, sans jamais me dire où était ma mère, ni pourquoi ta cruauté était aussi monstrueuse et sans fond.

– Je te demande pardon.

– Le temps dira si tes demandes de pardon suffisent. Je ne crois pas. Si tu mourais ce soir, je n'irais pas à ton enterrement.

– Tu serais très riche.

– Et personne ne te pleurerait, sauf peut-être la charmante Mme Truitt. Mais certainement pas moi. Et certainement pas tous ceux qui vivent en te craignant. »

En dépit de tout ce vitriol, une forme de communication naissait entre père et fils. Ralph partait travailler chaque matin avec l'espoir qu'Antonio se montrerait, finirait par pardonner et par aimer. C'était un homme honnête, animé d'une telle soif de croire.

Pour Antonio, bien sûr, il n'était qu'un poisson à l'hameçon. Antonio laissait du mou puis tirait sur la ligne, agitait l'aiguillon dans la bouche de son père. Il y prenait un grand plaisir.

Antonio voulait tant. Il aurait voulu n'avoir jamais vécu l'essentiel de son enfance. Il aurait voulu une mère fidèle, belle et vertueuse. Il aurait voulu une mère capable de prendre soin de lui. Une mère qui l'aurait emmené, au moment de s'enfuir, qui lui aurait donné mieux que cette sœur débile et ce père terrifiant qui n'était même pas son père. Il aurait voulu une enfance différente. Et plus que tout, il aurait voulu une mère qui ne serait pas morte dans la misère, qui serait restée auprès de lui pour empêcher sa vie de basculer dans la tristesse, le déchirement et l'errance. Il ne se souciait plus des coups qu'il avait reçus. Ils l'avaient rendu plus fort que son père, son véritable père, aurait jamais pu l'être. Ce qui lui importait, c'était le deuil.

Antonio demeurait assis, ivre, près du feu, après que Ralph était monté se coucher et se réconforter dans les bras de l'ancienne maîtresse de son fils. Et il pleurait. Il pleurait sa propre enfance et ses plaisirs simples. Assis là dans son ancienne salle de jeux, il touchait tout, le cheval à bascule et les peluches, les bateaux de bois et les soldats de plomb, et il pleurait tout ce qu'il avait perdu lui-même dans la bataille.

Il ne pleurait pas à cause des coups ou de sa solitude, assis au milieu de sa salle de jeux intacte, une bouteille de brandy à ses pieds. C'était le temps qu'il pleurait, le temps qu'il ne pouvait rattraper. Oui, Ralph était prêt à tout faire, et oui, l'avenir pouvait lui offrir une vie meilleure. Mais jamais il ne rattraperait les jours et les heures qui auraient pu ne pas être dans la colère, le malheur et la douleur. Jamais l'argent ne pourrait changer cela, et Truitt ne trouverait pas de mots pour réparer.

Il y avait dans ce chagrin sans fond une sorte de plaisir sexuel, un réconfort qu'il s'offrait à lui-même en s'y abandonnant, une libération qu'il ne trouvait pas même dans les premiers ébats avec une femme qu'il désirait. Il ne savait pas pourquoi il se comportait de cette manière. Il s'en moquait. Personne d'autre n'avait vécu sa vie. Personne d'autre n'avait à lui dire comment se conduire.

Peut-être Ralph avait-il raison, pensait-il. Peut-être pouvait-il changer. Car le moins qu'il pût dire, c'est que sa vie ne lui avait pas apporté beaucoup de joie ou de paix.

Peut-être ces pleurs dans la salle de jeux étaient-ils ses premiers pas, incertains et craintifs, vers l'amour. Il ne savait pas ce qu'était l'amour, mais ce qu'il savait, c'est que ses sentiments à l'égard de Ralph n'étaient plus tout à fait les mêmes et que ce qu'il ressentait n'était plus une haine aveugle. C'était un enfant, et il voulait retrouver son père et sa mère.

Il se réveillait au matin sur le plancher de son ancienne chambre, le sang battant aux tempes, le corps recouvert de la vieille couverture qui l'avait protégé enfant, et il frissonnait de chagrin et parfois de remords devant son comportement. Il aurait voulu pouvoir être quelqu'un d'autre.

Depuis que Truitt avait cessé de le torturer, depuis ce jour où il avait été assez fort pour s'enfuir, il n'avait fait que se torturer lui-même. Si Truitt avait essayé de le tuer, Antonio, malgré son immense chagrin, avait fait de son mieux pour achever son œuvre. Toutes ces nuits, tous ces jours embués, ces femmes, cette débauche, tout cela n'avait pas suffi. À présent que l'amour de Truitt lui était rendu, Antonio devrait être l'instrument de sa propre destruction.

L'idée qu'il pût mener une vie merveilleuse ne l'avait jamais effleuré auparavant. L'idée qu'il était riche, qu'il pouvait aller à Rome épouser une princesse, qu'il pouvait boire du champagne frais à l'aube sur le pont d'un paquebot en route vers les mers du Sud, en compagnie d'une femme qui l'aimerait simplement, prête à tout pour lui donner de la joie, qui pourrait lui offrir une vie splendide… ces fantômes-là se refusaient à lui.

L'amour était perdu à jamais, derrière la fenêtre, juste hors de sa portée, comme un fruit sur la branche la plus haute. À sa place, il ne restait à Antonio que l'attrait sexuel de la tragédie. Il allait se saouler à mort, avaler son brandy d'un trait et pleurer sa vie perdue, les heures de son enfance, la bonté de cet homme qui ne demandait qu'à être son père, la beauté gâchée de sa mère. Il explorait les pièces somptueuses de la demeure de son père, sachant qu'il n'y était nulle part chez lui. Il n'était jamais arrivé. Il n'y avait personne pour l'accueillir.

Tout ce qu'il souhaitait, c'était dormir dans une petite chambre sombre où il aurait chaud, dans une maison anonyme où il n'y aurait ni jour ni nuit, il voulait faire frénétiquement l'amour à une femme après l'autre, jusqu'à sa mort. Il aspirait à l'ivresse de la chair. Il voulait que ce qu'il aimait le plus au monde, le contact délicieux d'un autre être humain, devînt une torture. Il voulait mourir dans une extase sexuelle, la dernière après des milliers.

Il y avait Catherine. Elle était comme une drogue, le poison dont il ne pouvait se sevrer. En l'absence d'autres distractions, elle était celle dont il connaissait les secrets. Elle était toujours dans la maison, à coudre, à lire les livres qu'elle avait fait envoyer de Chicago. Elle l'avait abandonné. Elle l'avait trahi, lui avait refusé le trésor promis.

Chaque nuit, elle dormait dans le lit de son père. Son père lui faisait l'amour, lui chuchotait qu'il l'aimait, ce qu'Antonio ne lui avait jamais dit et n'avait même jamais ressenti. Il ne lui suffisait pas de désirer toutes les femmes ; il voulait que Catherine fût toutes les femmes pour lui.

Elle l'évitait à dessein. Elle s'enfermait dans sa chambre, pour coudre, lorsque Truitt était absent. À la table du déjeuner, elle se comportait en étrangère, s'adressant à lui comme si elle ne gardait aucun souvenir des cordelettes de velours avec lesquelles il l'attachait au lit, ou du feu qui lui avait brûlé la peau. Le chagrin d'Antonio était insondable. Son désir, immense, n'avait qu'un objet.

Truitt se rendait en ville. Antonio la trouvait alors, la suivait, lui ouvrait son cœur, lui jurait que son retour dans cette maison l'avait changé, avait rouvert une plaie qu'il croyait refermée pour toujours. La seule vision de Truitt, cet homme qui jadis avait été capable de tels actes de destruction, le simple fait de voir cet homme calmement assis et lavé de toute accusation, même torturé par son remords, l'effrayait mortellement, disait-il. Penser que tout pourrait être autrement, que tout pourrait changer à partir de cet instant, le terrorisait.

Elle lui recommandait de se montrer patient. De donner aux anciennes blessures le temps de cicatriser. Ils ne parlaient plus de la mort de Truitt. Il lui dit qu'il avait de l'arsenic dans sa chambre, l'arsenic qu'il avait rapporté de Chicago et que, tard le soir, alors qu'il avait bu trop de bordeaux et qu'il se trouvait seul pendant que son père couchait avec sa maîtresse, sa création, il prenait le poison dans ses mains, le reniflait, et suppliait la mort de venir le chercher. Il lui dit que, s'il avait un bouton dans la jambe qui lui permît de disparaître comme s'il n'était jamais venu au monde, il appuierait dessus. Elle se montra horrifiée qu'il pût envisager une chose pareille. Il avait appris à conduire, répliquait-elle. Il pouvait aller où bon lui semblerait. Sa vie l'attendait. Elle ne comprenait pas un mot de ce qu'il racontait. Elle n'était plus la femme qui pendant des heures avait parlé avec lui de tout et de rien, de petits riens amoureux.

Le silence l'enveloppait, l'étranglait. Chaque matin, son rasoir était une invite. Chaque nuit, l'arsenic était un aphrodisiaque. Sa solitude était terrifiante, pourtant il refusait de se rendre en ville, pour y rencontrer les jeunes filles convenables que son père faisait venir de Chicago, il refusait de s'asseoir à une table avec leurs banquiers de pères, dans le tourbillon des manières exquises et des rires musicaux, innocents. Nulles ténèbres en elles. Il n'avait que faire de la lumière.

Il rédigea des lettres d'adieu qu'il conserva dans un tiroir verrouillé. Il écrivit à son père des lettres dans lesquelles il décrivait le passé de Catherine dans une débauche de détails, des lettres qui, d'un coup bref et fatal, réduiraient à néant leurs deux vies. Ces lettres, il les brûla.

Il était seul, égaré à l'intérieur de lui-même. Le simple fait de rester en vie, cette vie qu'il trouvait horrible, l'épuisait. Garder la tête haute face à un public méprisant, jouer la comédie de son propre narcissisme. Il se répétait sans cesse les mots, et mesurait combien ils sonnaient faux. Tard un soir, dans son ivresse, il ouvrit son cœur à Ralph.

« Je veux… je voulais être quelqu'un d'autre. Après mon départ, j'ai voulu que les choses changent. Rien n'a changé.

– On veut tous être quelqu'un d'autre. Quelqu'un de plus courageux, ou de plus beau, ou de plus intelligent. C'est ce que veulent les enfants. Et cela passe en grandissant, avec de la chance. Sinon, c'est toute une vie de torture. Moi, je voulais… quoi ? Être élégant, pas un bouseux de la campagne, je voulais être aimé, vivre à l'abri et mener ma vie comme je l'entendais. Jamais je n'ai voulu cela, jamais je n'ai voulu mettre un pied dans les affaires.

« Ce dont je rêvais, c'était d'épouser une *contessa* et que nous vivions heureux jusqu'à la fin de nos jours. Mais la vie n'est pas ainsi faite. Joue les cartes que tu as, Antonio, c'est tout ce que l'on te demande. Et tu as un beau jeu.

– Je souffre, tout le temps. J'ai mal.

– Et j'en suis désolé. Si je pouvais faire…

– Tu ne peux rien y faire.

– Je le sais. »

C'était une route sans fin, une conversation sans but. Lorsqu'on passait ses jours à discuter avec quelqu'un dont on ne parlait pas la langue, comment espérer s'en faire comprendre ? Il prononçait les mots, son père pouvait l'écouter, mais ces mots n'avaient de poids ni pour l'un, ni pour l'autre. C'était une manière de passer le temps, pour le fils mélancolique et le père compatissant.

« Oublie tout ça, se disait Antonio au milieu de la nuit, allongé par terre dans la salle de jeux. Vis une vie rangée amputée, triste, mais doucement ordinaire. Parle à ces filles venues de Chicago. Pavane-toi dans ta voiture pour faire l'envie de toute la ville. Apprends les règles du métier, oublie la chambre sombre et les milliers de femmes. » C'était comme apercevoir une côte lointaine en sachant qu'il ne pourrait y accoster.

Catherine ne quittait jamais ses pensées. Lorsqu'il l'avait rencontrée, il n'était qu'un jeune garçon, un jeune homme, et elle, une courtisane élégante et opportuniste. Elle lui avait paru sensuelle et sophistiquée. Elle avait de belles manières, elle connaissait le monde. Lui ne savait rien, rien du tout. Elle lui avait acheté des chemises. Elle lui avait appris comment s'habiller, comment tenir ses couverts dans un restaurant et parler le regard baissé. Elle lui avait révélé les complexités subtiles de son propre corps. Elle avait dessiné un cercle magique autour de lui, et à l'intérieur il avait pu être à l'abri quelque temps. Puis les monstres étaient revenus le chercher, et il était devenu lui-même un monstre – cruel, inflexible et intrigant. Il s'était attaqué à elle car elle l'avait vu dans son innocence et son espoir, car elle croyait à tout cela, et il l'avait blessée, inlassablement. Elle l'avait laissé faire et il en concevait à présent un chagrin qui le brûlait comme du plomb en fusion.

Par un matin de sobriété, alors qu'il était exceptionnellement réveillé, il vint trouver Truitt à son bureau. Il écouta et regarda Truitt accroître sa fortune, recevoir les plaintes de ses employés et les traiter avec justice et compassion. C'était pour lui comme contempler un tableau. Nul mouvement, nul son. Truitt crut que son fils commençait à s'intéresser à ses affaires. Qu'il avait atteint une forme d'acceptation, qu'il faisait à son tour ce pari que lui-même avait fait des années plus tôt. Le lendemain matin, Antonio ne se rappelait pas y avoir mis les pieds, était incapable de se remémorer la moindre parole ou le moindre détail du bureau.

Son père, son vrai père avait quitté sa mère pour une riche veuve. Il était l'homme sans visage. Il avait enseigné le piano, s'appelait Moretti, lui avait donné la vie. Ce Truitt n'était qu'un étranger lointain dont la mort avait été la seule raison de vivre d'Antonio depuis une douzaine d'années. Ce Truitt qui achetait, vendait et jetait, qui lui parlait d'une voix douce qu'il ne supportait pas.

Seule Catherine était réelle, et elle était devenue quelqu'un d'autre, une personne inconnue d'Antonio. Mais sous ses vêtements, la peau de Catherine était la même et, tout comme la peau d'Antonio gardait un souvenir vivace de chaque coup reçu de la main de Truitt, chaque mot de colère, dans celle de Catherine reposait la mémoire de ce qu'elle avait été. À l'époque elle était tout pour lui, et il ne pouvait y renoncer. Pas maintenant.

Ni jamais.

8

Antonio la trouva dans la serre. C'était la fin de l'après-midi et les oiseaux chanteurs gazouillaient de branche en branche, le jasmin ployait de senteurs, et les roses avaient commencé à éclore dans l'air chaud et humide. La lumière plane filtrait à travers les frondaisons des fougères géantes et des palmiers qu'elle avait achetés à Saint Louis. Les fenêtres étaient voilées de buée. Des orchidées poussaient dans des vasques chinoises. Catherine cousait un plissé d'un bleu sombre exquis, et le drap de laine presque noir lui recouvrait les genoux et descendait en ondulant jusqu'au sol de marbre rouge.

Il vint s'asseoir à ses pieds, comme un chien, patient, bienveillant, avide d'amour. Il avait honte de sa volonté de se faire humilier. Elle lui montra une gravure représentant la robe, une fois terminée. Elle était presque au bout de son ouvrage, une robe simple de coupe élégante, ornée de boutons de l'ourlet jusqu'au col et de tulle blanc au col et aux manchettes. Elle était plissée à la taille, sur le devant, et les points qui retenaient les plis étaient si minuscules qu'ils en devenaient presque invisibles.

L'étoffe était fine et coûteuse, fluide entre les mains de Catherine. De ses doigts blancs et fins, elle faisait courir le drap sombre, dans lequel l'aiguille entrait et sortait prestement, au rythme du tintement mat de l'acier sur le dé d'argent que Catherine portait au doigt.

Elle retourna adroitement la robe et hissa contre elle les mètres de laine afin de s'attaquer à l'ourlet. Sous le flot bleu-noir pointaient le bout de son soulier, son bas blanc, et en dessous, sa peau fraîche, la carte de tout son corps. Les douces senteurs et les replis secrets, autant de lieux qu'il avait visités et où il s'était attardé.

« Hattie Reno, dit-elle d'une voix douce. Tu as reçu une lettre d'elle. J'ai reconnu son écriture.

– Je lui ai raconté. Il fallait bien que je dise quelque chose. J'ai brûlé la lettre.

– Elle va bien ?

– Ils vont tous bien. Tu leur manques. Elle dit que le théâtre est rempli d'ennuyeux. Que la bière n'a plus de saveur, depuis que tu n'es plus là. Que toutes les bulles s'en sont allées. Tu la faisais rire. Tu lui manques.

– Ne parle pas de moi. C'était une autre vie.

– Vraiment, madame Truitt ?

– Les gens changent, Antonio. Ils passent à autre chose.

– Moi pas. Je ne passe pas à autre chose.

– Hattie Reno était ma meilleure amie. À présent je me souviens à peine d'elle. Non pas que je sois ingrate ; simplement, la vie est tellement différente, aujourd'hui.

– Tu fais semblant. »

Elle reposa une seconde son aiguille. « Je ne crois pas. J'en ai eu assez de me comporter si mal, avec les gens.

– Tu ne t'es jamais mal comportée avec moi.

– Nous nous sommes mal comportés l'un avec l'autre. C'était une autre époque. Une forme de folie. Antonio, c'est terminé, maintenant. Tu dois te réconcilier avec cette histoire. Tu dois faire la paix avec ton père. » Elle reprit sa couture, point après point dans l'ourlet sombre.

« Je suis fatigué. Si tu savais comme je suis fatigué. »

Elle posa son regard sur lui. « Je sais que c'est difficile. Je sais que ce qu'il t'a fait est effroyable. Il faut que tu pardonnes, à présent. Sinon, il ne pourra pas se pardonner à lui-même.

– Tu as essayé de le tuer.

– Et je me suis arrêtée. Je n'ai pas pu. Quelque chose en moi a changé. Aujourd'hui je ne pourrais plus faire de mal à une mouche.

– Il fut un temps où tu aurais fait n'importe quoi pour moi. Tu m'as fait une promesse.

– C'est une autre personne qui t'a fait cette promesse.

– Et c'est tout ce que tu as à dire ? »

Elle lui adressa un regard perçant. « Que veux-tu, que tu n'aies déjà ? Tu as son amour. Son argent. Toute son attention. Fais quelque chose de tout cela. Construis ta propre vie. »

Il toucha l'ourlet de sa robe. Une onde brûlante fusa dans ses doigts et remonta le long de son bras. Il posa la main sur sa chaussure.

« Arrête.

– Ça ne signifie rien ? Rien du tout ?

– Rien du tout. Arrête immédiatement. »

Il se leva et partit, faisant claquer ses talons sur le sol de marbre. Il ne savait pas où aller, ni quoi faire.

Elle ne pouvait être sérieuse. Séparer aussi facilement son long passé de son présent. Elle ne pouvait nier ce qu'ils avaient représenté l'un pour l'autre, tout ce qu'ils avaient fait, les projets qu'ils avaient imaginés.

Assis dans sa chambre, il but du brandy. S'il ne pouvait obtenir la mort de son père, au moins voulait-il retrouver son ancienne vie. Elle ne pouvait se détourner ainsi des plaisirs du vice. Il la désirait. Cette certitude explosa dans son cerveau comme un coup de feu, et après cela il n'eut plus aucune conscience de ce qu'il faisait. À partir de là, tout ne fut que ténèbres.

Il remonta le couloir au pas de charge, et descendit le long escalier. Il traversa le grand vestibule sous les lustres vénitiens et fit irruption dans la serre. Elle était toujours assise, mais elle savait qu'il allait venir, elle avait dû le sentir, car elle avait rangé son ouvrage. Elle l'attendait, calme et sereine, les yeux grands ouverts, et sur son visage se lisaient les désirs mêlés qu'elle éprouvait.

Il lui attrapa les mains. Elle se dégagea de son emprise. Il la prit par les bras et l'attira contre lui. Il se colla contre elle, souda son corps au sien sur toute sa longueur, souda ses lèvres à celles de Catherine et l'entoura de ses mains, lui prenant les épaules à travers l'étoffe de la robe. Elle tremblait.

Elle s'écarta vivement. « Antonio. Pas ça. Je t'en supplie.

– Je n'y peux rien, je suis désolé. Il le faut. »

Il l'embrassa de nouveau. Il lui toucha le visage d'une main, tandis que de l'autre il l'attirait plus près contre lui. Il passa la main sous sa robe, sentit sa peau, sa peau douce et chaude, et le feu le consuma. Il sut qu'il ne pourrait revenir en arrière. Elle le voulait, elle aussi. Elle s'en souvenait forcément, elle en avait envie, c'était impossible autrement. Voilà ce qu'il se répétait sans cesse.

Puis toute pensée disparut de son esprit, il perdit jusqu'à la faculté de réfléchir et redevint pur mouvement, alors que sa bouche et ses mains ramenaient Catherine aux jours et aux nuits passés dans sa chambre à Saint Louis, à cette époque où elle était une autre femme, ne vivant que pour son corps et sa jouissance, une femme qui se donnait car elle se moquait bien de qui elle était, ou de ce qu'elle était. Elle en riait, alors, elle avait du mépris pour ce monde ordinaire englué dans ses scrupules moraux ordinaires et lui avait fait corps avec elle, il avait été sa distraction, son amour fou à elle. Ils avaient été jumeaux dans leurs désirs, jusque dans le va-et-vient de leurs souffles, et il avait couvert le corps de cette femme de baisers, aussi ce corps lui apparenait-il dans ses moindres recoins.

Elle était le délice et la torture de sa jeunesse, pourtant elle n'avait pas compté, il le comprenait à présent. Elle n'avait été qu'un passage vers cette sensation d'abandon, la sensation de flotter sans amarres très haut au-dessus de la terre, et il voulait retrouver cette sensation. Il était au plus proche de la mort.

Elle avait changé. Une nouvelle femme, une étrangère. Comme si elle s'était déguisée, comme si les ornements de son ancienne vie avaient disparu, comme si cette robe, cette chevelure et ce visage angélique de sa nouvelle vie n'étaient qu'un costume qu'elle portait pour l'amuser.

Elle se débattit. Elle lutta, et cela ne fit qu'exciter plus encore Antonio, que le débrider. Il pouvait la prendre, même si elle ne voulait pas de lui. Il l'avait déjà fait, autrefois. Lorsqu'elle était en colère contre lui, il la prenait quand même. Lorsqu'il s'était montré trop grossier, qu'il était trop saoul ou trop en retard, elle finissait par revenir dans sa chambre en pleurnichant pendant qu'il dormait, elle s'allongeait à ses côtés et elle le laissait la prendre, car elle n'avait nulle part où aller, car elle croyait que sa vie était dans le caniveau et qu'il était ce caniveau dans lequel elle vivait.

Il déchira sa propre chemise, et elle le lacéra de ses ongles, elle fit couler le sang de ces griffures, et elle se mit à hurler, à appeler Mme Larsen. Il la bâillonna d'une main et souleva sa jupe de l'autre, il arracha ses bas et ses dessous jusqu'à sentir la chair de Catherine au creux de sa main. Puis il se calma. Sa respiration se fit plus lente. L'espace d'une seconde, on n'entendit plus rien que le gazouillis des oiseaux, tandis que la main d'Antonio cherchait le sexe de Catherine. Il lui recouvrait la bouche et elle ne faisait pas un bruit.

Il retira la main de ses lèvres pour l'embrasser, il viola la bouche de Catherine de sa langue, il lui mordit les lèvres. Elle n'émettait toujours aucun son, pourtant elle continuait à se débattre sous ses bras, mais en silence, seuls bruissaient l'ourlet de sa jupe sur le marbre, les ailes des oiseaux et le frou-frou des feuilles de palmier lorsqu'ils s'envolaient. Il lui embrassa les yeux, le front. Il lui lécha le visage et lui mordilla les lobes d'oreilles. Il avait la sensation d'être en feu.

Il avait besoin de sentir le désir de Catherine. Il avait besoin de croire qu'elle n'était jamais partie, qu'elle ne l'avait jamais abandonné au beau milieu de ce plan qu'ils avaient échafaudé, qu'elle n'avait jamais couché avec son père. Catherine était sa maîtresse. À lui seul. Elle était le désir de son enfance, la femme dans l'omnibus, la jeune fille dans le restaurant, la putain au bout de la rue borgne.

Il arracha sa robe, la déchira d'un coup bref, ouverte en deux. Il mit le corsage fin en lambeaux, pour découvrir ses seins, les tétons sombres qui pointaient. Il tomba à genoux et l'attira contre lui, il prit ses seins dans sa bouche, mordilla les tétons. Il savait qu'il était en train de la violer. Il savait qu'il le faisait contre sa volonté à elle, qu'elle ne le voulait pas, et il trouvait cela érotique.

Il déchira encore, et vit apparaître le triangle de poils sombres. Elle se tenait toujours debout, les mains sur le sommet du crâne d'Antonio. Il avait les cheveux en bataille, collants de sueur dans l'effort de ce qu'il était en train de faire et qu'il ne voulait pas faire, mais qu'il devait achever pour s'approcher un peu plus de sa propre mort.

Elle pleurait à présent, et il l'entendait hoqueter à travers les sanglots. Il se releva pour lécher les larmes sur son visage, tout en retirant son pantalon et en pénétrant en elle contre sa volonté. Il le savait, et cela n'avait aucune importance pour lui. Elle n'était plus Catherine. Elle était quelqu'un qu'il ne connaissait pas, et il se moquait de lui faire mal, de la souiller ou de l'avilir. Elle était la dernière ; c'était la dernière fois. Il ne la reverrait plus jamais.

Elle frappa deux coups. Elle le poignarda avec ses ciseaux de couture laissés sur l'accoudoir du fauteuil. Elle le frappa dans le dos, puis à l'épaule alors que le choc le faisait vaciller en arrière. Elle apparut dans sa robe béante, la peau à l'air ; son corsage n'était plus qu'un haillon autour de son buste nu, qui commençait à peine à s'arrondir, à se gonfler. Elle hurla de douleur et de désespoir, et tout son corps se projeta vers l'avant.

« Pourquoi ? cria-t-elle. Pourquoi ? » Encore et encore.

Il se mit à pleurer. Et, l'épaule et le dos dégoulinants de sang, il vociféra de douleur devant tout ce qu'il avait perdu, tout ce qui était désormais irrémédiablement brisé, tout ce qu'il ne pourrait jamais retrouver. Il avait voulu quelque chose, mais à présent il ne se rappelait plus quoi.

« Il a tué ma mère ! Je l'ai vu !

– Non, Antonio. Ça n'est jamais arrivé. » Elle resserra autour d'elle sa robe en lambeaux, tentant de la refermer tant bien que mal d'une main et écartant de l'autre les cheveux de son visage. Elle avait maintenant les yeux secs, la bouche dure et inflexible et sa voix, brutale elle aussi, énonça la vérité.

« Il l'a laissée mourir. Elle était malade, Antonio. Tu as rêvé. Tu l'as tellement imaginé, poussé par la haine, par… je ne sais pas par quoi, que tu as cru que c'était réel, mais ça ne l'était pas. Elle était seule et mourante. Il t'a emmené la voir et elle ne se rappelait même pas ton nom, alors il l'a laissée là, il est parti. Et en cela, oui, il l'a tuée, mais pas de la manière que tu crois.

– Non !

– Si. Et il a passé sa vie à le regretter. Il aurait voulu faire autrement, mais il n'a pas pu. Il l'a laissée mourir et tu dois la laisser mourir toi aussi, tu dois la laisser disparaître en paix et ne pas la chercher ainsi, ne pas te demander où elle est. Elle est partie, c'est tout. Et elle était partie depuis longtemps, bien avant sa mort. »

Il saignait beaucoup. Il avait mal. Il s'en moquait. Il tomba à genoux et enfouit le visage dans la jupe déchirée de Catherine, et il pleura, pleura sur lui-même. C'est alors qu'ils entendirent la porte. Ils perçurent les pas de Truitt dans l'entrée, mais il était trop tard. La robe était en lambeaux, le sang d'Antonio gouttait sur le marbre et Truitt saurait tout ce qui s'était passé, et il saurait aussi qu'il avait été trahi une fois de plus, au-delà de ce qu'il pouvait endurer.

Il apparut dans l'encadrement de la porte. Et il comprit.

Antonio fit volte-face, les mains couvertes de son propre sang, le visage tordu par la douleur. « Oui ! Je l'ai violée. J'ai été en elle, mille fois. Sais-tu ce qu'elle est ? Sais-tu qui elle est ? »

Truitt devint blême. Il se tenait parfaitement immobile. Il vit tout, la scène figée dans ses détails les plus sordides, la robe déchiquetée, le sang recouvrant le dos de son garçon, les oiseaux, les palmiers. Il sentit le parfum du jasmin et des fleurs d'oranger, il vit la robe et le sang et il comprit, il sut qu'il allait tuer son fils.

Il s'approcha et releva Antonio par les épaules. Il le tint dans ses bras, et le sang du fils souilla le plastron de la chemise de son père, le trempa jusqu'à la peau.

Puis Truitt leva la main. Il frappa d'abord la tête de son fils tout en lui immobilisant les genoux, et Antonio sentit pleuvoir les coups de son père sur son visage et sur son corps, les poings qui frappaient ; il ne résista pas, n'essaya pas de se protéger. C'était comme un rêve très ancien, un souvenir de son enfance. Il put à peine penser, se dire en lui-même : « Nous y voici, le moment est venu et ensuite tu pourras te reposer. Il suffit de traverser ce moment, et ensuite tu pourras enfin rentrer à la maison, rentrer te reposer. »

Il finit par s'enfuir. Il se dégagea des bras de son père, se détourna de Catherine qu'il voyait hurler sans percevoir ses cris, il vit ce dernier regard qu'elle lui lançait, car elle l'aimait et le haïssait en même temps, il la vit crier son nom sans l'entendre, cette voix qu'il avait aimée, et il s'enfuit de la serre en dispersant les oiseaux. Ralph le suivit, frappant toujours de ses poings le dos sanguinolent de son fils.

Antonio traversa en courant le grand vestibule, le vestibule avec ses miroirs vénitiens, le long couloir en épingle dans lequel il dérapait car ses chaussures étaient trempées de son propre sang. Il courut jusqu'à la cheminée pour y prendre le tisonnier et lorsque Ralph le rejoignit, il le frappa au visage. Le sang jaillit, son père chancela et sa tête cogna sur le sol en pierre. Catherine les avait suivis dans le vestibule.

Elle se précipita sur lui, essaya de l'arrêter, mais il la bouscula et se rua vers la porte, puis dans le jardin.

Catherine courut vers Ralph. Elle lui souleva la tête. Elle vit ses yeux écarquillés de rage et elle sut qu'elle ne pouvait plus rien y faire, qu'il fallait en finir et qu'elle ne voulait pas de cette fin-là, de cette issue qu'elle n'aurait pu imaginer. Ralph se remit sur pied et Catherine le supplia d'arrêter maintenant, avant qu'il ne fût trop tard, mais il ne l'entendait pas ou ne voulait pas l'entendre. Il suivit Antonio dans le jardin, finit par le rattraper et se remit à le frapper. Antonio ne lâcha pas un cri. Il courait, se faisait rattraper et recevait les coups de son père comme il l'avait fait si souvent dans son enfance, mais cette fois-ci il était bel et bien coupable, rempli de péché et d'ignominie, et ils le savaient tous les deux.

Ils se battirent tout le long du champ en pente, Antonio rendant les coups avec ce qu'il trouvait – des bâtons, des cailloux –, blessant Ralph, le faisant saigner à la tête. Mais Ralph ne voulait pas s'arrêter, et il se servait de ses poings pour repousser le souvenir de la femme qui l'avait avili, de l'enfant qui s'était enfui, des jours passés dans l'insouciance de l'amour alors que son propre père se mourait, de la mère qui lui avait enfoncé cette aiguille dans la main. Dans sa fureur, toute la rage accumulée pendant ces années déborda.

Catherine se tenait sur la vaste terrasse en pierre, craignant d'approcher, d'intervenir, sachant que quoi qu'il pût arriver, l'issue était déjà écrite. Mme Larsen la rejoignit, de la farine dans les cheveux. Catherine percevait ce qui se produisait dans les moindres détails, chaque détail du champ, le pur-sang arabe au milieu de l'herbe rase, tête baissée, puis bondissant au passage des deux hommes qui se battaient en poussant des hurlements.

Ils arrivèrent à l'étang, et Antonio dérapa sur la glace. Il se tint là comme un taureau dans l'arène, blessé, en sang, le visage trempé de larmes. Il n'avait plus envie de lutter. Il était arrivé au bout de ses forces, de sa haine et de son regret, et il se tenait au milieu de l'étang, sur la glace noire, attendant le coup de grâce. Il songea au paradis, aux retrouvailles avec sa mère, il pensa à l'insoutenable douleur de l'agonie, à la douleur physique infinie que pouvait endurer le corps avant de céder, jusqu'à l'ultime coup miséricordieux et la chute dans les ténèbres.

Ralph s'immobilisa au bord de l'étang. Il saignait, lui aussi, de sa blessure à la tête. Il s'était brisé les mains et la douleur lui déchirait les bras. Il sentit que sa colère s'était tarie, que si l'impardonnable demeurait impardonnable, si la terreur demeurait terrifiante, le reste l'avait quitté. Il songea aux récits dans le journal, aux suicides, aux meurtres et aux cadavres, il songea qu'à la toute fin, il fallait sauver quelque chose, même si cela signifiait encore plus de souffrance. Antonio partirait. Jamais plus il ne le reverrait. Antonio mourrait seul dans sa culpabilité, sa honte et ses souvenirs, mais il n'y aurait pas de cadavre à mettre en terre, pas aujourd'hui. Pas de chair livide et raidie sous son toit, plus jamais. Il pleurerait son fils tout en continuant à l'aimer en secret, il lui enverrait de l'argent, et à sa mort, on irait chercher le fils, qui viendrait se recueillir sur la tombe de son père et se remémorerait cette journée comme si elle était arrivée à quelqu'un d'autre, dans un temps très reculé.

Ils entendirent alors le craquement. Une crevasse blanche zébra la glace noire et Antonio s'effondra, disparut dans l'eau gelée, sous la surface. Il remonta sous la couche durcie, sans pouvoir respirer, sa tête cogna et son sang se mêla à l'eau noire.

Antonio se débattit, mais il ne voyait pas l'issue. Il s'évanouit, perdit conscience dans le froid paisible de l'eau noire, et son corps flotta comme une ombre blême sous la surface gelée.

Ralph Truitt poussa un hurlement de douleur et tenta de sortir son garçon de l'eau, mais la glace céda autour de lui et il lutta à son tour dans l'eau glaciale. Il courut jusqu'à la grange, où il trouva une perche et une corde. Il se précipita vers l'étang, fit tout pour le sauver, pour sauver toutes ces années et ces journées, ne sachant pas ou ne voulant pas admettre qu'Antonio était déjà mort, déjà parti, au milieu des plumets de sang qui entouraient son corps sous l'écran de glace. Et son corps flottait, les bras tendus comme en plein vol, la tête baissée comme s'il considérait la terre minuscule, très loin en dessous de lui.

La perche et la corde furent inutiles. Toute la nuit, tandis que son fils gisait sous la glace, Ralph fut inconsolable. Il dormit seul. Il ne prononça pas un mot. Il n'avala rien.

Catherine ne ferma pas l'œil. Elle fit les cent pas dans les couloirs de l'immense maison, à contempler les tableaux, à passer la main sur les meubles, puis elle finit par monter dans les appartements d'Antonio pour emballer ses affaires dans des malles. Elle retira les draps de son lit et y respira le parfum riche de son vieil amant, et elle pleura jusqu'à ce que ses yeux n'eussent plus de larmes à verser. Puis, épuisée, elle alla s'allonger sur le petit lit étroit de la salle de jeux parfaite, et s'endormit.

Au matin, il fallut faire venir des hommes de la ville pour sortir Antonio de la glace. Sa chemise immaculée luisait d'un blanc éclatant sur son torse. Il était élancé, étroit d'épaules et léger comme un petit garçon. Sa chevelure noire pendait dans le chariot qui l'emmenait, puis elle gela sur son crâne dans la lumière du matin et le vent qui se levait. Ralph aurait pu lui pardonner. Il aurait pris son fils dans ses bras et lui aurait dit : « Chut, chut, c'est fini, maintenant. Il ne t'arrivera plus rien de mal, plus rien. Cette vieille histoire est enfin terminée. » Il aurait posé les lèvres sur celles de son fils et il aurait soufflé encore et encore, jusqu'à remplir les poumons de son garçon de chaleur, et alors les yeux de son garçon se seraient ouverts, il les aurait posés sur son père et lui aurait fait confiance.

Mais c'était inutile. Plus rien n'avait de sens. Ce n'était là qu'une chimère. Une de ces histoires qui arrivaient aux gens, l'histoire de Ralph, Emilia et Antonio, et de Catherine et des mères et des pères qui avaient péri, trop tôt ou de vieillesse, de gens qui s'étaient déchirés les uns les autres au-delà de l'entendement, qui s'étaient montrés égoïstes et inconséquents, pour se retrouver piégés entre les murs amers de souvenirs qu'ils auraient souhaité ne jamais avoir.

C'était une histoire banale, où le froid pénétrait dans les os des êtres pour ne plus jamais les quitter, où les souvenirs s'enfonçaient dans leur cœur pour ne plus jamais le laisser en paix. C'était l'histoire de la douleur et de l'amertume qu'on endurait dans l'enfance, quand on était sans défense mais capable de reconnaître le visage du mal, de secrets maudits qu'on ne pouvait raconter à personne, de la vie qu'on s'inventait contre sa douleur et la douleur des autres, impuissant à changer quoi que ce fût, l'histoire de la fin déjà écrite.

C'était l'histoire d'un fils qui croyait qu'il était de son droit légitime de tuer son père. L'histoire d'un père incapable de défaire la moindre de ses actions passées, en dépit de l'immense compassion qui animait son cœur. C'était une histoire de poison, ce poison qui vous faisait pleurer pendant votre sommeil, après vous avoir fait entrevoir les délices de l'extase. C'était l'histoire de gens qui ne faisaient le choix de la vie contre la mort que lorsqu'il était trop tard pour faire la différence entre les deux, d'êtres dont la bonté était oubliée, jetée au rebut comme un jouet d'enfant dans une salle de jeux poussiéreuse, de gens qui voyaient tant de choses mais qui ne s'en rappelaient qu'un nombre infime, desquelles ils n'apprenaient pratiquement rien. L'histoire d'hommes et de femmes qui se faisaient du mal, qui anéantissaient leur propre vie avant d'aller anéantir la vie de ceux qui les entouraient, de gens qui ne se laissaient pas aider ou apaiser par l'amour, la bonté, la chance ou la magie, qui oubliaient la générosité pour ne plus la ressentir ni la pratiquer, qui oubliaient qu'elle pouvait sauver du désespoir même la vie la plus abjecte et la plus difforme.

C'était l'histoire du désespoir.

9

Ils n'étaient que trois, aux obsèques – Truitt, Catherine et Mme Larsen. Truitt avait creusé la tombe de ses propres mains, il avait passé toute une journée à rompre la terre encore dure. On ne versa pas de larmes. Un prêtre vint d'une paroisse quelconque et Antonio fut inhumé en peu de mots aux côtés de sa sœur et du père et de la mère de Ralph, près de la vieille maison.

Son cercueil parut immense à Catherine. Il lui semblait inimaginable que son corps splendide fût enfermé à l'intérieur, privé d'air et de lumière pour toujours. « Toute chose dans l'air et la lumière se devrait d'être heureuse, disait le poète. Quiconque n'est pas dans son cercueil et l'obscurité du tombeau, qu'il sache qu'il possède assez. » Elle ressentit ce vertige d'être vivante en présence de la mort.

Deux jours s'étaient écoulés. Elle se tenait dans les vestiges du jardin qu'elle avait espéré reconstruire. Les hauts murs lui cachaient la vue du reste du monde ; la neige persistait dans les coins du jardin et les statues renversées étaient piquetées de givre. Il paraissait faire dix degrés de moins que dans le reste du monde, bien que l'arrière de la maison fût splendide dans le soleil couchant. Elle avait peine à se rappeler comment tout cela avait commencé.

Elle avait voulu une chose et elle était partie en chasse, claire dans son objectif et sûre de ses actes. Puis tout était devenu confus, dans la masse du quotidien ordinaire, dans la vie des gens, dans cette fâcheuse tendance du cœur à attirer et repousser ce qu'il désire et redoute. Son propre cœur s'était fourvoyé dans des directions qu'elle n'aurait pu imaginer, ses espoirs s'étaient attachés à des choses qu'elle n'aurait jamais permises.

Elle portait la robe de laine bleu nuit qu'elle terminait à la mort d'Antonio. Il avait touché de ses mains le tissu qui ceignait à présent le corps de Catherine. Elle se tenait là, sévère et simple, au milieu d'un vieux jardin dans un recoin caché d'une maison magnifique. Antonio était mort. Une vie entière était morte à ses yeux.

Elle ne pouvait imaginer comment les choses tourneraient. Truitt ne lui avait pas adressé la parole depuis la mort d'Antonio et elle avait veillé à ne pas déranger son profond chagrin. Ils prenaient leurs repas ensemble à la longue table, mais sans échanger un mot, sans lire de poésie après le dîner, sans partager la jubilation de la chair dans le noir. Elle s'était choisi une petite chambre insignifiante, dans laquelle elle se retirait pour pleurer en privé tout ce qu'elle avait perdu.

Elle avait peur. Peur de ce qu'allait devenir sa vie. Lorsque Truitt se débarrasserait d'elle, comme elle supposait qu'il le ferait, elle n'aurait nulle part où aller. Elle ne voulait pas finir comme Emilia, seule dans une maison sordide. Pas plus que comme Alice, agonisante dans la neige au bout d'une ruelle, à ressasser les souvenirs joyeux d'autrefois, heureuse d'être enfin débarrassée du fardeau de la vie, abandonnée des anges mêmes et riant de la mort qui lui serrait la gorge de ses doigts glacés. Elle n'avait plus personne au monde. Tout son monde, ce qu'il en restait, se trouvait là et il lui était impossible de retourner là d'où elle venait.

Le souvenir de ce qu'elle avait fait de ses jours et de ses nuits lui paraissait irréel, inimaginable. Ils lui revenaient en mémoire, ces jours et ces nuits, comme les pages d'un calendrier entre les mains d'un enfant, la valse floue des jours, des mois et des années. Était-elle allée au théâtre ? Avait-elle écrit des lettres de coquette d'une belle écriture, tachant d'encre parfumée à la lavande la manche d'une robe froissée de chez Worth à Paris ? S'était-elle détournée d'hommes allongés à ses côtés afin de ne pas voir l'argent laissé sur la table de chevet ? C'était impossible. Pourtant elle ne pouvait le nier – chacun de ces mauvais souvenirs, chaque défaillance de la foi l'avaient menée de là où elle venait à là où elle se trouvait.

De toute évidence, tout était terminé avec Truitt, Antonio y avait veillé, dans son ultime acte de cruauté. Elle n'avait aucun moyen d'anticiper à quels actes la profondeur de son chagrin pousserait Truitt, aussi restait-elle là, sachant qu'elle avait mal agi, mais incapable d'imaginer les conséquences. Il ne pouvait demeurer muré dans le silence. La vérité était trop éclatante pour qu'il pût l'ignorer, et il l'avait déjà vécue. Peut-être était-ce simplement la lassitude qui l'avait retenu de la frapper en se détournant de l'étang gelé, du pré immobile avec son pur-sang cabré, et du cadavre d'Antonio.

Elle avait une chose à lui dire, non pas au sujet de cette vie qui grandissait en elle, plus forte de jour en jour, mais sur les vertus de son cœur, sur les années qu'il avait passées dans cette humiliation patente, à attendre que le bonheur voulût bien se soucier de lui, sur ce bonheur fragile qu'il avait bâti et qu'on avait odieusement trompé. Nulle excuse n'aurait suffi. Elle en avait toujours su plus que lui, et elle avait tiré avantage de ce savoir pour ruiner la vie de Ralph, une nouvelle fois, elle avait commis l'atrocité précise dont il s'était protégé avec tant de soin.

Elle ne savait où il se trouvait, dans la maison. Elle ne l'avait plus revu depuis le déjeuner. Il s'était retiré dans son bureau, ou bien dans la chambre bleue, et elle n'avait aucun moyen de savoir ce qu'il était en train de faire ou bien à quoi il pensait. Le silence de Ralph était étouffant, et la distance qu'il mettait entre eux, insupportable. Elle était prête à mourir pour lui, si sa mort avait pu lui être du moindre secours. Mais elle n'aurait servi à rien, sinon à ajouter au poids de l'angoisse de ces événements qu'il n'aurait pu imaginer.

Jusqu'à ce jour, elle n'avait jamais rien possédé à quoi se raccrocher, rien qui l'ancrât dans l'espace ou dans le temps, hormis Truitt. Et elle avait attiré le malheur sur lui, dans cette illusion que rien n'avait d'importance, qu'un moment ne pouvait avoir de conséquences au-delà du moment même. Elle avait accepté de le tuer sans avoir la moindre conscience qu'il mourrait. Elle avait accepté de l'épouser sans imaginer une seconde que le mariage apportait un plaisir simple, le plaisir de la compagnie constante d'un autre être humain, le plaisir de prendre soin de l'autre, de porter en soi la présence de quelqu'un d'autre. Elle supposait qu'elle ne le verrait plus vieillir, et mesura l'immense tristesse dans laquelle la plongeait cette perspective.

Quelque part, pour ces autres auxquels elle pensait si souvent, il y avait le réconfort de la durée et de l'habitude. Elle se rendait compte que ce n'était pas une vie facile. Les hivers étaient longs, et la folie et la tragédie surgissaient subitement dans l'air cristallin. Même dans ces campagnes, la folie de l'époque ne laissait personne indemne. Toute sa vie, elle avait vu les gens aller et venir, pour certains amusants, pour d'autres pas du tout, mais leur disparition ne la surprenait pas plus que leur irruption. Truitt était arrivé et l'abandonner maintenant signifierait pour Catherine Land la fin du confort.

Elle ne savait quoi faire de ses mains. Elle n'avait pas froid, pas encore, et la maison paraissait chaleureuse à la lueur des lampes qui s'allumaient peu à peu, sur le passage de Mme Larsen, qui avançait lentement de pièce en pièce. Mme Larsen connaissait Antonio depuis sa naissance. Elle l'avait vu ensevelir près de sa sœur, puis elle s'en était allée comme si c'était là la chose la plus naturelle au monde. Pour elle, la vie continuait, il fallait faire les dîners, allumer les lampes, et c'est ainsi qu'on pouvait supporter l'idée du lendemain. L'habitude la préservait du chagrin, de l'horreur de la folie soudaine de son propre époux, de la douleur de voir périr un jeune homme dont la douceur s'était fanée bien avant la mort du corps.

Il était quatre heures et autour d'elle, tout était parfaitement immobile. Le vent s'était tu et les animaux dans les champs, jusqu'au pur-sang gris lui-même, observaient la lumière oblique qui filtrait soudain à travers le prisme du crépuscule. L'imposante façade de la maison, avec ses fenêtres monumentales et ses statues antiques alignées le long du toit, était auréolée d'un halo doré, voilé et immémorial. C'est à cette heure précise qu'elle était arrivée. Ses vêtements jetés du train. Ses bijoux perdus, à présent tellement futiles. Truitt debout sur le quai, dans son manteau noir à col de fourrure, dans les tourbillons de neige Le cerf effrayé et les chevaux emballés. Et le monde suspendu qui attendait la fin de l'hiver, le début du printemps.

Du bout du pied, elle gratta le sol. Sous ses yeux, l'herbe à l'extrémité de sa chaussure vira au vert et se mit à pousser, éclatante, jusqu'à former autour de Catherine un gazon verdoyant et nettement coupé, étincelant dans la lumière dorée. L'élan merveilleux du monde emplit son jardin, fusant de son soulier sur son passage.

Elle soulevait sa chaussure, et le miracle s'étendait. Partout où se posait son pied, la verdure et la luxuriance jaillissaient. Le parterre vibrait des senteurs de sauge et de romarin, taillés en boules entre les buis et les ifs topiaires, et la lavande à longues tiges et à têtes mauves, immobiles elles aussi.

Le long des vieux murs de brique gisaient les plates-bandes brunies d'où saillaient des racines emmêlées, mais à mesure qu'elle s'en approchait et qu'elle répandait la vie de l'ourlet de sa jupe, les pieds de rosiers racornis se déroulèrent, le feuillage sombre et cireux réapparut peu à peu. Les perce-neige et les crocus minuscules se mirent à éclore au bord des massifs, en blanc, jaune et mauve, puis les hellébores et les narcisses, le poétique actéon et les jaunes riches ou pâles du narcisse trompette. À mesure que les fleurs apparaissaient, les noms lui en revenaient, réminiscences de ces longs après-midi à la bibliothèque, de ces moments de repos après les heures épuisantes avec Antonio.

Il était un dessert trop riche, pourtant elle s'était précipitée dans ses bras alors même qu'il n'était qu'un garçon, mélange de beauté et d'arrogance, débordant de cette tendresse et de ce charme qui lui avaient coûté si cher et s'étaient à présent éteints pour toujours, ensevelis sous la terre noire, déjà ressaisie par le gel. Elle pleura en imaginant combien il devait avoir froid. Ce n'était pas sa faute à lui. Rien de ce qui arrivait n'était vraiment la faute de personne.

Les lilas s'épanouissaient, violets et blancs, et l'air embaumait de leur parfum tandis qu'ils balançaient doucement leurs tiges lourdes de fleurs, puis ce furent les iris à la tête sculptée, bleus, jaunes, indigo et bruns.

Les tulipes éclatèrent, fleurs d'Asie, envoûtantes, de toutes les couleurs et de toutes les formes, certaines à feuilles mouchetées et à pétales pointus, écarlates à cœur indigo, d'autres jaunes, blanches, rose et vert pâles, d'autres enfin de ces variations inattendues que l'on ne voyait qu'une fois.

Les digitales pourprées s'élancèrent, dressant des épis qui s'ouvraient en une cascade de clochettes tintinnabulant le long des tiges. Les buissons de pivoines fleurirent, laissant éclater leurs riches boutons chinois en nids de pétales larges comme des soucoupes à thé, lourds de rosée, blancs et roses.

De la main, elle balaya les funkias et les œillets d'Inde, les douces alysses et les somptueux lis chinois aux couleurs resplendissantes, et soudain l'air fut empli d'un parfum qui aurait pu faire défaillir.

Les rosiers se déroulèrent et se mirent à pousser, le feuillage lustré fit place aux boutons et aux fleurs, aux roses anciennes aux noms surannés. La Mme Hardy, somptueuse de pureté et de blancheur, et la Noblesse d'un rose argenté, ou encore la Patte de Velours, couleur sang, du sang d'Antonio ; la mousseuse blanche double, aussi immaculée que le plastron de sa chemise, pureté et violence intimement mêlées. L'éclatante Fantin-Latour s'épanouit vers le ciel, les roses anciennes françaises, la Pélisson double, la Henri-Martin carmin et lumineuse, la Léda à pétales blancs bordés d'écarlate.

Elle n'entendait pas un bruit. La lumière était immobile. Tout s'était arrêté.

Les treillages se relevèrent, et les roses grimpantes se redressèrent de toute leur hauteur, s'enroulant autour des claies en entremêlant leurs tiges épineuses aux clématites violettes et blanches.

Les statues se redressèrent, silhouettes antiques aux courbes sinueuses, patinées par l'âge et la mousse, ainsi que les grotesques disposés aux quatre coins du jardin, gardiens des entrées et des sorties.

Elle n'avait jamais rien vu d'aussi beau. Ce jardin secret la fit sangloter par sa beauté et sa force de vie. Il survivrait bien longtemps après qu'elle serait morte. De temps à autre, l'une des roses laissait échapper une pluie de pétales qui dansaient délicatement dans la lueur dorée et s'amoncelaient au pied des plantes grimpantes alignées contre le mur. Le sol se recouvrait d'un tapis odorant et les senteurs riches et sucrées, la note poivrée emplissaient l'air, jusqu'à imprégner l'étoffe de sa robe.

Ce jardin était la perfection même. Ce jardin était sa gloire. Il avait surgi de rien, rien que la terre. Il poussait partout où elle posait le pied, partout où elle posait le regard. Catherine remplirait la maison de vases innombrables débordant de ses fleurs, et leurs jours seraient éternellement parfumés. Truitt lui demanderait les noms et elle les lui énumérerait, elle lui raconterait l'histoire de chaque variété, celle de cette tulipe venue d'Asie Mineure et qui illuminait les nuits des sultans, elle lui raconterait les joyaux des femmes et les tortues portant les chandelles sur leur dos. Elle composerait des bouquets qu'elle emporterait en ville, aux jeunes filles qui se marieraient, des bouquets encore perlés de rosée qu'elle leur offrirait le matin même de leurs noces, des stephanotis, des roses et des lis blancs.

Tandis que la lumière dorée virait au jaune pâle puis au gris bleuté, les fleurs paraissaient de plus en plus éclatantes, comme si dans la lumière déclinante chaque pétale était illuminé de l'intérieur, et bientôt son petit carré fut rempli de lumière, de fragrances et de gaieté, avec lesquelles tout Saint Louis n'aurait pu rivaliser. Chaque rose, chaque fleur était un parfait chef-d'œuvre de douceur.

Il faisait presque nuit, et les fleurs les plus foncées disparurent dans la pénombre, tandis que les roses blanches et rose pâle semblaient dégager un parfum plus intense que jamais. La première étoile apparut au-dessus de l'enceinte en brique.

L'étoile étincela de plus en plus fort, et fut bientôt rejointe par d'autres astres plus discrets, à mesure que la nuit gagnait. Elle entendit prononcer son nom et se retourna vers la silhouette dorée et éclatante de la maison.

« Catherine. »

Elle vit Truitt, debout sur les marches. Il portait encore le costume noir qu'il avait mis pour les obsèques, ainsi qu'un brassard de crêpe noir. Elle se retourna de nouveau, balayant la terre de sa longue robe, mais le jardin s'était évanoui, évaporé. Les plates-bandes étaient redevenues un fouillis de fleurs mortes ou mourantes, les troncs et les branches avaient perdu leurs feuilles, les roses n'étaient plus qu'épines, les limettiers et les buis, un triste entrelacs de bois desséché. Le jardin patientait, comme il avait patienté pendant vingt ans.

Et elle n'était qu'une femme simple et honnête au milieu d'un jardin d'hiver en ruine attendant le printemps.

« Catherine. » Elle se retourna vers lui. Pour la première fois, elle avait peur de lui, peur de sa colère, de sa douleur et de sa désapprobation, peur aussi de sa propre honte. Une vie gâchée. Une idée perdue. Antonio, mort.

Ces choses-là arrivaient.

« Je savais. » Dans l'obscurité, sa voix était claire, son corps, une silhouette et son visage, nimbé d'ombre. « J'ai toujours su.

– Su quoi ?

– Je savais ce qu'Antonio m'a raconté. Ton histoire. Ce que tu as été. Ces mensonges que tu as inventés. Qui tu es. J'ai toujours su. Malloy et Fisk m'ont envoyé une lettre. Je l'ai brûlée. C'est personnel, et cela ne signifie rien. Mais je savais déjà, avant que tu ne rentres de Saint Louis. »

Le jardin attendait. Comment pouvait-il pardonner autant ? Comment pouvait-il être si patient ? Tant de choses dépendaient désormais de Catherine, de sa réponse, et elle patienta aussi longtemps qu'elle en était capable, encore étourdie du parfum sucré de la dernière rose Bourbon.

« Je vais avoir un bébé. »

Il se tint sans bouger un long moment, jusqu'à ce qu'elle frissonnât dans le froid soudain.

« Nous allons avoir un enfant. »

Dans l'obscurité, elle distinguait seulement l'immobilité de son visage las. Il tendit le bras vers elle. Derrière lui, les lampes de la maison s'allumèrent une par une. « Eh bien, dit-il. Dans ce cas, tu ferais mieux de rentrer à l'intérieur. »

Elle jeta un dernier regard au jardin. L'air s'était subitement refroidi, mais c'était déjà un froid de printemps, un froid vespéral, sans aucune menace. Il faisait presque nuit. « Il est des choses qui attendent, se dit-elle. Tout ne meurt pas. Vivre prend du temps. » Puis elle se dirigea vers la maison dorée et prit dans la sienne la main qu'il lui tendait.

Ces choses-là arrivent.

Reconnaissance de dette…

Les images que vous allez voir montrent des personnes réelles, qui ont vécu jadis. C'est ainsi qu'il commence. Et à aucun moment il ne faiblit.

C'est en 1973 que je me suis enflammé. Ce qui causa pareil embrasement de mon cœur et de mon cerveau, c'est la découverte du magistral ouvrage de Michael Lesy, *Wisconsin Death Trip*. Ce collage de mots et de photographies dresse le portrait fascinant et cinématographique d'une petite ville du Wisconsin dans les spasmes de la fin d'un XIXe siècle. Avant lui, on imaginait les villes rongées par la turpitude et la folie industrielle, face à une Amérique rurale somnolant dans l'innocence et la prospérité, et peuplée d'hommes et de femmes honnêtes et travailleurs. Quelle erreur. Lesy ouvre la boîte de Pandore de cette vie dans les campagnes et nous en expose l'âme sombre et ravagée.

Le portrait qu'il dépeint ne m'a plus jamais quitté. Il a eu une influence profonde sur la structure et la genèse d'*Une Femme simple et honnête*. J'ai placé l'action dans la campagne que décrit Lesy, ce Wisconsin gelé en plein cœur de l'hiver, et sur cette toile austère et envoûtante, j'ai jeté le tableau complexe de trois vies entremêlées.

Je dois énormément à Michael Lesy, aux explications qu'il fournit sur la vie atroce qu'endurait la masse, piégée entre la machine et la folie ordinaire. Lisez le livre de Lesy. Il ne vous quittera plus. Il m'a changé pour toujours. Ces choses-là arrivent.

Remerciements

À Elaine Markson, qui en plus d'avoir été mon premier interlocuteur, jardine à merveille. À Doug Stewart, mon agent, pour son intelligence et son opiniâtreté. À Chuck Adams, pour son attention et sa finesse dans les corrections. À Michael Taeckens et Brunson Hoole, chez Algonquin. À Bob Jones, qui m'a sauvé plus d'une fois – le meilleur des hommes. Et à tous ceux qui ont lu ce livre au cours de sa lente incubation, et qui surent trouver les mots qui m'ont servi de moteurs : Dale Sessa, Nancy Axthelm, Dana Hoey, James Whiteside, Marybeth Hurt et Paul Shrader, la charmante et lointaine Jodie Tillen – pour son regard affûté et son grand cœur –, Daphne Merkin, Jeb et Lexi Byers, Bob Balaban et Lynn Grossman, Everette Kane, Sally Mann et sa charmante fille, la douce Virginia Mann, Alexandra Como Saghir, Lisa Tracy, Suzanne Rice et Elizabeth Greenlee. Quels amis merveilleux ! Et à Nell Lancaster et Jim Waddell, envers qui j'ai une reconnaissance bien au-delà des mots.

MIXTE
Papier issu de
sources responsables
FSC® C003309
FSC
www.fsc.org

10/18, une marque d'Univers Poche,
est un éditeur qui s'engage pour
la préservation de son environnement
et qui utilise du papier fabriqué à partir
de bois provenant de forêts gérées
de manière responsable.

Imprimé en France par CPI

N° d'impression : 3013647
Dépôt légal : janvier 2016
X06827/01